전략
삼국지
3

불타오르는 적벽

SANGOKUSHI (3)
Text by MITAMURA, Nobuyuki, illustrations by WAKANA, Hitoshi +Ki
Text copyright ⓒ 2002 by MITAMURA, Nobuyuki
Illustrations copyright ⓒ 2002 by WAKANA, Hitoshi +Ki
First published in Japan in 2002 by Poplar Publishing Co., Ltd.
Korean edition copyright ⓒ 2005 by Sam Yang Media
Through PLS, Seoul. All rights reserved.

전략
삼국지
3

불타오르는 적벽

나관중 원작 | 나채훈 · 미타무라 노부유키 평역 | 와카나 히토시 그림

삼양미디어

당시 지도

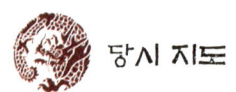

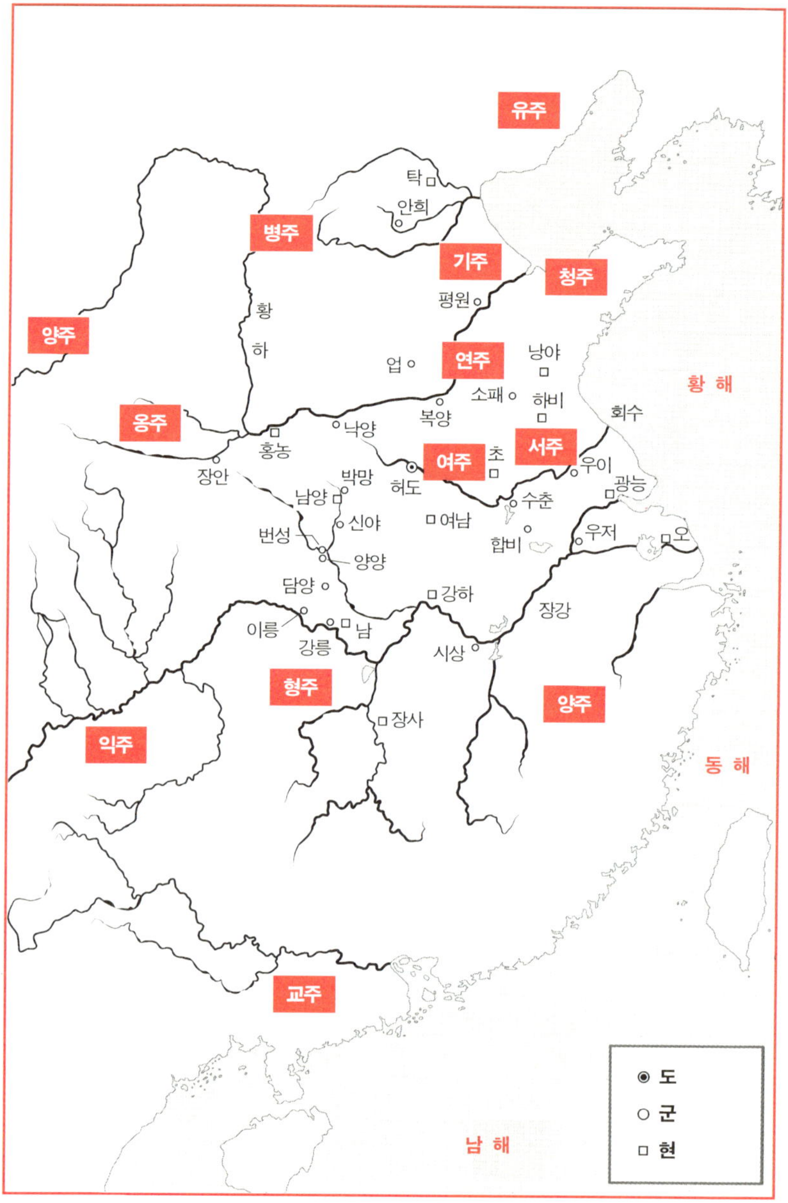

유주
병주
기주
청주
양주
옹주
연주
서주
여주
형주
익주
양주
교주
탁
안희
평원
황
하
업
낭야
하비
소패
복양
낙양
홍농
장안
초
우이
광능
박망
허도
남양
수춘
신야
여남
번성
합비
우저
오
양양
담양
강하
장강
이릉
남
강릉
시상
장사
회수
황 해
동 해
남 해
도
군
현

적벽대전 관련 지도

북
서
동
남
허도
백
야
박망
남양
신야
번성
양양
한
강
장관
담양
한진
이릉
강릉
남
화용
유강구
(공안)
오림
적벽
강하
하구
삼강구
번구
장
강
시상
수춘
여남
주유군
조조군
유비군
조조군 코스
유비군 코스
주유군 코스

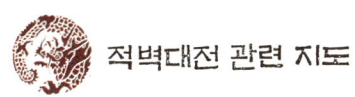

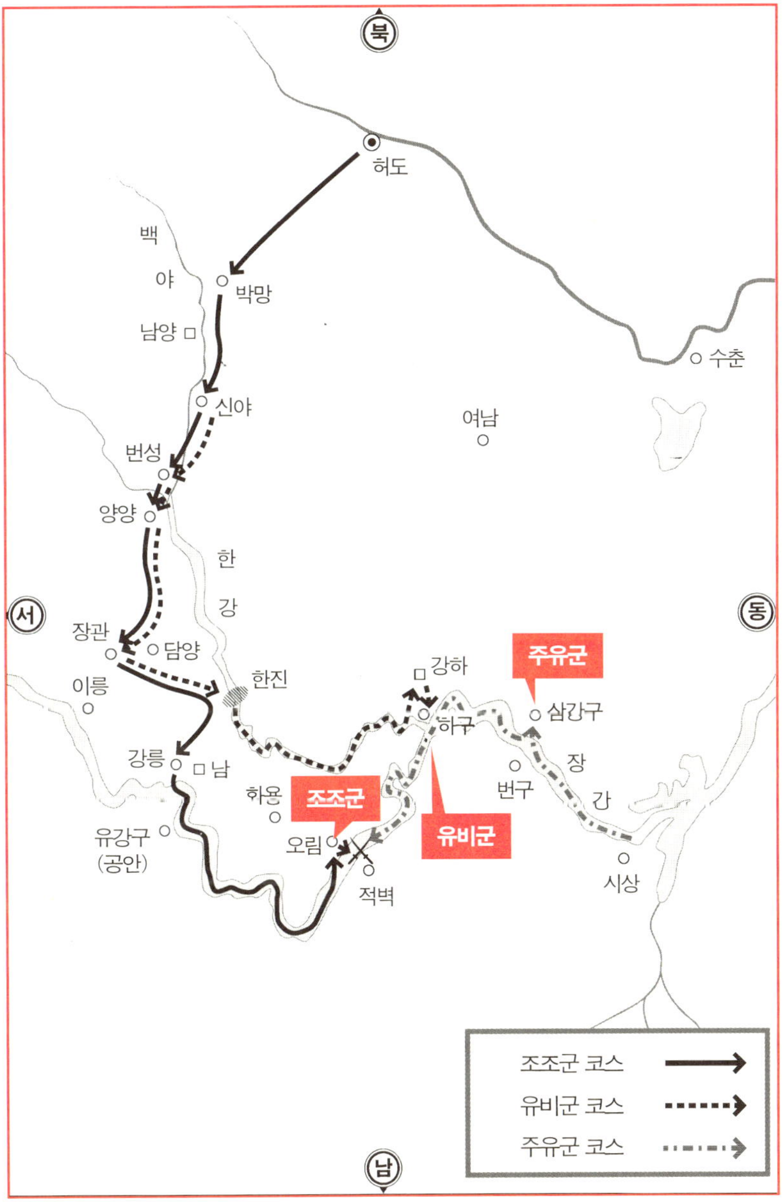

 추천의 글

이 수 성 (전 국무총리, 현 새마을운동중앙회장)

삼국지는 오랜 세월 동양의 고전으로 흥미진진한 영웅담으로 읽혀지면서 가장 인기 있는 역사소설이 되었고, 특히 사회적으로 어지러운 기류가 일어날 때는 인생의 지침서나 바른 처세의 교훈서로 각광을 받았습니다.

그 이유가 무엇일까요?

등장하는 수많은 인물들의 인간적 매력, 그리고 그들의 실패와 성공 뒤에 도사리고 있는 지모와 전략, 신의와 배신, 소용돌이치는 철저한 이기심과 당당한 대의의 마찰 등 장면마다 극적 현상들이 사람의 마음을 끌어당기기 때문일 것입니다.

관우의 신의와 장비의 무혼, 조자룡의 성심과 용맹, 제갈량의 신출귀몰한 지략, 조조의 현실지향적 사고와 간계, 유비의 장자다운 인간애에 매료당하는 이유도 있겠지요.

그러나 무엇보다도 중요한 것은 청소년 시절에 가져야 할 큰 꿈, 그리고 그것을 실현하는 능력과 기백에 대하여 옳고 그름을 판별하고 대의를 존중하며, 최대 다수의 최대 행복이 무엇인가를 숙고하게 해 주는 지침서이기 때문이라고 생각합니다.

이번 한일 양국의 협력 속에 발간되는 「전략 삼국지」는 21세기의 젊은이들이 반드시 읽어야 할 교양 필독서이자 장차 삶의 내용을 풍부하게 해 줄 인간 경영의 큰 틀을 보여 준다는 점에서 많은 분들의 사랑을 받을 것이라고 확신합니다.

흥미도 흥미지만 진지한 마음으로 수많은 인물들의 활약상을 음미해 보십시오.

시대는 바뀌어도 변하지 않는 것 - 인간의 위대한 모습이 무엇인지를 독자에게 되새겨 주리라 믿습니다.

삼국지라는 역사 공간에서 민중과 지배자와의 관계가 어떻게 형성되어야 역사의 성공을 이룰 수 있는지를 살펴보고 우리의 현실을 어떻게 개척해 나갈 것인가도 생각해 보았으면 싶군요.

일독을 권하면서 독자들의 큰 성취를 기원합니다.

이수성

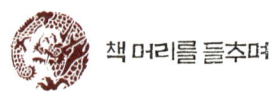 책 머리를 들추며

원래 「삼국지」는 촉한 출신의 진(晉)나라 역사가였던 진수라는 분이 조조의 위나라, 유비의 촉한, 손권의 오나라 역사를 기록한 책입니다.

이 역사서의 큰 뼈대를 바탕으로 해서 재미있는 역사소설로 펴낸 것이 「삼국연의」라는 나관중의 작품입니다. '연의'라는 말은 꾸며 쓴 이야기, 즉 소설을 말합니다.

결국 이 역사소설이 흥미가 진진하고 재미가 있어 널리 읽히게 되어 「삼국지」라고 하면 나관중의 역사소설로 인식될 정도가 되었고, 요즈음 「삼국지」라고 할 때 그것이 나관중의 작품이 되고 만 것입니다.

사실 역사서보다는 역사소설 쪽이 재미 이상의 교훈을 많이 담고 있고 등장하는 인물들에 대한 매력과 흥미를 잘 묘사하고 있지요.

예를 들면 천애고아가 된 제갈량이 용기를 잃지 않고 노력하여 뛰어난 전략가이자 명 정승이 되어 펼치는 기기묘묘한 계책이나 최선을 다해 임무를 완수하려는 정신, 그리고 세상에 대해 갖고 있는 올바른 사고방식이 있습니다.

그리고 도원결의에서 나타난 유비, 관우, 장비 삼형제의 신의와 의리, 목숨을 초개같이 여기면서 지키려 하는 무사정신은 우리의 심금을 울리지요. 꾀 많은 조조가 발휘하는 갖가지 모습 또한 어느 때는 무릎을 치게 하고, 어느 때는 탄식을 불러일으킵니다.

그래서 「삼국지」는 이런 모습들을 다양하게 보여 주는 여러 작가들의 작품이 나왔고, 어린이를 위한 것은 물론 만화로도 많이 나와 널리 읽히게 되었습니다. 따라서 완역본을 바탕으로 한 소설이나, 계층에 알맞도록 재구성된 소설, 또는 만화가 나름대로의 특징으로 독자의 사랑을 받고 있는 것입니다.

어떤 작품이 정본(正本)이고 어떤 작품이 옳다든지 하는 의견도 더러 있습니다만, 그것은 큰 의미가 없고 오히려 작가 나름대로의 시각이 살아 있는 쪽에 의미를 두는 것이 좋으리라 생각됩니다.

이번에 펴내는 「전략 삼국지」는 도원결의에서 시작하여 오장원에서의 제갈량 죽음까지를 다루는데 제갈량의 활약 쪽에 무게를 두고 젊은이들이 읽기 쉽도록 했다는 데 특징을 주었습니다. 그리고 관우와 장비를 중심으로 보여 주는 의리와 신의를 보다 부각시켰습니다. 물론 원전에 바탕을 둔만큼 다른 삼국지와 크게 다르지는 않겠으나 풍부한 삽화와 관계되는 장면을 지도로 설명하며, 보충설명을 넣어 누구든지 읽고 재미를 느끼며 지혜와 용기, 지켜야 할 도리 같은 것을 배울 수 있었으면 하는 바람을 담았습니다. 많은 사랑과 이해를 부탁드립니다.

인천에서

평역자 나채훈 씀

등장인물

유 비

한나라 경제의 후손. 조조군에게 쫓겨 신야를 버리고 백성들과 함께 양양으로 도망치지만 입성을 거절당하고, 장판파에서 조조군에게 대패한다. 공명의 노력으로 강동의 손권과 연합, 적벽에서 조조를 무찌르고 형주를 손에 넣는다.

관 우

무용에 뛰어나고 신의를 중요시하는 참다운 용사. 적벽의 싸움에 져서 도망쳐 온 조조를 죽이려고 하지만, 인정을 베풀어 살려 보낸다.

장 비

장팔사모를 무기로 하는 맹장. 장판교에서 단 1기로 다리 위에 서서 밀려들어오는 조조군을 무섭게 호통쳐 쫓아 버린다.

조 운

장판파에서 유비의 아들인 아두를 품에 안고 십수만 조조군의 한가운데를 종횡무진 닥치는 대로 베면서 끝내 유비에게 아두를 데려다 준다.

제갈량

자는 공명. 조조와 손권이 싸우게 하기 위해서
강동으로 찾아가 손권의 중신, 참모들과 설전을 펼친다.
또한 손권과 주유를 설득하여 조조와 싸울 결심을 하게 하여
적벽의 대승리를 이끌어 낸다.

미부인

유비의 부인. 장판파에서 아두를 안고 난민들과 함께
도망치지만, 중상을 입었기 때문에 조운에게 아두를 맡기고
우물에 투신하여 죽는다.

조 조

천하통일을 향해서 계획대로 착착 실천한다.
유비를 장판파에서 격파하고, 다시 강동의 손권 진영에
협박을 가하지만, 저벽이 싸움에서 패하고,
관우의 온정으로 목숨을 건져 허도로 도망쳐 돌아간다.

조 인

조조의 사촌 동생.
신야의 유비를 공격하지만 공명의 계략에 의해 화공과
수공을 당하여 대패하고 도망쳐 돌아간다.

 등장인물

장 간

조조의 상담역.
주유를 내통하게 하려고 강동으로 가지만
거꾸로 주유에게 이용당하여, 가짜 편지를 갖고 돌아와
채모와 장윤을 살해하게 만든다.

채 중

채모의 사촌.
간첩으로 주유에게 투항하지만 속셈이 간파당하여
거꾸로 이용당하게 된다.

채 화

채중과 함께 주유에게 투항했으나 성과를 거두지 못한다.

손 권

강동 6백리의 주인.
조조의 협박에 굴복하느냐, 유비와 손을 잡고 조조와
싸우느냐로 망설이지만, 공명에게 설득당해 조조와 싸우기로
결심한다. 주유에게 전권을 주고 적벽의 싸움에 임한다.

장소

손권의 중신.
조조와 싸우는 것에 반대하고 손권을 설득하러 온 공명에게
논쟁을 걸었으나 공명한테 설득당하고 만다.

주유

손권의 대도독(총사령관). 적벽의 싸움을 대승리로 이끈다.
공명의 지혜와 계략을 두려워해서 몇 번인가 계략을 가지고
죽이려고 한다. 공명을 앞지르려고 노력하지만,
언제나 공명에게 당하고 번민하다가 죽는다.

노숙

손권의 참모.
친유비파로 공명을 손권과 만나게 하여 조조와 싸울 것을
손권에게 결심하게 한다.

황개

손견 때부터 강동을 섬기는 노장.
조조를 속이기 위해서 고육지계를 결심하고,
일부러 주유에게 반항하여 매 맞는 형을 받는다.

등장인물

감 택
손권의 참모.
황개와 친하므로 고육지계를 성공시키기 위해서 황개의
편지를 가지고 조조를 찾아가서 황개의 투항을 믿게 한다.

손부인
손권의 여동생.
주유의 계략에 의해 유비와 결혼한다.
후에 손권의 추격을 벗어나 유비와 함께 형주로 간다.

방 통
공명과 어깨를 나란히 하는 지모를 가진 인재.
주유의 부탁을 받고 조조에게 찾아가 병선(兵船)을
쇠사슬과 쇠고리로 연결하는 '연환지계'를 권한다.

서 서
방통의 친구. 연환계를 간파하지만,
조조 밑에 있지만 조조를 위해서는 아무것도
하지 않겠다는 맹세를 지킨다.

유 기
유표의 장남.
채모에 의해 아버지 유표로부터 멀어지지만
유비와 행동을 함께한다.

유 종
유표의 차남. 아버지가 죽은 뒤
채모에 의해 형주의 주인이 되지만 조조에게 항복하고,
그 뒤 어머니 채부인과 함께 조조에게 살해당한다.

채 모
본래는 유표의 부하.
조조에게 항복하여 장윤과 함께 수군을 맡게 되지만,
주유의 계략에 의해 조조한테 죽임을 당한다.

황 충
상사태수 한현의 부하인 노장군으로 활의 명수.
낙마한 자신을 죽이지 않은 관우의 인정에 감동하여
활의 시위 소리만 낸다.

위 연
본래는 유표의 부하.
양양에서 유비를 도와주려고 했으나 실패하고
도망쳐 한현을 섬겼으나 한현을 죽여 황충을 살리고 유비를
섬긴다.

차례

3 불타오르는 적벽

책 머리를 들추며 _8

공명의 후퇴작전 _18

장판파의 조운과 장비 _36

불을 뿜는 혀 _60

주유의 계략 _84

10만 개의 화살 _108

연환계 _128

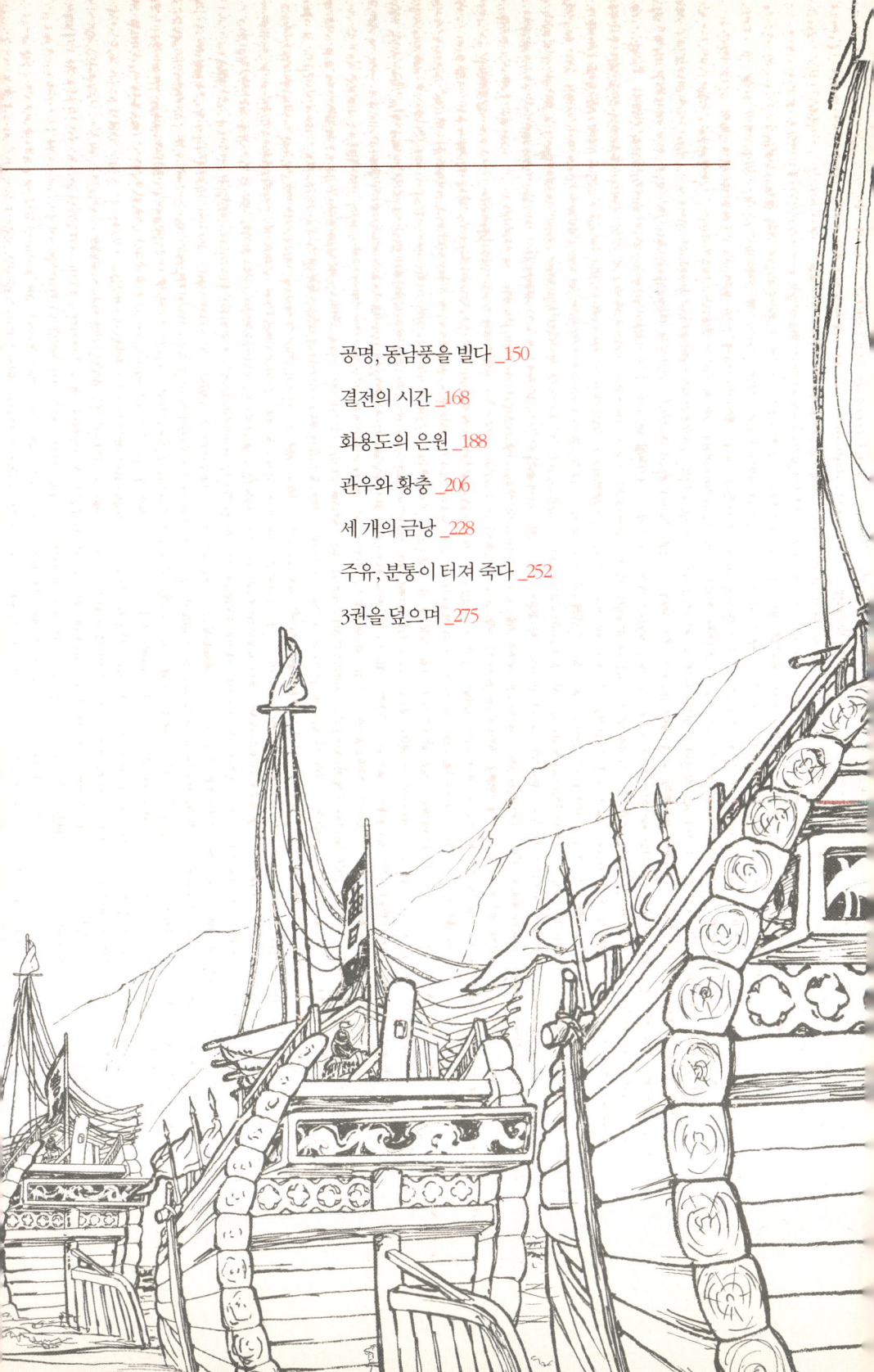

공명, 동남풍을 빌다 _150

결전의 시간 _168

화용도의 은원 _188

관우와 황충 _206

세 개의 금낭 _228

주유, 분통이 터져 죽다 _252

3권을 덮으며 _275

공명의 후퇴작전

1

박망파에서 공명의 계략에 걸려들어 5만의 병력 중 태반을 잃은 하후돈은 눈물을 펑펑 쏟으며 허도로 돌아갔다. 그리고 사죄를 하기 위해 자신의 몸을 새끼줄로 묶고 조조 앞으로 나갔다.

"새끼줄을 풀어 줘라."

조조는 쓴웃음을 지으면서 좌우에 명했다.

"그건 그렇고 역전의 용사인 그대가 무엇 때문에 공명 같은 애송이에게 걸려들었는가?"

"참으로 면목이 없습니다. 공명 따위가 무슨 재주를 피우겠느냐고 자만하고 있었기 때문입니다."

"음, 공명이라는 자, 가볍게 보아서는 안 될 것 같구나. 우선 유비부터 쳐부수지 않으면 안심할 수가 없다. 이 기회에 숨통을 완전히 끊어 놓아야겠다."

이렇게 말하고 나서 조조는 남정(南征)을 위한 조치를 실행에 옮겼다.

조조의 저택이 승상부(丞相府)로 바뀌고, 군사와 행정 일체를 관장하면서 본격적인 준비에 착수한 것이다. 우선 조인과 조홍을 제1진, 장료와 장합이 제2진, 하후돈과 하후연을 제3진, 우금과 이전을 제4진으로 삼고 승상 직할을 제5진으로 군세를 편성했다. 각 진마다 3만의 병사를 배치하여 총15만, 그리고 선봉대장 허저가 5천의 병사, 그리고 군수품을 보급하는 치중대 등을 합쳐 모두 20만의 동원을 명령했다.

조조는 이를 대외적으로 50만 대군이라고 공표했다.

원정군의 편성을 마치고, 조조는 순욱을 불렀다.

"그대가 허도에 남아 뒷일을 감당하면 나는 걱정이 없다."

"남방의 기후 풍토가 걱정입니다. 이곳 일은 염려마십시오."

"알았네. 그럼 다녀오리다."

조조는 마치 외출이라도 나가는 듯이 간단히 말했으나, 사실 그의 마음속에 걱정이 없는 게 아니었다.

'유표와 유비, 손권 따위는 두렵지 않다. 하지만……'

조조의 걱정은 수군(水軍)의 작전능력과 풍토병(風土病)이었다. 장강을 넘으려면 수군이 강한 손권군을 격파해야 하고 자칫 원정이 길어지면 무더운 남방기후와 싸워야 하기 때문이다.

때는 건안 13년(208년) 7월, 선선한 가을바람이 불기 시작하고 있었다.

조조는 마침내 허도 교외에서 대대적인 출병식을 갖고,

"선봉대와 제1진을 출발시켜라!"

하고 호령을 내렸다.

그 무렵, 형주에서는 유표의 병세가 악화되고 있었다. 유표는 자신의 최후가 임박했음을 깨닫고 유서를 쓰게 했다. 그 내용은 장남인 유기에게 자신의 뒤를 잇게 하고, 신야에 있는 유비를 그 보좌로 삼으라는 것이었다. 아무래도 막내 유종은 나이 때문에 미덥지 않았던 것이다.

이를 알게 된 유표의 후처인 채부인은 기절하기 직전이었다.

채부인은 오래전부터 자신이 낳은 유종에게 유표의 뒤를 잇게 하려고, 동생인 채모와 공모해서 유기와 유비를 제거하려고 계책을 꾸며왔다. 그런데 일이 틀어진 것이니 그럴만도 했다.

'유기가 형주의 주인이 되고 유비가 이를 돕게 된다면 우리들을 그대로 놔두지 않을 것이다.'

채부인은 어떻게 해서든 유기가 형주를 차지하지 못하게 하려고 채모와 심복 부하인 장윤 등을 불러 계책을 꾸몄다.

한편, 부친의 병세가 악화된 것을 안 유기가 강하에서 달려왔다. 채모는 성문을 굳게 닫아 걸고, 유기를 성안에 한 발자국도 들여 놓지 않았다. 오히려,

"부친께서 공자에게 강하(江夏)의 수비를 명하셨는데, 그 중대한 임무를 소홀이 하고 이곳으로 오다니 무슨 일이냐? 근무지를 무단이탈한 그대를 만나면 부친께서 화를 내셔서 더욱 병이 악화될 것이다. 근무지로 즉시 돌아가라."

하고 단호하게 질타하니 유기는 풀이 죽어 강하로 되돌아갔다.

유표는 그 뒤 얼마 못 살고 죽었다. 채부인과 채모, 장윤 등은 미리 계획한 대로 유표의 죽음을 유기나 유비 등 외부에 알리지 않은 채, 유종을 후계자로 삼는다는 가짜 유언장을 만들어서, 14세의 유종을 형주 9군의 주인으로 세우고 양양*으로 본거지를 옮겼다.

바로 이때 조조군의 선봉대와 제1진이 남양군의 완성까지 밀어닥쳤다는 소식이 들어왔다. 채부인 등은 동요했다. 조조와 싸워 이길 승산이 전혀 없으니 자칫 잘못하다가는 멸망하기 십상이다. 결론은 하나 밖에 없었다. 항복이었다.

'형주 9군을 바치고 얌전히 항복을 한다면, 조조는 유송에게 형주를 그대로 다스리도록 해줄 것이다. 또한 조조의 힘을 빌려서 황조를 죽인 손권에게 원수를 갚을 수도 있을 것이다.'

그런 얄팍한 계산도 있었다.

양양(襄陽)
오랫동안 남북세력의 격전지가 된 지역으로 형주 남군에 속하는 현의 명칭이다. 208년 유표의 후계자 유종의 항복으로 이 땅은 조조의 땅이 된다. 남북조 때 남조와 북조의 쟁탈전이 있었고 원과 남송의 공방이 있었다.

채부인은 유종에게 지시하여 항복을 하겠다는 편지를 쓰게 하고, 송충(宋忠)이라는 사람을 사자로 삼아 은밀히 조조 진영에 전달하기로 했다.

명을 받은 송충은 완성에 도착하여 유종의 편지를 바쳤다.

"형주의 9군을 바치겠다니 참으로 기특한 태도로다."

제1진의 대장 조인은 그 편지를 읽어 보고 만족스러운 듯이 고개를 끄덕였다.

"조승상님께서 그대들의 진정을 헤아려 주실 것이다. 유종에게 형주를 맡기는 일도 잘 해결될 것이 틀림없다."

조인은 송충에게 일단 약속부터 했다. 송충은 거듭 부탁한다는 인사를 올리고 양양으로 귀로에 올랐다. 그러나 도중에 한수를 건너다가 그 부근을 경계하고 있던 관우의 병사들에게 의심을 받아 붙잡히고 말았다.

"어떤 놈이냐? 무슨 볼 일로 어디에 가는 것이냐?"

관우 앞에 끌려가 준엄한 문초를 당하자, 송충은 더 이상 숨길 수가 없어 모든 것을 털어 놓고 말았다.

"뭐야, 유표님이 돌아가시고, 그 뒤를 이은 유종이 조조에게 항복을 했다고?"

관우는 깜짝 놀랐다. 즉각 송충을 앞세우고 신야에 있는 유비에게 달려갔다.

"이것이 무슨 변고인가! 이것으로 형주는 멸망한 것이나 다름

없다."

유비는 관우의 보고를 듣자 망연자실했다.

"이렇게 된 이상 병력을 동원하여 양양으로 쳐들어가서 채부인과 유종을 희생의 제물로 바치고, 형주를 손에 넣은 다음에 조조와 대결합시다!"

장비가 호랑이 수염을 거꾸로 세우며 부르짖었다.

"그 말씀이 맞습니다. 조조와 싸우려면 그 길 밖에 없습니다."

공명도 고개를 끄덕이면서 유비의 결단을 촉구했다.

그러나 유비는 고개를 흔들었다.

"유표님은 조조에게 패하여 갈 곳이 없었던 우리들을 따뜻하게 맞아들여 준 은인이다. 설사 어떤 일이 있었다 하더라도 그분의 자식을 죽이고 그 영토를 빼앗는 일을 나는 도저히 할 수가 없다."

하며 눈물을 흘리는 것이었다. 공명은 보다 못해 유비에게,

"이것도 안 하시겠다, 저것도 안 하시겠다고 하시다가 만일 조조의 대군이 코 앞까지 오면 그때는 무슨 힘으로 어떻게 대적하시겠습니까?"

하고 답답하다는 듯이 물었다.

"번성으로 가서 일단 조조의 예봉을 피하는 도리밖에 없잖소."

하고 유비가 대꾸하는데 척후병이 달려와 보고하기를,

"조조군이 박망성에 이르렀습니다."

하는 것이었다. 공명은 일단 후퇴작전을 염두에 두고, 사람을 강

하로 보내어 유기의 군마를 정비하게 하면서 따로 남하하는 조조의 대군이 진격하는 속도를 줄이는 계획을 세웠다.

그리고 나서 유비에게,

"황숙님은 너무 심란해 마십시오. 지난번 싸움에선 한줄기 불로 하후돈의 5만 대군을 태반이나 태워 죽였는데 이제 또 조조의 군사가 오면 그것은 그들이 스스로 무덤을 파는 일입니다. 다만 우리가 협소한 신야에 머물러 대항하기 어려우니 일단은 피하는 것이 좋겠습니다."

하고 말했다. 유비가 고개를 끄덕이니 공명은 즉시 장수들을 모아놓고 명령을 내리기 시작했다.

"방을 붙여 백성들에게 알리기를, 남녀노유 간에 황숙님을 따르려는 사람은 오늘 중으로 따라오고 그렇지 않은 사람은 피해서 안전을 구하도록 하라고 조치하시오."

하고는 일일이 지명하여,

"손건은 한수에 가서 배를 준비시켜 사람들을 건너게 하고, 미축은 가권을 인솔하여 번성으로 향하도록 하오. 관장군은 1천 기를 거느리고 백하 상류에 매복하되 강물을 막았다가 내일 삼경 후에 하류에서 인마의 소리가 어수선하게 나면 물을 터서 적병을 엄살하도록 하시오. 그리고 장장군 역시 1천 군을 거느리고 나루터에 매복하였다가 조조군이 도망하여 오거든 엄살하시오. 조장군은 2천 기를 이끌고 가되 네 대로 편성해서 일대는 친히 지휘하여 동문 밖에 매복하고 나머지 세 대는 서·남·북의 세 곳 문에 매복시킨 후, 성안의 백성들 집 위에 건초와 유황을 많이 쌓아 두었다가 조조군이 성에 들어오거든 내일 황혼에는 반드시 큰 바람이 일어날 것이니, 때맞춰 불을 지른 후 일제히 기습 공격을 하시오."

하고 자세하게 일러준 다음 미방과 유봉에게 1천 병사를 주어 반은 붉은 기를 들게 하고, 반은 푸른 기를 들고 작미파에 가 있다가 조조군이 오거든 붉은 기를 든 병사들은 오른쪽으로 달아나고 푸른 기를 든 병사들은 왼쪽으로 달아나면, 적병이 따르지 못할 것이니 두 사람은 숨어 있다가 성에서 불이 일어날 때 나와서 적을 습격하고 곧 백하 상류로 가서 관우에게 합세하라고 명령한 후, 자신은 유비와 같이 보고를 기다리기로 하였다.

한편, 조조의 명을 받은 조홍과 조인은 제1진 대군을 거느리고 선봉에 허저의 철갑군을 앞장 세우고 물밀 듯이 신야를 향해 진격했다.

그들이 신야성에 멀지 않은 작미파가 보이는 곳에 당도하니 앞에 한 떼의 유비군이 푸른 기와 붉은 기를 가졌는데 허저가 병사들을 재촉하여 공격해 가니 양편으로 갈라져 뿔뿔이 달아났다.

조인이 이 모양을 보고 허저에게,

"이상한 놈들 다 보겠다. 그런데 저건 의병이지 복병이 아니니 선봉대를 빨리 진격시켜라. 나도 군사를 독려하여 접응하겠다."

고 했다. 허저가 군사를 재촉하여 작미파에 이르러 살펴보니 인기척은 전혀 없고 날은 이미 황혼이 되었다. 더 앞으로 나가려다가 주저하는데 조인이 와서 보고,

"내 오늘 저녁은 안으로 들어가 신야성에 쉬겠다."

하고 군사를 재촉하여 신야성 가까이 가보니 성문이 활짝 열려 있었다.

'모두 도망쳤구먼.'

조인군이 들어가 보니 예상대로 성안에는 단 한 명의 사람도 보이지 않고 거리는 텅 비어 있었다. 조인은,

"유비가 힘이 빠져 백성들을 데리고 도망한 것이다. 오늘은 일단 성안에서 쉬고 내일 진격해야겠다."

하고 병사들을 쉬게 한 후 자신도 관사로 찾아 들어가 휴식을 취했다.

이때 병사들은 배도 고프고 몸이 피곤하여 각기 빈집에 들어가 밥을 지어 먹거나 쉬고 있었다.

"불이 났습니다."

하고 부관이 조인에게 보고했다.

"밥 짓다가 난 불이 아니냐?"

"자세히는 알 수 없으나 상당히 큰 불입니다."

"별일은 없을 테지만 빨리 끄도록 해라."

조인의 지시를 받은 부관이 아직 밖으로 나오지 안았을 때 밖에

서 문득 큰 바람이 일어나며 삽시간에 불은 성안에 가득 번지기 시작하였다.

조인은 밖에서 들려오는 아우성치는 소리가 심상치 않음을 느끼고 밖으로 나왔다. 그때는 이미 불길이 온 성안을 휩쓸고 있었고 남·서·북, 세 곳의 성문은 이미 반 이상 불에 타오르고 있었다. 예사로운 불이 아니었다.

조인은 곧 여러 장수와 함께 불과 연기를 피하며 아직 불길이 닿지 않은 동문쪽으로 빠져나가는데 당황한 병사들이 서로 밀치고 밟고 그야말로 아비규환* 이었다.

"순서대로 빠져 나가라!"

조인이 명령하고 겨우 불길을 벗어나 동문 밖으로 나왔을 때였다. 별안간 함성이 일어나며 조운이 앞장서서 달려들어 한바탕 공격하고 또 미방이 병사들을 이끌고 달려드니 마땅히 대적할 수가 없어 서둘러 도망쳤다. 한참을 도망쳐 사정이 될 무렵에 백하에 오니 다행히 강물은 깊지 않아 마음을 진정시킨 후 병사들과 말이 한데 섞여 강가에 늘어서 물을 마시며 겨우 휴식을 취했다.

한편 관우는 백하 상류에 있으면서 물길을 막고 동정을 살피고

아비규환 (阿鼻叫喚)
차마 눈 뜨고 보지 못할 참상이라는 말이다. 불교의 아비지옥과 규환지옥이 합쳐진 말. 아비지옥은 불교에서 8대 지옥 중 가장 아래에 있는 지옥으로 잠시도 고통이 쉴 날이 없다 하여 무간지옥(無間地獄)이라고도 한다. 규환지옥은 8대 지옥 중 4번째 지옥으로 너무 고통스러워 울부짖는다고 한다.

있었는데, 황혼 때에 신야성에 화광이 충천하더니 자정이 넘어서 하류에서 인마의 떠드는 소리가 들렸다. 그래서 작전대로 막았던 물길을 급히 터놓으니 갑자기 불어난 물살이 급하고 수량이 많아 조인의 병사들 가운데 급류에 휩쓸려 죽은 자가 태반이나 되었다.

이렇게 당하면서 조인은 겨우 목숨을 건져 달아나 나루터에 이르렀는데 또 함성이 일어나며 웬 장수가 길을 막았다.

'이크 장비구나!'

놀란 조인을 향해 장비는,

"달아나지 말고 어서 나하고 한판 붙어보자."

하고 호령하는데 그 소리가 우뢰와 같이 울렸다.

장비의 용맹에다 가뜩이나 사기가 오른 유비군이니 조인의 병사들은 그저 도망치기 바빴다. 다행히 허저가 나타나 장비를 가로막고 싸워 겨우 전멸을 면할 수 있었다. 허저도 장비와 죽기 살기로 싸울 뜻이 없었던지라 적당한 틈을 봐서 도망쳤다.

한편, 공명은 유비와 함께 백하에 이르니 미방이 배를 준비하고 기다리고 있었다. 강을 건너 번성으로 가는데 공명은 조조군이 이용하지 못하도록 타고 온 배를 모조리 침몰시키거나 불살라 없애도록 명령했다.

2

이렇게 조조군을 혼내주며 유비군은 피해 없이 철수하여 번성에 도착했다. 그리고 한숨을 돌리려는데 공명이 난색을 표하며,

"성의 사방을 살펴보니 몇 군데는 성벽을 보수하고, 새로 방벽을 세워야 할 곳도 여러 곳입니다. 그런데 지금은 시간이 없습니다. 따라서 우리의 병사들로 방비하기가 쉽지 않습니다. 서둘러 후퇴하여 남쪽의 성채 하나를 빼앗아 그곳에서 조조군과 싸우는 것이 상책일 듯 합니다."

하고 말하는 것이었다. 유비가 난감해 하며,

"그러면 나를 따라온 이 많은 백성들은 어찌 하고 가겠소?"

하니 공명도 난감한 표정으로 머뭇거리더니 안색을 굳히며,

"지금은 적군이 쫓아오고 있는 비상시국입니다. 감상에 젖을 때가 아닙니다. 백성들에게 일러 따라올 사람은 함께 가고 안 갈 사람은 이곳에 있게 하지요."

하고 결론을 내렸다.

유비는 하는 수 없이 관우를 시켜 배를 준비하게 하고 간옹에게 명하여 성 중의 백성들에게 알렸다.

"지금 조조의 대군이 추격해 오는데 이곳 번성은 성곽 보수가 잘 안 돼 있어 지키기가 매우 어렵다. 따라서 남쪽으로 떠나려 하니 따라가기를 원하는 백성은 같이 가자."

그러자 백성들 대다수가,

"우리들은 죽는 한이 있더라도 유황숙님을 따라가겠소."

하는 것이었다. 이렇게 하여 번성을 떠나 남쪽으로 향하는데 백성들은 짐을 지거나 이고, 어린아이들은 걸리면서 뒤를 따랐다. 걷고 또 걷기를 하루종일 한데다가 한수에 이르러 강을 건너는데 배편이 충분할 리 없었다.

서로 배를 타려고 밀리고 끌어당기고 하더니 물에 떠내려가는 사람도 있고 가족이 헤어져 도처에서 비명소리와 울음소리가 끊이질 않았다. 이를 두고 보던 유비가 탄식하지 않을 수 없었다.

"나 한 사람으로 인하여 여러 백성이 이러한 고통을 겪으니 차라리 나 하나 죽는 것이 좋겠다."

하고는 강물에 뛰어들려는 것을 공명이 말리고 나서,

"황숙님께서는 왜 자꾸 부녀자처럼 행동하려 하십니까. 잠시 못 본 체하고 참으십시오."

하고 채근하는데 유비는 눈물만 흘릴 뿐이었다.

그 사이에 유비 일행을 태운 배는 남쪽 기슭에 닿았다.

모두들 서둘러 양양 동문으로 향했다. 동문 앞에 도착한 유비와 공명이 성 위를 바라보니 정기가 나란히 꽂혀 있으며 군사들이 늘어서 있어 경비가 매우 삼엄했다.

유비가 성 아래에 가서 큰소리로,

"유종 조카는 듣거라. 나는 백성을 구하려는 것이지 딴 뜻은 없으니 빨리 문을 열어다오!"

하고 외쳤으나 유종의 모습은 보이지 않고, 채모와 장윤이 성루에 나타나더니 군사를 시켜 오히려 위협적으로 활을 쏘아댔다. 이를 지켜보던 백성들은 발을 동동 구르며 욕하다가 그만 통곡을 하니 일대가 울음바다로 변했다.

그때 성벽 위에서 한 사람의 장수가 나타나 큰소리로,

"매국노 채모는 내 칼을 받아라! 유황숙은 덕이 있는 분이시라 백성을 위하여 왔는데 어찌 막느냐."

하고 외쳤다. 바라보니 키는 팔척이요, 얼굴은 무르익은 대춧빛을 한 위연이라 하는 사람이었다.

위연은 곧 수문장을 죽이고 성문을 열어 제친 후, 유황숙께서는 빨리 성안으로 들어와 매국노를 죽이라고 외쳤다. 장비가 말을 달려 성안으로 들어가려고 하니 유비가,

"백성을 놀라지 않게 하여라."

하며 들어가지 못하게 했다. 위연은 다시 소리쳐 유비에게 빨리 성안으로 들어올 것을 재촉할 때였다.

문빙이라는 장수가 군사를 거느리고 나와,

"위연! 이놈아! 너같이 이름없는 소졸이 어찌 까부느냐?"

하고 몰아세워 위연과 격렬한 싸움이 붙었다.

유비는 이 모습을 보고, '내가 백성을 구하려다 도리어 백성을 해치고 우리 편끼리 싸움을 하게 만든다' 면서 양양성으로 들어가기

를 원하지 않았다.

그러자 공명이 제안하기를,

"그러하시다면 강릉*이 요지이자 성이 크니 그쪽으로 가는 것이 좋을 것 같습니다. 지금 강릉으로 가시지요."

하니 유비는 그제서야,

"바로 내 마음과 같소 그려."

하고 따르는 백성들을 이끌고 강릉으로 향해 길을 재촉하는데 이것을 보고 양양 성중의 백성들이 수없이 성을 빠져나와 유비 일행을 따르기 시작했다.

이러한 사이에 위연은 문빙과 어우러져 사시에서 미시에 이르기까지 싸웠다. 그러나 몇 명 안 되는 수하들은 죽거나 도망을 하여 어느 틈엔가 한 명도 남아 있지 않은 것을 알게 되자, 위연은 곧 말머리를 돌려 유비를 찾았다. 그러나 어디로 갔는지 알 수가 없어 그는 하는 수 없이 장사태수 한현에게로 떠났다.

한편, 유비의 일행은 부지런히 걸음을 재촉했다. 뒤를 따르는 병사와 백성들의 수효는 20여 만이요, 크고 작은 수레가 수천 량, 그들이 들고가는 가재도구와 식량자루 등은 이루 헤아리지 못할 만큼

강릉(江陵)
형주 남군에 속한 현의 명칭이다. 적벽대전 이후 위의 조인이 지켰는데 주유의 공격으로 도망가고 대신 주유가 강릉에 주둔한다. 그 후 관우가 주둔하며 북벌의 근거지가 된다.

많았다. 강릉으로 가는 큰 길에 때 아닌 피난 행렬이 꼬리에 꼬리를 물고 이어졌다.

마침 유표의 무덤 앞을 지나가게 되었다.

공명이 행렬을 멈추게 한 후에 유비에게 수하 장수를 거느리고 묘 앞에 나가서 절하고 성묘하게 했다. 유비가 마음속으로,

'유비가 재주도 없고 덕도 없어 형님께서 기탁하신 말씀을 저버리게 되었으니 이는 오직 죄가 유비에게 있는 것이지 백성들은 도무지 모르는 일이옵니다. 바라건대 형님 영령이시여! 형주, 양양 백성들에게 구원을 내려주십시오.'

라고 기도하는데 급히 달려온 척후병이 보고하기를 조조의 본부군이 이미 번성에 들어와 진을 치고 선발대는 배를 준비하여 강을 건너 뒤를 추격해 온다는 것이었다.

그러자 여러 장수들이 유비에게 일제히 간했다.

"강릉은 성곽이 높고, 양곡이 풍부한 요지여서 지킬만한 곳입니다. 다만 지금 이렇듯이 많은 백성을 데리고 하루에 10여 리 정도 가다가는 조조의 군사에게 덜미를 잡힐 위험이 큽니다. 그러하니 잠시 백성들을 두고, 주공께서 병사들을 이끌고 앞서 가는 것이 좋을 것입니다."

유비는 고개를 절레절레 흔들며 대꾸했다.

"나 혼자 편하자고 어찌 백성들을 버리고 가겠소?"

이 말을 들은 백성들 가운데 비감해하지 않는 사람이 없었다.

결국 유비는 따르는 백성들과 같은 속도로 행군하여 강릉으로 가고 있었다. 이를 보다 못한 공명이,

"조조의 추격병이 머지않아 뒤따를 것이니 우선 관장군과 손건을 강하에 보내 유기에게 장병을 거느리고 강릉으로 오도록 하십시오."

하고 권했다.

이에 관우와 손건은 500기를 거느리고 강하의 유기에게 갔고 장비는 혹 있을지 모르는 추격병에 대비하여 일행의 후미를 지키도록 했다.

공명은 계속하여 조운과 유비의 가족들을 보호하도록 하고, 다른 관원들은 백성을 인솔하여 강릉으로 서둘러 가도록 했다. 그러나 그 속도는 빨라야 하루에 고작 20여 리를 넘지 못했다.

장판파의 조운과 장비

1

한편, 번성에 도착한 조조는 사자를 보내 유종을 불렀다.

"나는 싫다. 가고 싶지 않다."

유종은 조조가 무서워 떼를 썼다. 아무리 달래고 얼래도 가려고 하지 않았기 때문에 채모와 장윤이 대신 번성으로 갔다.

"주인 유종은 갑작스러운 복통 때문에 찾아뵐 수가 없어 저희 두 사람이 대신 승상님을 뵈려고 왔습니다. 부디 용서하여 주십시오."

채모와 장윤은 조조의 위세에 눌려 땅바닥에 머리를 조아렸다.

"그러냐? 그렇다면 하는 수 없지."

조조는 더 이상 깊이 추궁하지 않았다.

"그런데 형주의 병력과 군자금, 그리고 군량 등은 어느 정도나 있는가?"

"예. 기병이 5만, 보병이 15만, 수군이 8만, 합해서 28만입니다."

하고 채모가 대답했다.

"군자금과 군량 등은 주로 강릉성에 비축해 두었는데, 1년 분은 충분히 됩니다."

"흠, 그렇다면 군선은 어느 정도나 있는가? 또 누가 그것을 관장하고 있는가?"

"군선은 대소 합쳐서 7천척 정도 있습니다. 저희들이 감독하고 있습니다."

'음, 상당히 풍부한 편이로구먼.'

조조는 기분이 좋았다.

"그렇다면 그대들을 수군의 대도독(大都督 = 총사령관)* 과 부도독(副都督 = 부사령관)으로 임명하겠다. 책임을 지고 수군을 지금 이상으로 준비시켜라. 또 유종은 내가 천자께 말씀 드려서 형주의 주인이 되도록 해 주겠다."

"고맙습니다. 저희 두 사람은 신명을 바쳐 승상님을 위해 일하겠습니다."

채모와 장윤은 크게 기뻐하면서 물러 나갔다.

수군 대도독
연의에서 채모가 이 직책을 맡았다고 나오지만 후한 삼국시대에는 그런 관직명은 없었다고 한다. 또한 오의 주유도 대도독을 지냈다고 나오는데 이는 모든 군대를 총감독하는 최고 사령관을 뜻한다. 하지만 정사에서는 주유 역시 대도독을 지냈다고 기록하지 않았다.

양양으로 돌아온 채모와 장윤은 조조의 말을 유종에게 전했다.

"나를 형주의 주인으로 만들어 주겠다고 했단 말이지?"

유종은 천진난만하게 기뻐했다.

다음 날이 되었다. 조조가 대군을 이끌고 양양성으로 온다는 전갈이 왔다. 유종은 어머니 채부인과 함께 신하들을 거느리고 성 밖 30리까지 나와 조조를 정중하게 맞이했다.

"일부러 마중을 나와 주니 고맙네."

조조는 유종에게 치하를 하고, 말을 나란히 하여 성안으로 들어갔다. 그러나 입성의식이 끝나자 유종을 향해 냉담하게 지시했다.

"유종, 그대에게 청주자사 자리를 주겠다. 즉시 떠나도록 하라."

유종은 깜짝 놀랐다.

"얘기가 전혀 다르지 않습니까! 양양은 부모의 땅입니다. 떠나고 싶지 않습니다. 부디 여기에 있도록 해 주십시오."

하고 간절히 호소했다. 그러나 조조는 그 뜻을 들어주지 않았다.

"형주에 있으면 그대의 목숨이 위험하니까 그리로 가라는 것이다. 한동안 자사로서 경험을 쌓고 전쟁이 끝난 후에 돌아오면 된다."

말투는 온화했으나 이것은 엄중한 명령이나 마찬가지였다. 채모와 장윤은 조조의 위세에 압도당해 아무 말도 하지 못했다.

유종은 어쩔 수 없이 어머니 채부인과 함께 청주를 향해 출발했다. 그를 뒤따르는 자는 종자 몇 명뿐이었다. 백성들의 마음은 물론 신하들도 이미 유종을 떠나 버렸던 것이다.

유종이 떠나자, 조조는 우금(于禁)을 은밀히 불러 무슨 일인가를 명했다. 우금은 즉각 5백 명의 군사를 이끌고 성을 나갔다. 이틀쯤 지나 돌아오더니 유종 일행을 모조리 해치웠다고 보고했다.

"잘 했다. 이것으로 걱정거리가 완전히 없어진 셈이다. 유종이 살아 있으면 두고두고 골치 아프게 될 테니까 말이다."

조조는 우금에게 은상을 내리고 물러가게 했다.

유종의 뒤처리가 끝나자 순유가 들어왔다.

"승상님, 서둘러야 할 일이 또 있습니다."

"무엇이오?"

조조는 일이 순조롭게 풀린다고 여기던 참이었다.

"말씀해 보시오."

"강릉은 형주 지역의 주요 요충지이고 또 비축한 전량이 상당히 많으니 유비가 먼저 그곳을 차지하고 웅거하게 되면 쳐부수기가 심히 어려울 것입니다."

"그렇구려. 내 잠시 잊고 있었소."

조조는 곧 문빙에게 앞장서서 인도하도록 하고 기병 5천 명을 선발하여 서둘러 유비를 추격하게 했다.

때마침 보고가 들어오기를, 유비가 백성을 거느리고 강릉을 향해 퇴각하고 있는데 행군 속도가 늦어 아직도 강릉까지 백 몇 십리가 더 남았다는 것이었다.

이 말을 들은 조조는 크게 기뻐하며 재차 서두르라고 지시하였다.

유비는 군사와 십여 만 백성을 이끌고 강릉으로 향해 계속 가고 있었다. 그러나 양양을 떠난 지 10일이나 지났는데도 아직 강릉까지 가는 노정의 절반쯤 밖에 못 왔다. 따라오는 난민들 때문에 아직도 하루에 20여 리를 가는 것이 고작이어서 진군이 좀처럼 진척되지를 않았다. 그리고 유기에게 병력을 빌리러 간 관우도 무엇이 잘못되었는지 아직 연락조차 없었다.

공명은 강릉길이 아직 멀고 구원을 청하러 간 관우의 소식이 며칠째 없어 답답해 하다가 유비에게,

"관장군이 강하로 간 후 이때까지 소식이 없으니 무슨 까닭인지 모르겠습니다."

하니 유비 역시 다급하고 초조한 바라,

"나도 그렇소. 군사께서 직접 가서서 알아보는 게 어떻겠소. 가시면 유기가 전날 군사에게 입은 은혜를 잊지 않고 있을 것이니 일이 잘 풀릴 것이오."

하고 부탁했다.

"분부대로 다녀오겠습니다만 그동안 황숙님께서도 서둘러 주셔야겠습니다. 지금의 행군 속도는 너무나 느립니다."

공명은 유비에게 거듭 속도를 내라고 재촉한 후, 즉시 유봉과 병사 몇 명을 데리고 강하로 향해 갔다.

유비는 간옹, 미축, 미방 등에게 좀더 속도를 내라고 주문하는데 난데없이 광풍이 일어나 먼지가 일며 사방천지가 캄캄해져 앞뒤를

분간하지 못하게 하더니 한참 후에야 먼지가 가라앉았다.

유비가 깜짝 놀라 간옹을 보고,

"이것이 무슨 징조이겠소?"

하고 물으니 간옹은,

"아무래도 불길한 징조를 알려주는 것 같습니다. 오늘 저녁에 무슨 일이 생길 지도 모르겠습니다. 주공께서는 우선 측근만을 데리고 서둘러 가셔야겠습니다."

하고 역시 길 재촉을 했다.

"신야에서 여기까지 따라온 백성을 두고 어찌 혼자 가겠소. 모두들 서둘러 갑시다."

간옹이 다시 말했다.

"주공께서는 백성들 불쌍한 것만 생각하시고 큰 화가 닥쳐오는 것은 생각하지 않으십니까?"

유비는 묵묵부답이었다.

때는 이른 겨울 날씨였다. 바람은 소슬한데 황혼이 되자 기온이 많이 떨어졌다. 유비가 백성들 염려가 되어 분부했다.

"오늘은 여기서 쉬도록 하자."

일행은 당양현으로 들어갔다. 유비 일행은 경산(景山)이라는 산기슭에 진을 치고 자리를 잡았다. 그러나 주위에 자리를 잡고 앉은 난민들은 입을 열 기운도 없고, 차가운 바람에 몸을 떨면서 서로에게 기대고 웅크릴 뿐이었다.

한밤중이 조금 지났을 무렵, 돌연 사방을 뒤흔드는 듯한 함성소리가 터져 나왔다.

"조조군이 습격해 온 모양이다!"

유비는 즉시 말에 뛰어 오르자 병사들을 독려했다. 그러나 기세가 오른 조조의 정예 부대 앞에서 싸움 한번 제대로 못해보고, 사방에서 차례차례로 조조군에게 짓밟혔다.

유비는 이젠 끝장이라고 체념했을 때, 마침 장비가 천여 명의 병력을 이끌고 달려왔다.

"형님, 이쪽으로!"

장비는 벌떼처럼 달려드는 적들을 칼로 베고 찔러 넘어뜨리면서 선두에 서서 활로를 열고 유비를 감싸며 장판파까지 도망쳤다.

그러나 조조군은 거침없이 거센 파도처럼 밀려왔다. 유비는 다시 20리를 더 도망쳐 간신히 함성소리가 멀어진 곳에서 말을 멈췄다. 날이 밝아올 무렵이었다. 주위를 둘러보니 뒤를 따르는 자는 겨우 100명 정도이고, 난민들을 비롯해 가족이나 미방, 미축, 간옹, 조운과 같은 대장들의 모습도 찾아볼 수가 없었다.

"단지 나를 따라온 탓으로 수많은 백성들이 비참한 지경을 당했구나. 가족과 대장들의 행방도 알 수가 없다. 아아, 어떻게 하면 좋단 말인가."

유비는 몸을 땅에 던지고 울음을 터뜨렸다.

그때 몸에 여러 개의 화살을 맞은 미방이 비틀거리며 달려왔다.

"분합니다. 조운이 배신을 했습니다!"

미방은 피를 토하는 듯한 목소리로 외쳤다.

"조조 진영을 향해 달려가는 모습을 제가 이 두 눈으로 똑똑히 보았습니다."

"자룡의 마음은 철석같아 나를 배신할 리가 없다."*

유비는 겨우 울음을 그치고 고개를 흔들었다. 그러자 장비가,

"좋다, 내가 확인을 해보겠다. 만일 배신했다면 단칼에 찔러 죽이겠다."

하고 말하자마자, 말에 훌쩍 올라탔다.

"기다려라, 장비. 경솔하게 굴지 마라!"

하고 유비가 만류했으나 장비는 귀도 기울이지 않고 20명 가량의 부하를 데리고 말을 달려갔다.

장판파까지 되돌아가자 눈 앞에 한 줄기 작은 강이 흐르고, 엉성한 나무다리가 걸려 있었다. 다리 옆에는 울창하게 우거진 숲이 있었다.

"장판교로군. 좋다, 여기에 진을 치자."

장비는 병사들에게 명하여 나뭇가지를 잘라 오게 한 다음, 그것을 말 꼬리에 묶어 가지고 숲속을 돌아다니게 했다.

심여철석(心如鐵石)
'마음이 쇠와 돌처럼 변치 않는다.'는 뜻이다. 유비가 조조에게 패해 백성들과 함께 피난 길에 오를 때 조운이 조조군에 투항했다는 보고가 들어온다. 장비가 "조운이 부귀를 얻으려 조조에 투항했을지도 모른다"고 말하자 유비는 "자룡의 마음은 철석같이 부귀 때문에 흔들리지는 않을 것이다."고 부정한다.

'이렇게 해놓으면 숲 속에 최소한 몇 천기는 있는 것처럼 보일 것이다.'

히죽이 웃으며 장비는 말을 다리 가운데까지 몰고 가서, 장팔사모를 옆구리에 끼고 커다란 눈을 부릅뜬 채 싸움터를 노려보았다.

한편, 조운은 한밤중부터 조조군과 싸우면서 닥치는 대로 창을 휘둘러대고 있었는데 그 사이에 날이 밝아오기 시작했다. 주위를 보니 유비의 가족들 모습이 보이지 않았다.

'앗차! 큰일이다. 싸움에 정신이 팔려 나를 믿고 맡긴 주공님의 가족들을 잃어버렸으니, 무슨 일이 있어도 찾아내지 않으면 주공님을 만나 뵐 면목이 없다……'

조운은 말을 돌려 결사의 각오로 장판파로 밀려 들어오는 조조군을 향해 달려갔다. 그것을 보고 미방은 조운이 배신했다고 여긴 것이었다.

사방에는 싸움에 휩쓸려 들어가 목숨을 잃은 난민들의 시체와 병사들의 시체가 널려 있었고, 상처투성이로 이리저리 도망 다니는 사람들의 울음소리가 메아리치고 있었다. 부모는 자식을 찾고, 자식은 부모를 목 놓아 부르다가 지쳐서 차례차례로 쓰러졌다.

그런 가운데를 조운은 말을 달려 유비의 가족들을 찾아 다녔다. 그러자 등에 화살을 맞고 길가에 쓰러져 있던 병사 하나가 숨 넘어가는 목소리로 조운을 불러 세웠다.

"저는 부인들의 수레를 경호하고 있던 병사입니다. 바로 조금 전에 감부인께서 머리칼을 헝크러뜨리고 맨발로 난민들 틈에 섞여 서쪽으로 가셨습니다."

2

조운이 서쪽으로 말을 달려가니 수백 명의 난민들이 손을 마주 잡고 가는 모습이 보였다.

"감부인, 감부인 안 계십니까?"

하고 조운이 사방에다 소리쳤다. 그 소리에 뒤쪽에서 걸어가고 있던 부인 하나가 뒤를 돌아보더니 조운을 보자 왈칵 울면서 그 자리에서 쓰러졌다. 감부인이었다.

조운은 말에서 뛰어내려 감부인을 부축했다.

"이런 고생을 하시게 해서 죄송합니다. 미부인과 아두님은 어떻게 되셨습니까?"

"적의 습격을 받아 수레를 버리고 함께 도망쳤으나 도중에 뿔뿔이 흩어져 버렸습니다."

감부인은 울면서 말했다.

그때, 주위의 난민들 행렬이 '와르르' 무너지더니 비명을 지르며 앞을 다투어 도망치기 시작했다. 조조군이 쇄도해 온 것이다. 보니까 한 사람의 적장이 포로를 말에 붙잡아 맨 채 부하들을 이끌고 의기양양하게 달려오는 것이었다. 포로는 미축이었다.

'미축님, 곧 구해드리겠습니다.'

조운은 말에 올라탔다. 창을 겨누고 적장을 향해 돌진해 가더니 단 한 번에 찔러 죽였다. 그리고 적의 병사들을 모두 쫓아 보내고 미축을 구해내고는 두 마리의 말을 빼앗아 감부인과 미축을 태우고 장판교까지 냅다 달려갔다.

다리 위에서는 장비가 장팔사모를 겨누고 서 있다가 조운이 감부인과 미축을 데리고 달려 오는 것을 보자 경계를 풀었다.

"자네, 조조에게 항복을 한 것이 아니었나?"

"바보 같은 소리 하지 마오. 내가 왜 조조에게 항복을 해요?"

"용서하게. 아무래도 오해를 한 것 같구먼."

"주공님은 어디에 계시오?"

"여기서 20리 가량 앞쪽에서 쉬고 계시네."

"그렇다면 감부인을 모시고 가 주오. 나는 미부인과 아두님을 찾아 모시고 올 테니까."

하고는 조운은 곧 말머리를 돌려 오던 길을 다시 달려갔다.

그때 저쪽에서 젊은 장수 하나가 10여 명의 병사를 이끌고 오는 것과 마주쳤다. 조운은 곧바로 덤벼들더니 스쳐 지나가면서 창을 번뜩이며 찔러 죽였다. 병사들은 조운의 기세에 겁을 집어먹고 뿔뿔이 도망쳐 갔다.

'흠, 훌륭한 보검이로군.'

조운은 젊은 장수가 등에 메고 있던 검집을 빼어보니 자루에 '청강'이라는 글자가 새겨 있었다.

'그렇다면 이 녀석이 바로 하후은(夏侯恩)이구나.'

조운은 자신이 쓰러뜨린 상대를 다시 한번 바라보았다.

조조는 '의천'과 '청강*'이라는 두 개의 보검을 갖고 있었는데 의천검은 자신이 몸에 지니고, 청강검은 측근인 하후은에게 하사했다. 청강검은 쇠를 손쉽게 자를 정도로 날카롭고 강한 칼날을 가진 명검이었다.

조운은 청강검을 비스듬히 어깨에 둘러메고는 창을 꼰아쥐고 다시 말에 올라 타고 몰려드는 적병들을 닥치는 대로 창으로 찌르고, 말발굽으로 흐트러뜨리면서 미부인과 아두를 찾아 돌아다녔다.

"장군님, 장군님!"

하고 도망쳐 다니던 난민 하나가 소리쳐 부르더니,

"미부인께서는 다리에 큰 상처를 입었기 때문에 걷지를 못하여 바로 서쪽 토담 뒤에 숨어 계십니다."

하고 손으로 한 곳을 가리켰다.

조운은 즉시 가르쳐준 장소로 달려갔다. 무너져 가는 낮은 토담 뒤에 미부인이 어린 아두를 끌어안고 울고 있었다. 조운은 말에서

청강검
의천검과 함께 조조가 갖고 있었던 보검의 하나로 하후은이 장판에서 조운에게 빼앗긴다. 이 외에도 동탁의 암살에 사용하기 위해 조조가 왕윤에게 빌렸던 칠성검 등이 유명한 삼국지의 검들이다.

뛰어내려 미부인 앞에 무릎을 꿇었다.

"저의 부주의로 이런 고생을 당하게 해서 참으로 죄송합니다."

"오오, 조장군님……."

미부인은 놀란 듯 얼굴을 쳐들었다.

"자아, 빨리 말에 오르십시오. 제가 모시고 주공님이 계시는 곳으로 모시겠습니다."

"아닙니다, 다리의 상처 때문에 나는 더 이상 움직일 수가 없습니다. 나는 상관하지 말고 이 아기를……."

미부인은 고개를 흔들고는 끌어안고 있던 아두를 조운에게 내밀었다.

그때, 함성소리가 사방에서 일어나더니 요란스런 말발굽 소리가 땅바닥을 흔들어댔다.

"적이 가까이 온 것 같습니다. 자아, 어서 빨리!"

조운은 손을 내밀었다. 그러나 미부인은 그 손을 뿌리치고 아두를 땅바닥에 내려놓더니 비틀비틀거리며 옆에 있는 우물로 가서는 비장한 얼굴로 조운을 돌아보았다.

"아기의 목숨을 장군님에게 맡깁니다. 꼭 황숙님께 데려다 주십시오."

하고 말을 끝내자 우물에 몸을 던졌다. 자신이 조운에게 방해가 된다고 생각하여 스스로 목숨을 끊은 것이었다.

조운은 쏟아지는 눈물을 참고 토담을 밀어 우물을 덮었다. 미부

인의 사체를 적군이 훼손할까 염려했던 것이다. 그리고는 갑옷의 끈을 풀고 가슴에 대는 호구를 떼어낸 후 아두를 품 안에 감싼 채 말에 올라탔다.

이때 조조군의 일대가 조운을 발견하고 우르르 덤벼들었다. 조운은 청강검을 빼들어 전후좌우로 휘두르면서 단숨에 포위망을 빠져나갔다.

그러나 적도 물러서지 않고 쉴새 없이 공격을 가해 왔다. 조운은 온힘을 다 해서 칼을 휘둘러댔다. 청강의 칼 맛은 참으로 날카로워 몰려드는 적을 차례차례 갑옷 채로 두 동강이를 냈다. 조운은 또 달아났다. 우선 아두를 구하는 것이 급했기 때문이었다.

"도망치지 마라!"

조조군이 외치는 소리가 진동하고 다시 조운 앞에 두 장수가 길을 막는데 뒤에서 쫓는 장수는 미련과 장개요, 앞길을 막는 장수는 초촉과 장남으로 원소의 휘하에 있었던 장수들이었다. 조운이 힘을 다하여 싸워 그들을 물리치니 그 동안 달려온 조조군 병사들이 좌우에서 일제히 공격해 왔다.

조운이 잠시도 쉬지 못하고 칼을 휘둘러 좌충우돌 닥치는 대로 찍으니 그의 손이 닿는 곳마다 살이 찢어지고 피가 샘솟듯 하였다. 죽을 힘을 다하여 포위망을 벗어나는데 이때 조조가 경산 위에 있다가 이 모습을 보았다. 조조는 적장이 누군지 궁금했다.

"저 장수의 이름이 뭐냐?"

조홍이 곧 말을 달려 언덕에서 내려와 큰소리로 싸우는 장수는 이름을 밝히라고 외치니 조운이 대답하기를,

"나는 상산(常山)의 조자룡이다!"

하고 적장의 피를 튕겨내면서 대답했다.

조홍이 다시 언덕으로 올라가 조조에게 보고하니 조조는 고개를 끄덕이며,

"과연 소문으로 듣던 조자룡이구나. 훌륭한 솜씨다. 죽이기는 아깝다. 화살을 쏘는 것을 중지하고 사로잡도록 해라."

하고 파발마를 보내 전군에 명했다.

그 때문에 조운을 향하던 화살이 뚝 그쳤다. 조운은 그 틈을 이용하여 세 차례나 포위망을 뚫고 장판교 쪽으로 달려갔다.

그때까지 조운은 조조군의 이름 있는 대장을 50여 명이나 죽이거나 중상을 입혔으니 온몸에 상대방의 피를 온통 뒤집어쓴 채 기진맥진해 있었다.

겨우 장판교가 보이기 시작했다. 그러나 그곳에 다시 두 명의 조조군 대장이 앞길을 가로막았다. 조운은 있는 힘을 다해 청강검을 휘둘러 두 사람을 쓰러뜨렸다. 하지만 천하의 조운도 그것이 한계였다.

"장비, 나를 도와주오!"

조운은 다리 위에 서 있는 장비를 향해 소리쳤다.

"알았네!"

장비는 일직선으로 다리를 달려 내려와 조운을 포위한 조조군을

물리치고 조운을 구해냈다.

"뒤는 내가 맡겠다. 자네는 주공께 가라."

"부탁하오."

조운은 다리를 건너 20리 앞의 숲속에서 휴식을 취하고 있던 유비에게 달려가더니 굴러 떨어지듯이 말에서 미끄러져 내렸다. 한참 동안 어깨로 숨을 쉴 뿐 입도 열지 못했다.

"오오, 조운, 무사했구나!"

유비는 조운을 보자 자기도 모르게 몸을 일으켰다.

"주공님, 참으로 유감스럽게도 미부인께서는 깊은 상처를 입으시고, 도저히 살아날 가망이 없다고 우물에 몸을 던져 스스로 목숨을 끊으셨습니다. 그러나 아두님을 제가 구해서 여기에……."

조운은 숨을 계속 헐떡이며 갑옷의 가슴 보호대를 열고 아두를 안아 올려 유비에게 내밀었다. 그때, 어린 아두는 천진난만한 얼굴로 깊이 잠들어 있었다.

유비는 조운의 손에서 아두를 받아들었으나 무슨 생각을 했는지 '휙' 하니 눈앞의 풀숲에 던져 버리며 탄식했다.

"누가 이 녀석을 데려 가라. 이 녀석 때문에 소중한 대장을 한 사람 잃을 뻔했다."[*]

조운은 감복하여

"간과 뇌장을 다 쏟아내도 주공님의 은혜를 다 갚을 수 없습니다."

하며, 자식보다 부하의 일을 더 걱정하는 유비의 배려에 조운은 눈물을 흘렸다.

한편, 조운을 사로잡으려고 조인과 조홍을 위시하여 장료와 허저 등 맹장들이 병력을 이끌고 밀어닥쳤으나 이미 조운의 모습은 보이지 않고, 다리 위에는 장비 단 한 사람만이 버티며 무섭게 이쪽을 노려보고 있었다.

장비 뒤의 숲에서는 '따가닥 따가닥' 말들이 돌아다니는 소리가 나고 뿌옇게 흙먼지가 피어오르고 있었다.

"기다려라. 복병이다."

일제히 달려들려고 하는 대장들을 제지한 조홍은 파발마를 보내 조조에게 이 일을 알렸다. 조조가 장판교로 왔다.

그것을 본 장비는 호랑이수염을 곤두세우고 고함을 질렀다.

"나는 장비 익덕이다! 자신 있는 자는 얼마든지 덤벼라!"

그 목소리는 천둥소리처럼 울려 퍼지고, 주위의 공기를 날카롭게 찢었다. 조조군들은 놀란 나머지 엉겁결에 뒷걸음질을 쳤다.

"저놈이 장비냐? 언젠가 관우에게서 들은 적이 있다. 동생인 장비는 100만의 무리 속으로 뛰어 들어가 마치 자루 속의 물건을 꺼

간뇌도지(肝腦塗地)
간과 뇌장을 쏟아낸다는 뜻. 사지에서 아두를 구해 온 조운에게 유비가 도리어 아두를 땅바닥에 집어던지며, '이 아이 하나 때문에 명장을 잃을 뻔했구나!'고 탄식하자 조운은 감복하여 '간과 뇌장을 쏟아내도 주공의 은공을 갚을 수 없겠습니다.'고 말한다.

내듯이 대장의 목을 베어 온다고 말이다."

조조의 얼굴이 침통하게 변했다.

"왜 덤벼들지 않느냐? 이놈들아!"

장비는 머리 위로 장팔사모를 '휙휙' 휘둘러대며 고함을 질렀다. 그러자 조조 옆에 있던 부장 하나가 소스라치게 놀라 말에서 굴러 떨어졌다.

조조는 물러나야겠다는 생각이 들었다. 후군에서도 벌써 슬금슬금 움직이는 징조가 보였다.

조조는 이미 승기를 놓쳤다는 것을 느꼈다. 이럴 때 공격 명령을 내리는 것이 별로 효과적이지 못하다는 것은 누구보다도 잘 알고 있었다.

조조는 곧 전군에 후퇴 명령을 내리고 서쪽을 향해 물러났다. 그 때 달려오던 장료와 허저를 만나니 허저가 외쳤다.

"승상님께서는 놀라지 마십시오. 장비 정도가 무엇이 두렵습니까? 말 머리를 돌리시어 일제히 공격하면 능히 장비를 사로잡을 것입니다."

3

한편 장비는 조조군이 물러나는 것을 보자 속으로 쾌재를 부른 후 병사를 시켜 장판교를 불태워 버리고 돌아와 유비에게 전후사정

을 말하니 유비가 하는 말이,

"아우의 용맹은 물론 계교 또한 대단했으나 딱 한 가지 실책을 했다."

하므로 장비가 까닭을 물었다.

"조조는 꾀가 많으니 네가 장판교를 불태운 것을 보면 반드시 뒤쫓아올 것이다."

"내 호령 한 번에 조조가 물러났는데 어찌 다시 오겠습니까?"

"만일 다리를 불태우지 않았으면 복병이 있는 줄 의심하고 추격해 오지 않을 것이나 다리를 끊었으니 우리가 겁내는 걸로 짐작하고 쫓아올 것이다. 조조에게는 대병력이 있으니 작은 강 하나쯤은 순식간에 메우고 지날 터인데 엉성한 다리 하나 끊긴 것을 무얼 그리 겁내겠느냐?"

장비는 그제서야 무릎을 '탁' 하고 치며 후회했다.

한편, 허저와 장료가 장판교를 돌아보고 와서 보고하기를,

"장비가 다리를 불태우고 달아났습니다."

하는 것이었다.

조조는 그 소리를 듣자 '아차!' 하는 표정으로,

"그랬구나. 다리를 불태우고 달아난 것은 우리를 겁내는 것이니, 그때 복병은 없었구나. 즉시 부교를 놓고 추격을 시작하라!"

고 하는데 이전이 의견을 내놓았다.

"바로 그것이 우리를 끌어들이려는 속임수가 아닌가 합니다. 가

법게 추격하지 마십시오."

"장비가 용맹은 하나 지혜가 없으니 무슨 간계가 있겠는가?"

결국 조조군은 맹렬하게 유비의 뒤를 추격해 갔다.

그 무렵 유비는 지름길을 지나 한진(漢津)을 향해서 퇴각해 가고 있었다. 이미 거리상 불가능해진 강릉행을 단념하고 한진에서 배로 강을 건너 강하로 빠져나갈 생각이었다.

그러나 강을 눈앞에 두었을 때, 갑자기 후방에서 흙먼지가 피어오르더니 북소리와 함성소리가 일제히 울려 퍼졌다. 조조군이 맹렬히 따라붙은 것이다.

앞에는 도도히 흐르는 강물, 뒤에는 먹이를 노리는 이리 떼와 같은 추격대가 있으니 어디에도 도망칠 곳이 없었다.

"모두들 이곳을 마지막으로 죽을 장소라고 생각하라."

유비는 비장한 결심을 하고 조조군을 맞아 싸울 준비를 했다.

그때 조조는,

"유비는 이미 그물 속에 걸려든 물고기, 함정에 빠진 호랑이다. 여기서 놓치게 된다면 물고기를 바다에 풀어 놓고, 호랑이를 산으로 돌려보내는 것과 같다. 무슨 일이 있어도 놈을 쳐죽여라!"

하고 전군을 독려하여 추격하고 있었다.

그런데 별안간 한 떼의 군마가 길을 막고,

"멈추어라! 너희들을 여기서 기다린지 오래다!"

하며 긴 수염을 휘날리며 청룡도를 들고 적토마 위에 앉아 무서운 기세로 달려오는 장수가 있었다. 관우였다.

그는 지금 강하에 갔다가 병력을 빌려 달려오는 참이었다.

조조는 뜻하지 않은 곳에서 관우의 저지를 받자 복병이 있는 것으로 판단하여 추격을 멈추고 후퇴했다.

관우는 몇 리를 추격하다가 다시 돌아왔다.

"형님, 늦어서 죄송합니다."

"아닐세. 마침 좋을 때 온 것이네."

유비는 안도의 한숨을 내쉬며 관우를 맞이했다. 이리하여 관우는 유비를 보호하고 건널 배가 준비된 나루터로 갔다.

유비가 감부인과 아두를 배에 태우려 할 즈음에 홀연 보니 강남 쪽에서 배 젓는 소리가 나며 순풍에 돛을 달고 수십 척이 맹렬하게 달려오기에 깜짝 놀랐으나 가까이 오는 뱃머리에 한 사람의 장수가 서서 외치기를,

"숙부님께서는 그간 고생이 많으셨지요. 소질이 늦게 오게 되어 죄를 지었습니다."

하고 외치는 것이었다. 유기였다. 유기는 곧 유비에게 와서,

"숙부님께서 조조에게 핍박당하신다는 것을 듣고 소질이 급히 온다고 했지만 걸음이 늦었습니다."

하고 울면서 엎드려 절을 했다.

"잘 와주었소."

유비는 유기를 일으켜 세우며 달랬다.

"그럼 떠나세."

일행이 모두 배에 타고 나루를 떠나려 하는데 이번에는 서남쪽에서 수십 척 전선이 한일 자로 늘어서 바람을 타고 무서운 속도로 달려오는 것이 눈에 들어왔다. 유기가 놀라서,

"강하에 있는 수군은 소질이 전부 거느리고 왔는데 또 전선이 나타났으니 이는 조조군이 아니면 필시 강동의 군사일 텐데 어찌 할까요?"

하고 당황해서 물었다.

유비가 놀라며 혹시나 해서 자세히 보니 맨 앞의 선수에 윤건 도복을 입은 사람이 앉아 있는데 공명이었다.

유비는 크게 기뻐하며 기다렸다가 공명의 선단이 도착하자 차후의 계책을 의논했다. 공명이 말했다.

"하구는 성이 험할 뿐 아니라 전량이 많으니 이곳이야말로 조조에게 대항할 만합니다. 황숙님께서는 하구에 가셔서 주둔하시고, 유기님은 강하로 돌아가 전선을 정돈하고 군기를 수습하여 서로 의각지세를 이루면 우선 급한 대로 조조의 기세를 저지할 수 있을 것입니다."

유기가 이 말을 듣고,

"공명 군사의 말씀이 옳으나 제 생각에는 숙부님과 먼저 강하로 가서 군마를 정돈한 후 하구로 가도 늦지 않을까 합니다."

하니 유비도 강하에 가보고 싶었던 참이라,

"현질 말대로 합시다."

하고 관우에게 하구로 가서 자리잡으라고 지시한 후 일행 모두는 강하로 향했다.

이때 조조는 더 이상 추격하지 않고 강릉으로 가서 휴식을 취하며 다음 작전으로 들어갔다.

불을 뿜는 혀

1

　조조는 강릉에 자리를 잡자, 형주의 옛 신하들을 받아들여 새로 관직을 내리거나 하면서 군사를 정비했다.

　그때 유비가 공명, 유기 등과 강하에 들어갔다는 보고가 들어왔다.

　'강하는 손권이 지배하고 있는 장강의 경계선에 가깝다. 아마도 유비는 손권과 손을 잡을 생각이 틀림없다. 그렇게 되면 곤란해진다.'

　이렇게 생각한 조조는 순유(荀攸)의 의견에 따라 강동에 사자를 보내 함께 유비를 무찔러 버리자고 제의했다.

　동시에 손권이 말을 듣지 않으면 공격해 들어가겠다고 엄포를 놓았다.

　그 무렵, 손권(孫權)은 장강 연안에 있는 시상구에 본진을 설치하고 있었다. 조조가 형주를 자기 것으로 만들고, 유비를 격파하고 강릉까지 병사들을 진격시켰다는 소식은 손권의 귀에도 들어와 있었다.

조조의 다음 표적은 당연히 강동이리라. 손권은 참모들을 모아놓고 어떻게 조조를 막을 수 있는가, 그 대책을 논의했다.

"형주는 요충지여서 모두가 탐을 내고 있습니다. 만약 우리가 형주를 조조로부터 빼앗아 발판으로 삼는다면, 천하를 손에 넣는 첫걸음이 될 것입니다."

노숙(魯肅)이 적극적인 의견을 내놓았다.

"하지만 조조를 무찌르기 위해서는 유비의 힘이 필요합니다. 제가 유표의 조문을 핑계대고 강하에 가서 상황을 알아보고, 함께 조조와 싸우도록 유비를 설득하고 오겠습니다."

손권은 고개를 끄덕이며,

"그렇게 되면 조조를 막을 수 있을지도 모른다."

하고 동감을 표하고 노숙을 강하에 사자로 파견했다.

한편, 강하에서는 유비가 공명과 함께 의논하고 있었다.

"방법은 단 하나, 손권과 손을 잡고 조조와 싸우는 길 뿐입니다."

하고 공명이 말했다.

"만일 강동과 힘을 합쳐 조조를 무찌른다면 우리가 형주를 손에 넣으면 되는 것이고, 패한다면 그 틈을 이용해 더욱 남쪽으로 피해야겠지요."

"과연 손권과 손잡을 수 있을 것인가?"

유비는 궁금한 듯이 물었으나 공명은 무엇인가 골똘히 생각하느라 대답하지 않았다. 그때 손권 진영에서 노숙이란 인물이 찾아왔다는 보고가 들어왔다.

"생각보다 일이 쉽게 되었습니다. 노숙은 우리와 동맹 여부를 알아보려고 탐색하러 온 것이 틀림없습니다. 이번 기회를 놓치지 말고 제가 강동으로 가서 손권을 설득하여 조조와 서로 싸우도록 해보겠습니다."

하고 공명은 결연히 말했다.

이윽고 노숙이 안내되어 왔다. 노숙은 형식대로 우선 유기에게 조문의 위로를 하고난 뒤, 유비와 면담을 했다.

"조조와 싸워 보시니 어떻던가요? 군사는 어느 정도이고, 어떤 대장들이 있던가요?"

인사가 끝나자 노숙이 물었다. 유비는 공명이 시킨 대로 대답했다.

"아니, 나는 언제나 도망치고만 있었기 때문에 그런 문제는 전혀 알 수가 없었소."

"황숙님께서는 박망파와 신야에서 조조군에게 화공과 수공을 가해 상당한 성과를 얻었다고 들었습니다. 절대 모르실 리가 없으실 것입니다."

"공명이라면 자세히 알고 있을 걸세."

"그렇다면, 공명 선생을 만나게 해 주시겠습니까?"

"물론 그럴 생각이오."

유비는 고개를 끄덕이고 공명을 불러 노숙에게 소개시켜 주었다.

"공명 선생. 나는 자유(제갈근*의 호로 공명의 친형)와 친구 사이오. 그러니 빙빙 돌릴 것 없이 황숙님께서 앞으로 어떻게 하실 생각인지 말해 주시오."

노숙은 성격 그대로 대뜸 공명에게 물었다.

"아직 뚜렷한 방침은 있지 않습니다."

하고 공명은 질문을 피하듯이 대답했다.

그러자 노숙이 먼저 유비에게 제안했다.

"우리 손장군님은 구강, 노강, 오, 회계, 단양, 예장의 6개 군을 관장하고 있으며 병사는 용맹하고 군세는 강하고 군량도 풍부하오. 황숙님의 장래를 고려하신다면, 손장군님과 손을 잡아야 할 것이라고 생각하오."

"그야말로 옳은 말씀입니다만, 황숙님은 손장군님과 교제가 없기 때문에 다소 망설이고 계실 뿐입니다."

공명은 일부러 한숨을 지어 보였다.

"그렇다면 공명 선생이 나와 함께 강동으로 가서 우리 주공 손장

제갈근(諸葛瑾)
자는 자유(子喩). 제갈량의 형. 난을 피해 강동에 가 있다가 노숙의 천거로 손권을 섬기게 되었다. 동생인 제갈량이 촉을 섬기고 있어서 의심을 받기도 했으나 손권으로부터는 절대적 신임을 받고, 주로 유비 측과의 외교 접촉을 위하여 동분서주하였으나 사사로이 만나는 일이 없었다.

군님과 얘기를 나누어 보시는 것이 어떻겠소?"

이것이야말로 공명이 기다리고 있던 말이었다. 공명은 유비의 허락을 받자, 노숙과 함께 시상으로 향하는 배에 탔다.

배가 시상에 닿자, 노숙은 일단 공명을 객사로 안내하고 서둘러 손권에게 보고를 하러 갔다.

때마침, 손권은 문무관들과 회의를 하고 있었다. 전날, 조조로부터 사자가 찾아와,

함께 유비를 치러 가지 않겠는가, 아니면 우리 대군과 자웅을 정하겠는가?

하는 제의를 전해 왔기에 이를 두고 대응 방안을 마련하고자 하는 회의였다.

조조의 제의를 받아들여 항복을 하느냐, 아니면 거절하고 싸움을 하느냐, 둘 중에 하나를 선택하는 의논인 만큼 제가끔 입장들이 팽팽했다.

"조조는 세칭 100만 대군을 이끌고 장강에까지 쳐들어와 있습니다. 그들과 싸우면, 이기든 지든 간에 우리 강동 땅은 회복하기 어려울 정도로 황폐해지고, 백성들을 헐벗고 굶주리게 될 것이 분명합니다. 항복하는 것이 가장 좋습니다."

하고 장소(張昭)가 말했다.

강동 일대의 덕망 높은 선비이자 원로 중신으로 모두가 인정하는 장소의 말에는 무게가 있었다.

"장소님이 말씀하신 대로입니다."

"장군님! 망설이지 마시고 결단을 내리십시오."

대다수 문관들은 장소의 의견에 따라 손권에게 화평, 즉 항복하라고 권했다.

"항복은 안 되오!"

무관들이 일제히 반대했다.

손권은 얼굴을 경직시키고 꼼짝하지 않은 채 이런 주장을 듣고 있다가, 갑자기 벌떡 일어나서 안으로 들어가 버렸다. 노숙이 회의 중간에 참석했다가 바로 그 뒤를 따랐다.

"그대의 의견은 어떤가?"

손권은 노숙을 바라보았다.

"항복을 해서는 절대로 안 됩니다."

"어째서인가?"

"장소를 비롯해서 저도 그렇습니다만 장군님 이외의 사람들은 모두 조조에게 항복해도 모시는 주인이 달라질 뿐 곤란한 일이 거의 없을 겁니다. 오히려 조조 밑에서 출세할 가능성도 있습니다. 그러나 장군님께서는 그렇게 안 됩니다. 항복을 해도 조조에게는 방해물일 뿐 더 좋아질 것이 없습니다. 잘해야 몇 명의 종자를 데리고 비좁은 집에 연금을 당하거나, 자칫하면 목숨을 잃게 될지도 모릅니다."

"으음, 나도 그렇게 생각한다. 그러나 조조와 싸워 과연 이길 수 있을까……."

"저는 강하에서 유비의 군사로 있는 공명 선생을 데리고 왔습니다. 그에게 물어보시면 무엇인가 좋은 방법이 있을 것이라고 생각합니다."

"아! 제갈근(諸葛瑾)의 아우, 와룡 선생말인가? 그럼, 내일 모두에게 소개를 하고 얘기를 듣기로 하자."

손권의 눈이 기대감에 빛났다.

다음 날, 노숙은 공명을 성안의 객전(客殿 = 손님을 맞이하는 전각)으로 안내했다. 그곳에는 이미 장소를 비롯한 문무관들이 20여명 가량 의관을 갖춰 입고 늘어서 있었다. 공명은 한 사람씩 차례로 인사를 나눈 뒤, 마련된 자리에 앉아 조용히 일동을 바라보았다.

'이자는 우리 강동과 조조를 싸우게 하려고 설득하러 왔구나.'

그렇게 꿰뚫어본 장소가 먼저 입을 열었다.

"듣자하니 유비님은 삼고초려로 선생을 군사로 맞아들여 물고기가 물을 얻었다며 기뻐했다고 하는데 형주와 양양 일대를 깨끗이 조조에게 바친 꼴이 되었으니 어떻게 된 일인가요?"

손권에게 상당한 영향력을 지닌 장소를 설득하지 않으면 사명을 완수할 수가 없다. 공명은 결의를 가슴에 숨기고 입을 열었다.

"형주나 양양을 취하는 것은 우리 입장에서 보면 손바닥을 뒤집는 것보다 더 쉬운 일이었습니다. 그러나 유황숙님은 유표와 동족이

기 때문에 그 영지를 빼앗는 따위의 일은 하고 싶지 않다고 사양하셨습니다. 그런데 유종이 측근들의 감언에 속아 은밀히 조조에게 항복을 해서, 이런 결과를 초래하고 만 것입니다."

"와룡 선생은 변명도 잘 하시는 것 같소."

하고 장소는 비웃었다.

"유비님이 선생을 맞아들였다고 듣고, 세 살짜리 어린애까지도 호랑이가 날개를 얻었다고 기뻐하고 한실의 부흥과 조조의 멸망이 눈 앞에 닥쳤다고 크게 기대를 했던 것은 사실이오. 그런데 선생이 유비님에게 오고나서부터 조조의 군사가 쳐들어오면 투구나 무기를 버리고 도망쳐 다니고, 신야를 버리고, 번성에서 도망쳐 나오고, 당양에서는 무참하게 패하고 허둥지둥 강하까지 도망치는 형편이 되었잖소. 이래서는 유비님이 선생을 맞이하기 전 쪽이 오히려 좋았는지 모르겠단 말이오."

공명은 빙긋이 웃고 대답했다.

"사물을 한쪽만으로 판단한다면 큰 잘못을 저지르게 됩니다. 신야는 작은 성이고 요충지도 아닙니다. 이곳을 사수하는 것은 그다지 의미가 없고, 물러나는 것은 전략상으로 옳습니다. 더구나 박망파의 화공, 백하의 수공으로 조조군의 간담을 서늘하게 만들고 당당히 격퇴시켰습니다. 유종이 조조에게 항복한 것은 우리 황숙님께서 알지 못하셨습니다. 더구나 혼란을 틈타서 동족의 영지를 빼앗는 따위의 일은 피하셨습니다. 이것이야말로 커다란 '의(義)'라고 할 수 있을 것입니다. 당양에서는 분명히 대패하였으나, 이것도 우리 황숙님을 따르는 수만 명의 백성들을 버릴 수가 없어 하루에 불과 10여 리 밖에 이동하지 못했던 데에서 기인한 것입니다. 백성과 고통을 함께 나누려고 하는 자애의 마음에서 일어난 패전을 어째서 부끄러워 하지 않으면 안 됩니까? 작은 새의 입장에서 1만 리를 나는 큰 새의 뜻을 헤아리려고 하는 것은 어리석기 짝이 없는 일이라고 밖에 할 수 없습니다."

단호하게 말하는 공명에게, 장소는 대답할 말이 궁해져 입을 다물고 말았다.

이어서 회계군 출신, 우번이 공명에게 물었다.

"조조는 100만 군세와 1천 명의 대장을 이끌고 강하를 단번에 삼켜 버리려고 하고 있는데, 선생은 어떻게 할 작정이시오?"

"조조군의 대부분은 긁어 모은 원소의 병사들에다가 유표가 남긴 형주의 군사를 합친 것입니다. 그래서 수백 만이 있더라도 두렵지 않습니다."

"아하하하! 당양에서 비참하게 패하여 꼬리를 내리고 강하로 도망쳐 들어가 어떻게도 할 수가 없어 남에게 부탁하러 온 주제에 조조군이 두렵지 않다니 하도 어처구니가 없어 말도 나오지 않는군요."

"아무리 정예병이라 하더라도 불과 수천 명으로는 100만 대군을 당할 수 있을 리가 없습니다. 그래서 우리는 강하로 물러나 때를 기다리고 있는 것입니다. 강동의 손씨 군벌은 정병을 갖추고 군량도 풍부하며, 더구나 장강이라는 천하의 요새가 있습니다. 그럼에도 불구하고 여러분은 조조를 두려워하여 주공을 조조 앞에 무릎을 꿇게 하는 항복을 권하고 있습니다. 어처구니가 없어 말을 할 수가 없다는 것은 바로 내가 해야 할 말입니다!"

공명의 어조는 불을 뿜는 것처럼 통렬했다. 우번은 머리를 떨구고 물러났다.

그러자 패군에서 온 설종(薛綜)이 목청을 돋우었다.

"조조는 천하의 3분의 2를 제압하여 한조의 운명은 이미 다하려고 하고 있습니다. 어차피 천하는 조조의 것이 될 것입니다. 그런데도 유비님이 거역을 하는 것은 쓸데없는 헛된 저항 아닙니까?"

"무슨 말씀을 하시는 것입니까?"

공명은 설종을 똑바로 노려보았다.

"조조는 선조 내내로 한조를 섬기면서도 그 은혜를 잊고 전하를 빼앗으려고 하는 역적입니다. 조조 일당을 쳐서 세상을 바로잡으려고 하는 유황숙님의 싸움을 쓸데없는 헛된 저항이라고 말하고 있는 귀하는, 조조와 똑같은 한조의 역적이라고 말하지 않을 수가 없군요."

공명의 기백에 눌려서 설종은 입을 다물었다.

"그러나 누가 뭐래도 조조는 전한(前漢)의 재상 조참의 자손이요. 그것에 비해 유비님은 중산정왕(中山靖王)의 자손이라고 자칭

하고 있으나, 확실한 증거가 있는 것은 아니잖소."

오군 출신 육적이 뒤를 이어 나섰다.

"분명한 것은 멍석을 짜고 짚신을 팔았다는 것이니 태생으로 보아도 유비님은 도저히 조조의 상대가 아니지 않소!"

공명은 육적에게 '휙' 하고 얼굴을 돌렸다.

"고귀한 핏줄이 오랜 동안 시골 땅에 파묻혀 있는 일은 흔히 있는 일이요. 생업으로 멍석을 짜고 짚신을 팔았다고 해서 무엇을 부끄러워할 일이 있겠습니까? 귀하가 하는 말은 마치 어린애가 시비를 거는 것 같아서, 진지하게 거론할 생각이 없소이다."

육적은 얼굴을 붉히며 입을 다물었다.

그 뒤에도 참석자들은 차례차례로 공명에게 논쟁을 걸었다. 그러나 공명은 흐르는 물처럼 막힘없이 반론을 했기 때문에 마침내 모두 침묵을 지키고 말았다.

뒤이어 장온, 낙통 등이 공명에게 따지려 드는데 바깥에서 한 사람이 들어서며 소리를 높여 책망했다.

"공명은 당대의 인재거늘 그대들이 입으로 겨루려 하는 것은 바보 같은 짓일 뿐더러 손님을 대접하는 예의에도 어긋나지 않은가! 지금 조조가 백만 대군을 거느리고 경계까지 쳐들어왔는데 적을 물리칠 생각은 않고 공연히 입씨름이나 하고 있으니 부끄럽지도 않은가."

모두가 바라보니 노장군 황개였다. 황개가 공명에게 말했다.

"귀공은 어찌 우리 주공님께 좋은 말씀을 드리지 않고 공연히 여러 사람과 변론만 하시는 거요?"

공명이 대답했다.

"여러분들이 시국 돌아가는 형편을 알지 못하고 어려운 질문만 하기에 부득이 하게 답변한 것입니다."

때맞춰 노숙이 나서서 말했다.

"공명 선생, 손장군님이 기다리시오."

"그렇습니까? 그럼, 이만 물러가겠습니다."

공명은 일동에게 가볍게 머리를 숙이고는 재빨리 자리를 떴다. 모두들 주눅이 들어 그냥 공명의 뒷 모습만 바라볼 뿐이었다.

손권은 객전 안쪽에 있는 후당에서 공명을 기다리고 있었다. 노숙에게 안내를 받아 공명이 들어오자 정중하게 맞이하고, 자기 옆에 자리를 내주었다.

"7대에 관해서는 노숙에게서 들어 잘 알고 있소. 유비님을 도와 조조와 싸웠다고 하는데 어떠했소?"

공명은 흘끗 손권을 보았다. 입이 크고 눈은 푸르고, 수염이 자색을 하고 있어 남을 위압하는 듯한 모습이었다.

아마도 긍지가 강하고 강렬한 감정의 소유자일 것이다. 그렇게 생각한 공명은 일부러 화나게 만들어 놓고 나서 설득하는 것이 좋겠다고 마음을 정했다.

"전혀 상대가 되지 않았습니다."

"조조의 군세는 어느 정도였소?"

"보병, 기병, 수군을 합쳐 100만은 족히 될 것입니다."

"그건 조조가 주장하는 소리뿐이잖소?"

"아닙니다. 실제로 치중대 같은 인원까지 합치면 150만은 될 것이라고 생각됩니다. 100만이라고 말씀드린 것은 강동의 분들을 놀라지 않게 하기 위해 줄여서 말한 것입니다."

그러자 손권의 미간이 '파르르' 떨렸다.

"대장은 어느 정도 있었소?"

"지장, 용장 모두 합쳐 약 2천 명은 될 것입니다."

"조조는 우리 강동을 노리고 있다고 보오?"

"그것은 틀림없습니다."

"그렇다면 우리는 어떻게 하면 좋겠소?"

"실전 경험이 적은 강동의 군사로는 싸워봤자 조조에게 이길 수가 없을 것입니다. 참모분들이 권하는 대로 깨끗이 항복하고, 조조에게 무릎을 꿇는 것이 좋을 것입니다."

"그대는 나에게 항복을 권하는데, 그렇다면 어째서 유비님은 항복하지 않는 것이오?"

"손장군님과는 달리 우리 주공 유황숙님은 세상 사람들에게 추앙을 받는 영웅인데, 어찌 조조 같은 역적의 발 밑에 무릎을 꿇을 수 있겠습니까?"

손권의 얼굴색이 확 달라지더니 자리를 박차고 일어나 안쪽으로

들어가 버렸다.

2

"공명 선생, 무엇 때문에 우리 손장군님께 그런 식으로 말씀드렸소? 손장군님을 화나게 하면 모든 것이 망쳐버리잖소?"

하고 노숙이 공명을 책망했다.

"아하하하! 손장군님이 이 정도로 마음이 좁은 분이신 줄은 제가 미처 몰랐습니다."

공명은 '껄껄' 웃었다.

"외람된 말이지만 제가 조조를 무찌를 계책도 갖지 않은 채 이곳 강동까지 왔겠습니까? 다만 물어보지 않으셨기 때문에 말씀드리지 않은 것 뿐입니다."

"그렇다면 다시 한번 말씀을 드리고 오겠소."

노숙은 서둘러 손권에게 갔다.

손권은 아직도 화가 가라앉지 않은 모양으로, 노숙을 보자마자 고함부터 질렀다.

"어째서 저런 무례한 자를 데려 왔는가? 당장 보내지 않고……."

"기다려 주십시오. 공명에게는 조조를 무찌를 계략이 있는 모양인데, 장군님이 묻지를 않으셨기 때문에 말씀을 드리지 않았다고 말하고 있습니다. 부디 화를 좀 가라앉히시고 다시 한번 공명과 얘기를 나누어 보십시오."

노숙의 말에 손권은 한참 동안 생각을 하고 있더니 이윽고 얼굴에 미소가 떠올랐다.

"좋다. 공명은 나를 일부러 화나게 만들어 나의 속마음을 끌어내려고 한 것이군."

손권은 노숙을 데리고 다시 공명이 기다리는 방에 모습을 나타냈다.

"나의 급한 성미를 용서하오. 생각해 보니 여포, 원소, 원술, 유표 등이 죽고 없는 지금, 조조에게 눈에 가시는 유비님과 나 밖에 없소. 나도 잠자코 강동 땅을 조조에게 바칠 뜻은 추호도 없소. 유비님과 힘을 합쳐 조조를 멸망시키고 싶은데, 잘 될 것 같소?"

"저야말로 무례를 범했습니다. 부디 용서해 주십시오. 조조를 필요 이상으로 두려워할 필요는 없습니다. 조조군은 말이 100만이라고 하지만 먼 곳을 달려온 탓으로 지칠 대로 지쳐 있습니다. 또한 북방의 병사들은 수상전에는 익숙치 못하고, 형주의 군사들도 마음속으로부터 항복하고 있는 것은 아닙니다. 따라서 조조의 직할 병력은 대략 10여 만 정도가 된다고 보시면 무리가 없을 것입니다. 우리 유황숙님 밑에는 관우가 이끄는 1만 명의 정병과 강하의 유기 군사가 1만 명 정도 있습니다. 장군님께서 이들과 힘을 합쳐 장강에서 수전으로 대항한다면 반드시 조조군을 격파할 수 있을 것입니다."

"아아, 그대의 말을 들으니 체증이 쑥 내려 간 것 같소. 그렇소. 수전이라면 우리가 몇 수 위일 것이오. 즉각 군사를 일으켜 조조를 치기로 합시다."

손권은 이렇게 말하고는 노숙에게 명하여 문무관에게 이 사실을 전하게 했다.

깜짝 놀란 것은 장소를 비롯한 항복파였다.

"공명의 변설에 넘어가서는 안 됩니다."

"조조와 싸우는 것은 장작을 짊어지고 불 속으로 뛰어 들어가는 것과 같습니다."

"3대째 이어온 우리 강동을 하루 아침에 망하게 하지 않도록 하기 위해서라도 부디 현명한 판단을 내리십시오."

하고 제각기 싸움을 하지 말라고 간했다.

"음……."

장소 등 항복파가 거세게 진언하자, 손권은 다시 주춤거렸다. 그 모습을 보고 노숙이 얼굴을 붉혔다.

"항복을 권하는 사람들은 모두 자기 몸이 걱정되기 때문입니다. 장군님은 그들의 말을 들어서는 안 됩니다."

"알았다, 알았어. 어쨌든 다시 한번 잘 궁리해 보겠다."

손권은 그렇게 대답하고 안으로 들어갔다.

'개전이냐, 항복이냐?'

일단 결심하기는 했으나 손권은 다시 망설였다. 부친인 손견, 형인 손책으로부터 물려받은 이 강동 땅을 살리고 망하게 하는 것이 자신의 판단 하나에 달려 있다고 생각하니 머리가 어지럽고 가슴이 답답해졌다.

"무슨 일이시오? 어디 몸이라도 안 좋은 것이오?"

어머니 오부인이 걱정이 되어 물었다.

"실은 조조와 싸울 것인가, 항복을 할 것인가로 망설이고 있는 중입니다."

젊은 손권은 마음의 고민을 어머니에게 솔직하게 털어놓았다. 그러자 오부인이 말했다.

"그대는 형의 유언을 잊었소? '국내의 일로 곤란한 일이 일어나면 장소에게 의논하고, 국외의 일로 결정을 망설이는 경우가 생기면 주유의 판단을 구하도록 하라'고 했잖소. 왜 주유를 불러 의견을 묻지 않는 것이오?"

"아, 참 그렇지요……."

손권은 꿈에서 깨어난 것처럼, 형 손책의 유언을 생각해냈다. 즉시 파양호에서 수군을 훈련시키고 있는 주유를 불러오라고 사람을 보냈다.

손권의 부름을 받은 주유(周瑜)가 파양호를 떠나 시상에 도착하자 맨 먼저 노숙이 찾아왔다.

노숙을 손권에게 추천한 사람이 주유였는데 두 사람은 오래전부터 친했다. 노숙은 지금까지의 경위를 주유에게 자세히 설명했다.

"걱정하지 마시게. 모든 것을 나에게 맡기게. 하여간 공명을 좀 데리고 와주기 바라네."

주유는 그렇게 말하고 노숙을 돌려보냈다.

노숙이 돌아가고 얼마 있으려니까 장소, 고옹, 장굉, 보질 네 사람이 찾아왔다.

"이미 알고 계시겠지만 손장군은 노숙이나 공명 등의 변설에 혹해 우리 강동의 운명을 걸고 조조와 대결하실 생각이오. 결과는 불을 보는 것보다 더 뻔하오. 부디 손장군에게 항복을 권해 우리 강동을 재난으로부터 구해 주시오."

장소 일행은 번갈아 호소했다.

"나 역시 항복하는 것이 제일 좋겠다고 여기고 있소. 내일 손장군님을 뵙고 그렇게 말씀드리겠소."

주유의 대답에 네 사람은 몹시 기뻐하며 돌아갔다.

교대라도 하는 것처럼, 이번에는 정보, 황개, 한당 등 무장들이 함께 찾아왔다.

"우리들은 목숨을 바쳐서라도 나라를 지키겠소. 조조에게 항복하는 것은 절대로 안 되오. 한 시라도 빨리 조조와 개전하도록 손장군님게 말씀해 주시오."

정보 일행이 제각기 열변을 토했다.

"알았소. 나도 조조에게 항복할 뜻은 추호도 없소. 내일 손장군님 앞에서 정하기로 합시다."

그렇게 말하여 주유는 정보 일행을 기쁘게 했다.

뒤이어 제갈근과 여범 등의 문관, 여몽과 감녕 등의 무장이 줄줄이 찾아와서는 자신들의 주장을 주유에게 털어 놓았으나, 주유는 어느 쪽의 주장에나 모두 고개를 끄덕이고 결정을 내일로 미루고 나서 돌아가게 했다.

밤이 되자 노숙이 공명을 데리고 찾아왔다. 주유는 문까지 마중 나가 공명을 객실로 안내했다. 인사를 끝내자 노숙이 재빨리 입을 열었다.

"개전이냐 항복이냐로 주공께서 망설이고 계시네. 도독의 생각은 어느 쪽인가?"

"조조의 백만 대군과 싸워 이길 가능성은 거의 없네. 그렇다고 한다면 결론은 뻔하네."

"그럼, 항복하는 편이 낫다고?"

"그렇네. 내일 주공을 뵙고 항복한다는 뜻을 조조에게 알리도록 권할 생각이네."

"아니 이거 어찌된 건가? 별 한심스러운 얘기를 다 듣겠네. 싸우지 않고 이 강동 땅을 남의 손에 넘겨주다니, 도독과 형제나 마찬가지였던 돌아가신 손책님도 지하에서 울고 계실 것이네."

"뭐라고 하든, 강동 6개 군의 백성과 국토를 전쟁에 몰아넣지 않기 위해서는 조조에게 항복하는 길 밖에는 방법이 없네."

"그럴 리가 없네. 도독의 지략과 장강의 요새가 있으니까, 조조를 격퇴시키는 것은 그리 어려운 일이 아니네!"

주유와 노숙은 격렬하게 논쟁을 했다. 공명은 그 모습을 바라보며 빙긋이 미소를 띤 채 있었다.

"공명 선생, 어째서 웃고 있소?"

주유가 따지고 들었다.

"아니, 두 분 모두 그렇게 흥분하지 않더라도, 싸우지 않고 항복도 하지 않고도 강동의 국토와 백성을 구할 방법이 있을 텐데 하고 생각하니 엉겁결에 우스워진 것뿐입니다."

공명은 웃음을 거두고 말했다.

"설마 그런 방법이 있단 말이오?"

"있습니다. 단지 두 여인을 작은 배에 태워 조조에게 보내면 될 겁니다. 그렇게 하면, 조조는 기뻐하고 아무런 공격도 가하지 않은 채 허도로 돌아갈 것입니다."

"그 두 여인이란 누구하고 누구요?"

"제가 융중에 있었을 때 이런 이야기를 들은 적이 있습니다. 조조는 원소를 멸망시킨 뒤, 장하의 기슭에 동작대라는 호화스러운 망루를 짓고, '천하를 자신의 손에 쥐고, 강동의 2교를 얻어, 동작대에서 만년의 즐거움으로 삼을 수 있다면 죽어도 여한이 없다'고 했다는 것입니다. 2교라고 하는 것은 이곳 강동에 사는 교공(喬公)의 두 딸인데, 언니는 대교(大喬)이고, 동생은 소교(小喬)라고 하며,

두 여인 모두 대단한 미인이라고 합니다. 조조가 이번에 100만 군사를 이끌고 강동으로 쳐내려 온 것은 사실은 동작대의 완성이 가까웠기 때문에, 이 두 여인을 손에 넣으려는 소망에서입니다. 그러니 2교를 찾아내 천금을 주고 사서 조조에게 보낸다면 조조는 크게 기뻐하며 병력을 철수시킬 것이 틀림없습니다. 한 번 시험해 보는 것이 어떻겠습니까?"

"그것은 확실한 증거도 없는 그냥 뜬소문에 불과한 이야기 아니오?"

주유가 웬일인지 불쾌하다는 듯이 화를 내며 말했다.

"아닙니다. 조조의 셋째 아들인 조식(曹植)이 조조의 명을 받고 「동작대의 노래」라는 시를 지었는데, 그 시에 이런 시구가 있습니다."

두 개의 대를 좌우에 세우고

옥룡과 금봉이라고 이름 짓고

2교를 양쪽에 끼고 누워

아침, 저녁으로 함께 즐기리라.*

격장지계(激將之計)
제갈량이 "조조가 동작대를 짓고 강동의 이교를 데리고 만년을 보내려고 한다."고 말하자 주유는 크게 화를 내며 대교는 손책의 부인이고 소교는 자기의 아내라고 말하며 조조와 싸울 것을 다짐한다. 제갈량은 이렇게 주유를 격분시켜 조조와 싸우게 만들었다.

불을 뿜는 혀 81

공명의 말이 끝나기도 전에 돌연 주유가 얼굴이 새파랗게 질려 벌떡 일어나,

"조조! 이 늙은 도적놈! 내 용서하지 않겠다!"

하고 외치더니, 들고 있던 술잔을 바닥에 힘껏 내던져서 산산조각을 냈다.

"이것은 또 무슨 일이십니까?"

공명은 몹시 놀라서 주유를 쳐다보았다.

"제가 무엇인가 주도독님의 비위를 거스리는 일을 말씀드렸습니까?"

"그대는 잘 모르겠지만 대교라는 분은 돌아가신 손책님의 부인이시며, 소교는 바로 내 아내란 말이오."

"아, 그런 줄도 모르고 그만 죄를 짓고 말았습니다. 용서해 주십시오."

"아니, 그대가 사과할 것 없소. 미운 놈은 조조지. 자신의 음흉스런 욕망을 채우기 위해 남의 나라를 쳐들어오다니, 말할 수 없이 파렴치한 인간. 절대로 용서할 수가 없소. 내 군사를 데리고 달려가 조조 놈의 목을 베어 주겠소!"

주유의 노여움은 좀처럼 가라앉지 않았다.

공명은 그러한 주유를 조용히 바라보고 있었다. 물론 소교가 주유의 아내가 되었다는 것은 진작부터 알고 있었다.

「동작대의 노래」에서 이교란 옥룡교, 금봉교라는 두 다리의 이름

을 말한다. 이를 공명은 교(橋)의 목(木) 부를 떼어내고 이교(二喬)로 바꾼 것이다(중국어 발음은 목(木)이 있으나 없으나 똑같은 '차오'이다).

공명이 주유의 폭발을 미리 계산에 넣고 한 말인 것이다.

주유의 계략

1

다음 날 아침이 되었다.

시상성 안의 대회의실에는 손권이 중앙에 자리잡고 왼쪽에는 장소와 장굉을 위시한 문관 30여 명 가량, 오른쪽에는 정보와 황개 등 무장 30여 명이 군장을 갖춰 입고 죽 늘어서 있었다.

강동의 운명이 이 날에 정해진다고 하니 회의실 안에는 벌써부터 팽팽한 긴장감이 감돌았다.

얼마 뒤, 주유가 들어와 인사를 하고 자리를 잡았다.

"도독, 이미 전후사정은 잘 알고 있으리라고 믿소."

하고 손권이 더 이상 기다릴 수 없다는 듯이 입을 열었다.

"조조에게 항복하는 쪽이 좋다고 하는 자가 있는가 하면, 또한 싸워야 한다고 주장하는 자도 있어서 나는 어느 쪽으로도 결정을 못하고 있소. 도독의 판단을 들어 봅시다."

주유는 한 번 좌중을 둘러보더니, 당당하게 대답했다.

"오늘날까지 3대를 계승해 온 우리 강동 땅을 천하의 누구든 간에 내던지는 것처럼 바칠 수 없습니다."

"그러면 어떻게 하란 말인가?"

"조조, 그 역적과 싸워 목을 베어야 한다고 생각합니다."

주유의 약간 거친 목소리가 회의실 구석구석까지 울려 퍼졌다. 일동 사이에서 술렁거림이 일어나고, 장소와 고옹(손권 막하의 중신) 일행의 얼굴색이 새파랗게 질렸다. 어제하고는 정반대의 주장이 아닌가?

"잠깐 기다리시오. 무모한 싸움은 우리 강동을 멸망시킬 것이오."

장소가 더 이상 참지 못하고 앞으로 나왔다.

"조조는 형주를 손에 넣고 그 기세가 멈출 줄을 모릅니다. 크고 작은 수 천의 군선을 갖추고, 수륙으로부터 공격해 온다면 도저히 이 땅을 지킬 수가 없습니다. 여기서는 일단 항복을 하고, 장래의 일을 도모해야 되지 않겠습니까?"

"하하하! 책만 읽고 있는 선비들은 싸움에 대해 전혀 알지를 못하는 것 같군요."

주유는 한참 동안 웃어댔다.

"조조가 이끄는 북방의 군세는 기마(騎馬)에 의한 전투라면 몰라도 수상전에는 익숙지 못하오. 말을 배로 갈아 탄다 하더라도 얼마나 활약을 할 수 있겠소? 또 이미 겨울에 들어서 있어 군량의 조달에도 곤란을 겪게 될 것이오. 더 나아가서는 북방을 떠나 멀리 이 남쪽 땅까지 원정해 온 병사들은 풍토에 익숙지 못해 질병에 걸린 자도 많을 것이 틀림없소. 반면에 우리 강동군은 수상전을 장기로 삼는 용맹한 수군과 충분한 군량이 비축되어 있소. 조조와 같은 자에게 항복할 이유가 하나도 없단 말이오."

"주도독, 말 한번 잘 했다!"

손권이 벌떡 일어나더니 소리쳤다.

"조조는 한왕조를 멸망시키고 스스로 천자의 지위에 오르려고 하는 역적이다. 이 손권이 살아있는 한 방자한 행동을 하지 못하게 하겠다!"

손권은 허리의 패검을 빼들더니 눈앞의 책상 모서리를 '탁' 하고 잘랐다.

"또다시 조조에게 항복하자고 말하는 자는 이 책상과 같은 꼴을 당하게 해줄 테니 각오해라!"

말을 끝내자 손권은 그 패검을 주유에게 내주더니 생사여탈권을 손에 쥔 대도독에 임명하고, 정보를 부도독, 노숙을 참모장으로 명하여 즉시 싸울 준비에 착수하도록 명했다.

이제 강동의 방침은 확고히 정해졌다. 아무도 뒤집을 수 없게 되었다. 항복파는 할 말을 잃은 채 슬금슬금 도망치듯 물러나갔다.

주유는 집으로 돌아오자 공명을 불렀다.

"드디어 결전으로 정해졌소. 공명 선생한테 조조를 무찌를 계책을 듣고 싶소."

공명은 조용히 고개를 흔들었다.

"아니, 그것보다도 손장군님의 마음을 확실하게 굳혀 놓지 않으면 안 됩니다. 계책을 세우는 것은 그 뒤라도 늦지 않습니다."

"우리 주공의 마음은 이미 정해졌소!"

"일단 결심을 하셨다 하더라도 조조의 대군에 대해서 생각을 하면 불안감이 사라지지 않았을 것입니다. 손장군님의 불안을 뿌리째 뽑도록 도와 드리지 않는다면 전력을 다하기가 어렵게 되고 승리는 의심스러워집니다."

"선생의 말이 맞소."

주유는 고개를 끄덕이고는 즉시 손권에게 달려 갔다.

"무슨 일이오? 무슨 일이라도 생겼소?"

손권은 황급히 면회를 요구한 주유를 보고 놀랐다.

"아닙니다. 내일 군의 태세를 갖추려고 합니다만, 혹 장군님에게 어떤 복안이 더 없으신지 그것을 여쭈어 보러 왔습니다."

주유의 말을 듣자 손권은 미간을 찌푸리며 '휴우' 하고 깊은 한숨을 내쉬었다.

"그래서 말인데, 조조의 대군에 비해 우리 군사의 수효가 너무나 적어 막상 개전을 하려고 하니까 도저히 불안을 씻어 버릴 수가 없네 그려."

"역시 그러셨습니까? 걱정하실 필요없습니다. 대군이라고 해도 조조에게 충성을 맹세한 병력은 기껏해야 15,6만에 불과한데다 그 병사들도 원정 때문에 지쳐 있습니다. 나머지는 원소와 형주에서 항복한 병사들이어서 마음속으로부터 진정으로 따르고 있는 것이 아닙니다. 수는 많아도 통일되어 있지 않습니다. 더구나 그들은 육전대입니다. 수군으로는 우리 병사 한 명이 조조군 10명을 당해낼 것입니다. 저에게 5만의 병사를 맡겨주신다면, 당장 무찔러 보이겠습니다."

주유는 목청을 돋우어 손권에게 용기를 불어 넣었다.

"수군은 그렇소. 도독의 말을 들으니 불안이 싹 없어졌소."

손권은 미간을 펴고 얼굴에 활짝 웃음을 띠었다.

"즉시 군사를 갖추어 출진하도록 하오. 나도 군량을 충분히 준비해서 뒤에서 응원하겠소. 그대와 노숙을 믿소. 마음껏 싸우시오!"

"명심하겠습니다."

주유는 손권의 신뢰에 대하여 감사하고 나서 물러났다.

그런데 손권을 가까이 모시고 있는 자신들보다도 손권의 심정을 꿰뚫어 보고 있는 공명의 날카로운 통찰력에 강한 불안을 느꼈다.

'무서운 사나이다. 살려 두었다가는 언젠가 우리 강동 땅에 화근이 될 것이 틀림없다.'

주유가 장차 공명을 죽이기로 결심한 것은 이때였다.

다음 날, 주유는 장강 기슭의 본진에 여러 대장들을 모아 놓고 조조와 싸울 체제를 정비했다.

"한당과 황개는 선봉으로서 군선 500척을 이끌고 즉각 출진하여, 삼강구에 진을 쳐라. 1진은 장흠과 주태가 맡고 2진은 능통* 과 반장, 3진은 태사자와 여몽, 4진은 육손과 황습에게 맡긴다. 전군을 동원하여 수륙을 동시에 진군하여 기일에 늦는 일이 없이 집합하라!"

수배를 끝내자 주유는 본진으로 제갈근을 불러 말했다.

"그대의 동생인 공명은 뛰어난 재능을 지니고 있으면서 유비와 같은 자를 섬기고 있는 것은 참으로 아깝다. 다행히 우리 성에 와있으니까 유비를 버리고 우리 손장군님을 섬기도록 그대가 설득해 주지 않겠는가?"

전날 밤, 주유는 공명을 없애려는 계획을 노숙에게 털어놓았다. 노숙은 반대하고, 그 대신에 공녕의 형인 세갈근에게 시켜 공명을 손권의 휘하에 들어오도록 설득할 것을 제안했던 것이다.

"도독님의 명령이시라면 기꺼이 설득을 해보겠습니다."

제갈근은 그렇게 대답하고 즉시 말을 타고 성안에 있는 객사로

능통(凌統) 189 ~ 237
15세에 황조를 치는 전투에 종군하였다가 아비 능조가 적장 감녕의 화살에 맞아 죽자, 분전하여 아비의 시체를 찾아 돌아왔다. 뒤에 손권이 합비에서 위나라의 장요와 맞싸울 때 그를 위험에서 구해내 교위가 되고, 감녕을 원수로 대하고 죽이려고 했으나 죽을 고비에 그의 덕으로 살아난 뒤론 원한을 풀고 지냈다.

공명을 찾아갔다.

"오, 형님!"

"아우야!"

제갈근을 만나자 공명은 눈물을 흘리면서 형의 손을 잡았다. 두 사람이 만나는 것은 십여 년 만의 일이었다.

두 사람은 서로 헤어지고 나서부터의 일을 하나씩 얘기하면서 계속 눈물을 흘렸다.

"그런데 너는 백이(伯夷)와 숙제(叔齊)의 이야기를 알고 있을 테지?"

이윽고 제갈근이 눈물을 닦으면서 말했다.

백이와 숙제는 은나라(기원 전 17세기 말경에 성립된 중국에서 가장 오래된 왕조) 시대의 소국 왕자로 사이가 좋은 형제였다. 서로 부친의 뒤를 이은 왕위를 양보하다가 나라를 떠났고 후에 주나라의 무왕(武王 = 은나라를 멸망시킨 주왕조의 창시자)에게 충고했으나 들어주지 않았기 때문에, 평생 주나라의 낟알을 먹지 않겠다고 맹세하고 산속으로 들어가 굶어 죽었다.

"백이와 숙제는 살아 있을 때에도 죽을 때에도 함께였다. 나는 두 사람이 부럽다. 너도 그렇게 생각하지 않느냐?"

"형님이 말씀하려고 하시는 뜻을 나도 잘 압니다."

공명은 고개를 끄덕였다. 제갈근이 주유의 부탁을 받고 찾아왔다는 것을 눈치챘던 것이다.

"내가 섬기는 유황숙님은 한실의 혈통을 계승한 영웅입니다. 형님이 강동을 떠나 나와 함께 유황숙님을 섬기게 되면 백이, 숙제 형제를 부러워할 필요가 없습니다. 어떻습니까, 형님?"

제갈근은 자신이 말해야 할 것을 공명이 미리 말해 버렸기 때문에 대꾸할 말이 없었다.

돌아온 제갈근으로부터 공명을 설득하는 데 실패했다는 이야기를 들은 주유는, 다시 한번 공명을 제거할 결심을 굳혔다.

다음 날, 주유는 정보(程普)와 노숙과 함께 선대(船隊)를 이끌고 시상을 떠났다. 공명도 동행했다. 선대는 삼강구에서 5, 60리 떨어진 곳에 닻을 내렸다. 주유는 서산의 산자락 강변에 본진을 설치하고 공명을 불렀다.

"공명 선생, 부탁이 있소."

"무엇입니까?"

"척후에게 알아보게 했더니 조조군의 군량은 형주의 취철산에 비축해 둔 것 같소. 그대는 그 부근의 지리에 밝을 것이니 우리 군의 정예 1천 기를 데리고 기습을 감행하여 적의 군량을 불태워 버리지 않겠소?"

"알겠습니다."

공명은 눈썹 하나 까딱하지 않고 선선히 떠맡았다.

"어떤 요량으로 공명을 보내는 것인가?"

하고 공명이 본진에서 나가자 노숙이 주유에게 물었다.

"조조의 손으로 죽이게 하기 위해서라네."

주유는 어쩐지 기분 나쁜 미소를 지으면서 대답했다.

깜짝 놀란 노숙은 공명이 있는 곳으로 가보았다. 공명은 출진 준비를 시작하고 있었다.

"공명 선생, 성공할 가능성은 있소?"

노숙은 엉겁결에 물어보았다. 공명은 노숙을 딱하다는 듯이 바라보았다.

"아하하하! 저는 수상싸움, 마상싸움, 또는 보병싸움, 병차 위에서의 싸움 등 어떤 싸움이라도 못하는 것이 없습니다. 그 점에서 수상싸움밖에 하지 못하는 주 도독님과는 다르지요."

노숙이 본진으로 돌아와 주유에게 이런 내용을 애기하자 주유는 눈썹을 '파르르' 떨었다.

"무엇이라고? 공명 녀석이 내가 육상에서의 싸움을 못한다고 했다고? 좋다, 그렇다면 내가 직접 취철산에 기습을 감행해서 본때를 보여 주겠다. 공명에게 그렇게 전해 주게."

노숙은 공명에게 다시 돌아가서 주유의 말을 전했다. 그러자 공명은 다시 웃으면서 말했다.

"주 도독놈이 저를 보내려고 한 것은 조조의 손으로 저를 죽이게 할 생각이었겠지요. 조조가 취철산에 방비를 굳게 하고 있지 않을 리가 없습니다. 도독이 가면 반드시 흉한 일을 당할 것입니다. 쓸데없는 고집을 부리지 말고, 지금은 수상싸움에만 전력을 기울이도록 도독님에게 잘 말씀해 주십시오."

노숙으로부터 공명의 말을 전해들은 주유는 취철산 기습을 없던 일로 하면서도 공명을 제거하지 않으면 안 되겠다는 생각을 더욱더 굳게 했다.

2

그 무렵에 유비는 유기에게 강하의 수비를 맡기고, 관우, 장비, 조운 등의 대장들과 함께 하구로 옮겨 갔다.

먼 곳을 바라보니 장강의 남안에 무수한 깃발들이 바람에 나부끼고, 모(矛＝긴 자루 끝에 양날의 칼을 붙인 무기)와 창 끝이 햇빛에 반짝반짝 빛나고 있었다.

"그렇다면 손권 진영이 마침내 개전을 결심한 모양이다."

기뻐한 유비는 군사를 정비하고 미축에게 명했다.

"공명 군사가 강동으로 간 지가 상당히 오래 되었는데도 아직까지 아무런 연락이 없다. 어떻게 되었는지 가서 상황을 살펴보고 오너라."

미축은 작은 배를 타고 장강을 내려갔다가 3일 후에 돌아와 보고를 했다.

"강동군을 총지휘하는 사령관은 대도독 주유입니다. 공명 군사를 만나지는 못했으나, 주유는 황숙님을 만나 뵙고 작전을 세우고 싶은데, 대군을 이끌고 있기 때문에 본진을 떠날 수가 없으니 황숙님께서 직접 방문해 주시면 고맙겠다고 말했습니다."

"그런가? 그럼, 내가 가야지."

유비는 즉시 배를 준비시키라고 명했다.

"동맹을 맺었다고 하지만 세상 인심은 누구도 모릅니다. 경솔하게 가시는 것은 위험합니다."

하고 관우가 말렸으나, 유비는 고개를 흔들었다.

"손권 진영이 움직이기 시작했는데도 내가 가지 않으면 큰 결례다. 걱정이 되거든 그대도 따라 오너라."

유비는 그렇게 말하고 나서, 장비와 조운에게 진지를 지키라고 한 후, 관우와 20명의 수행원을 데리고 주유의 본진으로 향했다.

한편, 주유의 본진에서는 유비가 불과 20명의 수행원만을 데리고 찾아왔다는 것을 알고는 뛸 듯이 기뻐했다.

'됐다, 이것으로 놈의 목숨은 끝장이다!'

주유는 장차 후환을 없애기 위해 유비를 유인하여 죽여 버리려고 결심했던 것이다.

주유는 본진에 빙 둘러쳐진 장막 사이에 수십 명의 무사들을 매복시키고, 자신이 술잔을 던지는 것을 신호로 일제히 습격하라고 명해 두고, 시침을 뚝 뗀 채 유비 일행을 맞아들였다.

공명은 그때까지 아무것도 모르고 있었다. 우연히 강가를 산책하고 있는데, 경비병한테 유비가 찾아와 지금 주유와 만나고 있다는 말을 듣고 소스라치게 놀랐다.

즉각 본진으로 달려가 상황을 살펴보았다. 장막 사이에 무사들이 매복하고 있는 것이 보였다.

가슴이 미어져 내리는 것 같은 심정으로 안쪽으로 눈을 돌리니까, 주유와 술잔을 나누고 있는 유비 뒤에 청룡언월도를 들고 관우가 장승처럼 서 있는 것이 보였다.

'관우 장군이 있으면 안심이다.'

공명은 '휴우' 하고 가슴을 쓸어내리고 본진을 나왔다.

그런데 주유는 적당한 때를 보아 술잔을 던지려고 했으나, 문득 유비 뒤에 서 있는 존재를 깨달았다. 그 인물은 붉은 얼굴에 멋진 수염을 배 근처까지 오게 기르고 있었다.

"저 장수가 혹시 관도에서 원소의 대장이었던 안량과 문추를 한 칼에 베었다고 하는……."

"그렇소. 내 의동생 관우입니다."

"그렇습니까……."

주유는 등에 식은땀이 흐르는 것을 느꼈다. 지금 술잔을 던진다면 무사들이 뛰쳐 들어올 것이다.

그러나 그 전에 관우의 칼이 자신의 목을 잘라버릴 것이다. 주유는 손에 술잔을 든 채 얼어붙은 듯 움직이지를 못했다. 그때 관우가 유비의 귀에 대고 무언가를 속삭였다.

"주유가 뭔가 일을 꾸미고 있는 것 같습니다. 그만 돌아가십시다."

유비는 고개를 끄덕이고 자리에서 일어났다.

"그럼, 이만 작별하겠습니다. 조조를 물리치고 나서 다시 만납시다."

잔을 던질 기회를 놓쳐 버린 주유는 하는 수 없이 본진의 문까지 배웅을 나갔다.

주유와 헤어진 유비 일행이 강변에 배를 세워 놓은 곳까지 돌아오니 배 뒤에서 공명이 모습을 나타냈다.

"오오, 공명 군사 아닌가!"

유비는 놀라는 동시에 기뻐했다.

"그대의 사명은 성공했소. 이제는 더 이상 여기에 머물러 있을 필요가 없을 것이오. 우리와 함께 돌아가세."

"아닙니다. 제가 돌아가는 것은 11월 20일입니다."

하고 공명은 고개를 흔들었다.

"그날, 작은 배를 이 기슭에 갖다 대고 저를 기다리라고 조장군에게 지시해 주십시오. 그리고 모두들 출동 준비를 갖추고 기다려 주십시오. 아무쪼록 날짜를 틀리지 않으시도록 거듭 부탁드립니다."

"왜 하필이면 그날이오?"

"그날은 동남풍이 불어오니까요."

그렇게 말하고 공명은 수수께끼와 같은 미소를 떠올렸다.

주유가 유비 일행을 보내 놓고 본진으로 돌아오니 조조의 사자가 편지를 갖고 왔다는 보고가 들어왔다. 주유는 즉시 그 사자를 데려오게 하고는, 사자가 내미는 편지를 받아들었다. 편지의 겉봉에, '한나라의 승상이 주 도독에게 내린다'고 쓰여 있었다. 신하에게 보내는 투였다.

'이것은 도대체 뭐냐? 나는 조조의 신하가 아니다!'

주유는 극도로 불쾌해져 눈썹을 치켜뜨고, 안을 열어 보지도 않은 채 편지를 박박 찢어 땅바닥에 내동댕이치더니 사자의 목을 치라고 명했다.

"싸우고 있는 나라와 나라 사이에서는 서로의 사자를 죽이지 않는 것이 약속이네."

하고 노숙이 적극 만류했으나 주유는 듣지 않았다. 유비를 죽이지 못한 울분이 쌓여 있었던 것이리라.

사자의 목을 베어 수행힌 지에게 들려 돌려보내고 주유는 즉각 전투 준비를 갖추었다.

"조조야, 언제든지 쳐들어와라!"

한편, 자신이 보낸 사자를 주유가 죽였다는 것을 보고받자 조조는 펄펄 뛰며 소리쳤다.

"자신의 분수도 모르는 무례한 놈! 따끔하게 맛을 보여 주겠다!"

즉시 채모와 장윤에게 선봉을 명하고, 스스로 대선단을 이끌고 삼강구로 쳐들어갔다. 때는 건안 13년(208년) 11월 1일이었다. 이윽고 적벽 결전으로 이어지는 조조와 주유의 싸움이 시작되었다.

싸움은 오전 10시부터 오후 3시경까지 격렬하게 계속되었는데 결과는 주유군의 승리로 끝났다. 수상전에 익숙하지 않은 북방의 병사들을 중심으로 하는 조조군은 배가 흔들릴 때마다 서 있을 수도 없고, 경쾌하게 앞뒤 좌우로 돌아다니는 주유군의 소형 전함들로부터 비가 내리는 것처럼 쏘아대는 화살을 맞고 '픽픽' 쓰러져 버렸던 것이다.

"수효가 얼마 되지도 않는 적한테 이렇게 간단히 격파당한 것은 너희들이 평소 훈련을 등한시하고 준비를 안 했기 때문이다."

본진으로 철수한 조조는 채모와 장윤을 불러들여 호되게 꾸짖고 즉시 수군의 재건을 명했다.

대장인 채모와 장윤에게는 더 이상 물러설 곳이 없었다. 다시 실패한다면 죽음이 기다리고 있을 것이다.

두 사람은 필사적으로 임했다. 이렇게 하여 며칠 뒤에는 훌륭한 수채(水寨), 즉 물 위의 요새가 생겨났다.

그것은 그야말로 물 위에 세워진 거대한 성이라고 해도 좋았다. 장강 북안의 오림을 중심으로 해서 연안 일대에 24개의 수문을 설치하고, 목책을 종횡으로 둘러치고, 큰 배를 바깥쪽에 일렬로 늘어놓아 벽으로 삼고, 작은 병선이 그 안쪽을 자유롭게 왕래하도록 만들어 놓았다.

밤에는 화톳불을 크게 피워 하늘과 물이 새빨갛게 아름답게 빛났다. 또한 육상의 진지는 백여 리에 걸쳐 구축되었는데 밤낮으로 연기가 피어오르고 있었다.

강물과 밤하늘에 비지는 수채의 화톳불은 멀리 떨어진 대안의 주유군 본진에서도 볼 수가 있었다.

"뭐냐, 저것은?"

주유는 고개를 갸웃거리면서 부하에게 물었다.

"조조군이 만든 수채의 불빛인 것 같습니다."

부하의 대답에 주유는 불안을 느꼈다. 첫 싸움에 이겼다고는 하지만, 조조의 힘은 아직 헤아릴 수 없이 막강하다. 방심하고 있다가 단 한 번이라도 패한다면 순식간에 멸망하고 말 것이다.

다음 날, 주유는 노숙과 함께 한 척의 전함에 올라타고, 흐름을 기슬리 올라갔다. 조조의 신 가까이까지 가서는 닻을 내리고, 수채의 모습을 자세히 살펴보았다.

'으음, 수문의 구조, 목책을 치는 법, 배의 정렬 방법 등이 모두 수군의 법도와 한 치의 어긋남이 없이 일치하고 있구나.'

주유는 혀를 내둘렀다.

"도대체 누가 이런 것을 만들었을까?"

"아마 유표 밑에서 수군을 지휘하고 있던 채모와 장윤일 것이네."

하고 노숙이 대답했다.

"그런가? 그 두 사람을 처치하지 않고서는 조조를 이길 수가 없겠군."

주유는 깊은 생각에 잠겼다.

그때, 주유의 배를 발견하고 수채 안에서 조조군 병선이 출동했다. 주유는 즉시 닻을 올리고 날듯이 도망쳤다.

육상의 본진에서 보고를 받은 조조가 대장들을 모아 놓고 화를 내고 있었다.

"지난번에는 첫 일전에서 패하고, 오늘은 수채의 상황을 탐색당했다. 이대로 있다가는 주유를 더욱 우쭐하게 만들 뿐이다."

그러자 조조의 상담역을 맡고 있는 장간(蔣幹)이 앞으로 한 걸음 나왔다.

"승상님, 안심해 주십시오."

"장간이냐? 무엇인가 좋은 계책이라도 있는가?"

"네, 저는 구강 태생이라 주유하고는 어렸을 때 같은 스승님한테 배운 동문 사이입니다. 제가 찾아가 승상님에게 항복하도록 주유를 설득하고 오겠습니다."

"음, 주유가 항복하면 강동군은 지리멸렬해지겠지."

조조는 크게 기뻐하며 장간을 보내 주었다.

3

장간은 종자를 데리고 작은 배를 타고 주유 진영으로 찾아갔다. 주유는 마침 대장들을 모아 놓고 작전 회의를 열고 있다가, 장간이 찾아왔다는 보고를 받자,

'나를 설득하러 왔음에 틀림없다. 좋다, 이 녀석을 이용해야겠다.'

하고 빙그레 웃더니 대장들과 무엇인가 은밀히 협의를 하고 나서 장간을 마중하러 나갔다.

"야아, 장간. 조조한테 부탁을 받고 멀리 장강을 건너 나를 설득하러 왔나 보구나?"*

주유의 말에 장간은 가슴이 철렁 내려 앉았으나,

"무슨 소리를 하는 건가? 어릴 때 친구인 자네를 만나보고 싶어 일부러 찾아온 것인데 억측과 의심부터 한다면 나는 그냥 돌아가겠네."

하고 일부러 화난 얼굴을 해보였다.

"아······. 그랬구먼. 미안하네, 내가 실수했네. 두 번 다시 그런

구사현하 설여이도(口似懸河 舌如利刀)
'언변은 강물이 쏟아지듯 유창하고 혀는 날카로운 칼과 같다.'는 뜻. 주유는 장간이 찾아오자 이런 말을 하며 동문수학한 오랜 친구를 칭찬한다. 하지만 주유는 장간의 숨겨진 의도를 꿰뚫어 보고 장간을 이용할 계략을 세운다.

말은 하지 않겠네. 오늘은 천천히 쉬도록 하게."

주유는 고분고분 사과를 하고는 주위의 대장들을 불러 장간을 소개했다. 그러고 나서 주유는,

"나는 출진 이래 술을 삼가해 왔으나 오늘은 옛 친구가 찾아와 주었기 때문에 마음껏 마셔 볼 생각이다. 다만 내 친구가 기분 나쁘게 생각할 테니까, 조조와 우리들과의 싸움에 대해서는 일체 언급해서는 안 된다. 만일 한마디라도 하는 자가 있으면 그 자리에서 베어 버리겠다."

하고 단단히 이르고는, 허리의 검을 빼내 태사자에게 건네주면서 어기는 자가 있으면 베어 버리라고 명했다. 장간은 바늘방석에 앉아 있는 것 같아 입을 열 수가 없었다.

이윽고 성대한 주연이 시작되었다. 주유는 아무런 경계심도 갖지 않고, 연회 도중에 장간을 밖으로 데리고 나가, 진지 안의 군량이나 무기나 말 등을 보여 주면서 돌아다녔다.

그는 덩실덩실 춤을 추거나 노래를 부르거나 하는 등 마치 축제를 즐기고 있는 듯했다.

연회는 밤이 깊어질 때까지 계속되었고, 장간이,

"이제 더 이상은 마실 수가 없네."

하고 말했기 때문에 가까스로 끝이 났다.

"오늘 밤에는 어릴 때처럼 같은 침상에서 함께 자는 것이 어떻겠나?"

주유는 완전히 술에 취한 모양으로, 장간의 팔을 움켜 잡고 침실로 데리고 갔다. 옷을 입은 채 침상에 쓰러지더니 당장 코를 '드르렁드르렁' 골면서 잠들어 버렸다.

장간은 잠이 오지 않아 할 일 없이 방 안을 둘러보았다. 책상 위의 촛대에 아직도 불이 켜져 있었고, 끈으로 묶은 한 뭉치의 서류와 편지 등이 어지럽게 놓여 있었다.

살그머니 일어난 장간은 책상으로 가서 그것을 들추어 보았다. 이것저것 재빨리 읽고 있는데, 그 가운데 채모와 장윤이 주유에게 보낸 편지 한 통이 섞여 있었다.

그 내용은 이랬다.

우리들이 조조를 따르고 있는 것은 그렇게 할 수밖에 없기 때문이지 진심이 아닙니다. 기회를 봐서 조조의 목을 베어 도독님께 갖다 바치겠습니다. 나중에 또 연락을 드리겠습니다. 우선 답장을 드립니다.*

'채모와 장윤이 승상을 배신하고 주유와 내통을 하고 있었구나!'
깜짝 놀란 장간은 서둘러 그 편지를 품 안에 챙겨 넣었다. 그때

반간계(反間計)
적의 사이를 이간시키는 병법이다. 아군의 진영에 침투하여 암약하고 있는 적의 간첩에게 거짓 정보를 흘리면 아군의 손실을 입지 않고 쉽게 승리하는 계책을 말하기도 한다.

주유가 몸을 뒤척였다. 장간은 황급히 촛불을 끄고는 침상으로 들어갔다.

한참이 지나자 누군가가 침실로 들어와 주유를 흔들어 깨웠다.

"대도독님, 긴급한 일입니다. 잠시 일어나십시오."

몇 번인가 몸을 흔들어서야 주유는 잠을 깼다. 그리고 잠에 취한 얼굴로 장간을 보았다.

"누구냐? 왜 내 침상에 있느냐?"

"잊으셨습니까? 옛 친구분이신 장간님입니다. 대도독님께서 어젯밤에 억지로 끌고 오셨습니다."

"그랬던가? 오래간만에 술을 마셨기 때문에 완전히 취해서 도무지 기억이 없구나. 중요한 일을 지껄여대지 않았으면 좋으련만……."

주유는 씁쓸하고 미심쩍은 말투였다.

"그런데 무슨 용건이냐?"

"강북으로부터 밀사가 와 있습니다."

"쉿. 목소리가 너무 크다."

주유는 '휙' 장간을 돌아다보았다. 장간은 잠자는 체하고 있었다.

주유는 침상에서 몸을 일으켜 조심스럽게 내려서더니 옷을 걸치고 발소리를 죽여가면서 침실 밖으로 나갔다.

장간이 귀를 곤두세우니 밖에서 하는 얘기 소리가 토막토막 들려

왔다.

"두 분이 말씀하시기를… 그렇게 급하게는… 좀더 시간이… 아니 결코 그런 일은… 네, 반드시 전해 드리겠습니다……."

얼마 뒤에 주유가 안으로 들어와, 장간이 잠들었나 하고 살펴보면서 옷을 벗더니 침상으로 올라왔다.

장간은 편지가 없어졌다는 것을 알게 되면 주유가 자신을 살려두지 않을 것이라고 생각하고 새벽이 될 때까지 꼼짝 않고 계속 잠을 자는 체하고 있었다. 새벽이 되자 그는 얼른 일어났다. 그리고 주유가 깊이 잠들어 있는 것을 보고, 조용히 침상을 빠져 나와 밖으로 나왔다.

장간의 모습이 밖으로 사라지자, 주유는 몸을 벌떡 일으켰다. 책상으로 다가가 편지 다발을 집어 들었다. 채모와 장윤에게서 온 편지가 없어진 것을 확인하고는 슬며시 웃었다.

한편, 장간은 서둘러 종자를 불러 주유 진영을 나갔다. 경비병에게 검문을 당했으나, 주 도독의 친구인 장간이라고 말하니까 아무 말 없이 통과시켜 주었다.

"한시가 급하다!"

경비병에게서 멀어지자 장간은 종자를 숨가쁘게 재촉하여 강변까지 달려가 배에 뛰어 오르자 날듯이 북안까지 저어 돌아갔다.

조조는 장간이 예상외로 일찍 돌아오자 궁금해 하며 물었다.

"벌써 오다니 어떻게 되었느냐? 일은 잘 되었느냐?"

"죄송합니다. 제가 열심히 설득해 보았지만, 주유의 마음을 움직일 수가 없었습니다. 하지만 이런 것을 갖고 돌아왔습니다."

장간은 품 안에서 편지를 꺼내 조조에게 건네주고, 그곳에서 보고 들은 것을 상세하게 보고했다.

조조의 얼굴이 분노로 검붉게 부풀어 올랐다.

"채모와 장윤 두 놈을 끌고 와라!"

편지를 움켜쥔 그 손이 부들부들 떨리고 있었다.

10만 개의 화살

1

"채모와 장윤이 조조의 손에 의해 목이 잘리고, 모개(毛介)와 우금(于禁)이 그들 대신 수군의 총사령관으로 임명되었습니다."

조조군의 상황을 탐색하고 있던 첩자들의 보고를 받자 주유는 마치 대승이라도 거둔 듯이 크게 기뻐했다.

"그 두 사람이 없어지고 나면 조조를 무찌르는 것이 훨씬 쉬워질 것이네."

"도독의 계략이 보기 좋게 들어맞았네. 대장들도 대부분 도독의 계략이라는 것을 알아차리지 못하고 있는 것 같네."

하고 노숙이 침이 마르도록 칭찬했다.

"음, 하지만 공명은 아마 알아차리고 있을 것이네. 수고스럽지만 자네가 공명의 눈치를 좀 살펴보고 오지 않겠는가?"

"알았네."

노숙은 즉시 공명의 거처로 찾아갔다.

공명은 작은 배를 빌려서 본진에서 조금 떨어진 강변에 매어 놓고 주거로 삼고 있었다.

"공명 선생, 요즘 바빠서 찾아보지 못하고 실례했소."

"아닙니다 노숙님. 저야말로 도독님께 축하의 말씀을 올리려고 찾아가려던 참입니다."

"축하라니, 대체 무슨 일로 말이오?"

"도독님이 제가 알고 있는지 모르는지를 알아보기 위해 일부러 노숙님을 보내신 바로 그 일에 대한 축하 말입니다."

노숙은 깜짝 놀라서 얼굴색이 달라졌다.

"어떻게 그것을 알고 계시오?"

"사람들의 움직임을 관찰하고 있으면 알 수가 있지요. 어쨌든 주유가 장간에게 반간계를 써서 조조가 채모와 장윤을 죽게 했습니다만 지금은 조조가 그것을 크게 뉘우쳐 크게 후회하고 있을 것입니다. 다만 채모와 장윤이 죽어 강동에는 후환이 크게 덜어졌으니 어찌 이를 축하하지 않겠습니까? 제가 듣기에 후임 수군 도독은 모개와 우금이라고 하던데 그 두 사람은 손발이 맞지 않아 앞으로 조조의 수군은 떼죽음을 당할 것입니다."

공명에게 앞질러 지적당한 노숙은 당황했다. 어떻게 해서 다른 화제를 꺼내 그 자리를 어름어름 넘기고 황급히 작별을 고했다.

"제가 말씀드린 것을 제발 주 도독님에게는 비밀로 해 주십시오. 그렇지 않으면 주 도독님께서 저를 미워하는 마음이 더욱더 깊어질 테니까요."

하고 배웅을 하면서 공명이 거듭 부탁했다.

노숙은 고개를 끄덕이고 돌아갔지만 본진에서 주유를 만나자 있는 그대로를 모두 얘기해 버렸다.

"역시 공명은 알고 있었구나. 더는 살려 두어서는 안 되겠다."

주유는 창백해진 표정으로 단단히 결심했다.

"안 되네. 아무런 이유도 없이 공명을 죽인다면 세상의 비난을 받게 되네"

하고 노숙이 말렸다.

"그러니까 공명정대한 이유를 붙여서 죽여 버리겠다는 것이네."

"어떤 이유로 말인가? 들려주게나."

"내일이 되면 알 수 있네."

주유는 싱긋이 웃으며 즉답을 피했다.

다음 날, 주유는 작전 회의를 열겠다고 대장들을 본진으로 불러 모았다. 공명에게도 참석하라고 연락했다. 일동이 모두 모였을 때, 주유는 공명을 향해 물었다.

"드디어 조조와의 결전이 임박해 왔는데, 공명 선생은 수상전에서 가장 유리한 무기는 무엇이라고 생각하오?"

"그것은 누가 뭐래도 활이 가장 위력을 발휘하겠지요."

"나도 그렇게 생각하오. 그런데 우리 군에는 지금 화살이 부족하여 앞으로 10만개 정도의 화살이 더 필요한데, 우리들은 싸움 준비에 바쁘고, 손이 비어 있는 것은 공명 선생뿐이오. 수고스럽지만 직인들을 지휘하여 10만개의 화살을 만들어 주시지 않겠소?"

"기꺼이 떠맡겠습니다. 그런데 언제까지 만들면 되겠습니까?"

"지금부터 10일 간이면 어떻겠소?"

"조조와의 싸움이 임박해 있는데 10일이나 걸려서는 소용이 없잖겠습니까? 3일 안에 마련해 드리겠습니다."

그러자 일동 사이에서 술렁거리는 소리가 들려 왔다. 10일이 걸려도 10만개의 화살을 만드는 일이 어렵게 생각되는데 불과 3일에 만들 수 있을 턱이 없었다. 누구나 다 공명이 머리가 이상해진 것이 아닐까 하고 의심했다.

단 한 사람, 주유는 회심의 미소를 시었다. 공명은 자기 스스로 함정에 걸려 든 것이다. 이것을 놓칠 수는 없다.

"진중에서는 거짓말이나 농담이 허용되지 않소.* 3일 안에 할 수 있다고 한다면, 서지(誓紙 = 맹세의 말을 쓴 종이)를 제출해 주시오."

군중무희언(軍中無戲言)
'군대에서는 농담이 있을 수 없다.'는 뜻. 주유가 제갈량을 제거하기 위해 계략을 세우고 10만개의 화살을 요구하자, 제갈량은 3일 안에 화살 10만 개를 바칠 수 있다고 큰소리를 친다. 이에 주유는 군중안에서 농담은 있을 수 없다고 말한다. 즉, 3일 안에 10만 개의 화살을 가져오지 못하면 목숨을 거두겠다는 말.

"알겠습니다."

공명은 붓을 빌려, 3일 내에 10만개의 화살을 마련하지 못하면 어떤 벌이라도 달게 받겠다고 써서 주유에게 내밀었다.

"이것이면 되겠습니까?"

그리고는 공명은 깜짝 놀라 있는 일동을 거들떠보지도 않은 채 아무 일도 없었다는 듯이 유유히 밖으로 나가 버렸다.

"공명이 허튼소리를 하고 있는 것은 아닐까?"

공명의 뒷모습을 바라보면서 노숙이 주유에게 속삭였다.

"그렇다면 그래도 좋다. 일동 앞에서 서지를 썼으니 이행을 하지 못하면 사형에 처하더라도 아무도 비난하지 않을 것이네."

주유는 차가운 미소를 지었다.

"여하튼 직인들에게 공명의 지시에 일부러 따르지 말고 일을 늦추도록 하라고 분부해 놓겠네. 그렇게 하면 3일에 1만개의 화살을 만드는 것조차 어려워질 테니까. 그러나 공명의 재주로 우리들이 예상하지 못한 방법을 생각해낼지도 모르네. 자네는 가서 상황을 살펴보지 않겠는가?"

주유의 부탁을 받지 않았더라도 노숙은 공명이 도대체 어떻게 할 생각일까 하고 마음에 걸렸었다. 그는 즉시 공명의 배로 찾아갔다.

공명은 뱃전에 몸을 기댄 채 물의 흐름에 눈길을 보내고 있다가 노숙을 보더니,

"노숙님, 너무 심하지 않습니까? 제가 한 말을 주 도독님께 누설

하지 말아 달라고 부탁을 했는데 얘기를 했기 때문에 3일에 10만개의 화살을 마련하지 않으면 안 되게 되었잖습니까."

웃음을 떠올리면서 은근히 항의를 했다.

"무슨 말씀이시오. 그것은 공명 선생이 스스로 자청한 것 아니오? 내 탓으로 돌린다면 심히 섭섭하오."

"아니, 책망하고 있는 것은 아닙니다. 힘을 빌리고 싶습니다. 우선 빠른 병선 20척과, 1척마다 30명의 병사들을 마련해 주십시오. 배에는 푸른 장막을 둘러치고, 양 옆에는 묶은 짚단을 1천개쯤을 늘어 세워 주십시오. 이것만 해 주시면 됩니다. 단 이것만큼은 주 도독님에게는 말씀하지 말아 주세요. 도독님에게 알려지면 배와 병사들을 빌려 주지 않을 테니까요."

너무나 의외의 부탁에, 노숙은 영문을 알 수가 없어 고개를 갸웃거렸다. 그러나 일단 승낙하고, 주유에게는 공명은 자기 방식으로 할 테니까 재료나 직인은 필요없다고 말하더라고만 하고, 배 건에 대해서는 잠자코 있었다.

"무슨 소리인가, 재료도 직인도 필요없다는 것은? 화살 만들기를 포기했다고 밖에는 생각되지 않는데?"

주유도 의아하게 생각했으나 어쨌든 3일 후를 기다리기로 했다.

한편, 노숙은 부탁받은 대로 속도가 빠른 병선 20척을 준비했다. 배마다 30명의 병사들을 태우고, 장막이나 짚단 등을 공명이 부탁한 대로 마련해서 강변에 매어 놓았다.

그러나 첫째 날에도 둘째 날에도 공명은 아무것도 하지 않고 그냥 시간만 보냈다.

"도대체 무엇을 어떻게 하려는 것일까?"

혼잣말을 하면서 노숙이 오히려 조바심을 냈다. 그런 노숙에게 공명으로부터 심부름꾼이 찾아온 것은 사흘째 자정 직전이었다. 즉시 20척의 병선을 매놓은 강변으로 와달라는 것이었다.

노숙이 서둘러 달려가 보니 공명은 선두의 배 안에서 기다리고 있었다.

"그럼, 나가 보실까요?"

"어디로 말이오?"

"화살을 받으러 말입니다."

공명은 빙긋이 웃고 병사들에게 배를 출발시키라고 명했다.

20척의 병선은 기다란 밧줄로 서로 연결된 채 북안을 향해서 저어 나가기 시작했다. 그날 밤에는 안개가 짙게 끼었다. 장강 한가운데쯤 오니 안개가 한층 더 짙어져 마주보고 있는 상대방의 얼굴도 분간할 수 없을 정도였다.

2시간 후, 선단은 조조군의 수채에 접근했다. 공명은 배를 서쪽에서 동쪽으로 일렬로 늘어서게 하고는 일제히 큰북을 요란스럽게 두드리고 함성을 지르도록 병사들에게 명했다. 다음 순간, 요란한 큰북의 연타와 6백 명의 병사들이 울리는 함성소리가 짙은 안개를 찢어 놓듯이 울렸다.

노숙은 깜짝 놀라 기절을 할 뻔했다.

"무슨 생각을 하고 있는 거요? 조조의 병선이 공격을 해 오면 어떻게 할 작정이오!"

"아니, 괜찮습니다. 그보다는 한 잔 하시는 게 어떻습니까?"

공명은 웃으면서 노숙에게 준비해 온 술잔을 내밀었다.

한편, 조조의 진영에서는 '와아' 하고 터져 나온 함성소리와 큰북소리에,

"주유군의 내습입니다!"

하고 새로 임명된 수군 사령관 모개와 우금이 황급히 조조에게 보고했다.

"허둥대지 마라! 이 짙은 안개 속에서 함부로 치고 나갔다가는 복병들에게 당하기 십상이다. 화살을 쏘아라!"

조조는 두 사람에게 명하고, 다시 장료와 서황을 불러 육지에서도 활을 쏘게 했다.

순식간에 수륙을 합쳐 1만 명의 사수가 짙은 안개가 끼어 있는 소리나는 강 위의 목표를 향해서 숨 돌릴 사이도 없이 화살을 쏘아댔다. 화살은 선단 위에 비처럼 쏟아져 내려 짚단이나 푸른색 장막에 '콱콱' 꽂혔다.

공명은 병사들에게 큰북과 함성소리를 계속 지르게 하며 배를 동쪽에서 서쪽으로 일렬로 방향을 바꾸게 했다. 그러자 배의 반대편에 다시 무수한 화살이 '콱콱' 꽂혀 나갔다.

이렇게 해서 날이 밝을 무렵이 되자, 20척의 배에는 선체가 보이지 않을 정도로 화살이 빼곡히 박혀 있었다.

"한 척에 아마도 5,6천개의 화살은 박혀 있을 것입니다. 이것으로 10만개의 화살이 마련되었습니다."

공명은 시치미를 뚝 떼고 노숙을 돌아다보았다.

"내가 졌소."

노숙은 공명의 계책에 진심으로 감탄했다.

"그건 그렇고 오늘의 안개를 어떻게 미리 알고 계셨소?"

"무릇 군사라는 것은 천문이나 지리에 정통하지 않으면 감당할 수가 없습니다. 저는 장강의 기상 변화를 관찰해 오고 있었는데 3일 전부터 오늘 안개가 낀다는 것을 예측했습니다. 그래서 3일 안에 10만개의 화살을 마련할 수 있다고 말했던 것입니다. 주 도독님이 시키는 대로 했다면, 직인들에게 일을 지연시키도록 해서 그것을 구실로 내 목숨을 빼앗으려고 했을 테니까요."

그렇게 말하고나서, 공명은 모든 배의 병사들에게,

"승상님, 화살은 고맙게 잘 받았습니다!"

하고 일제히 소리치게 하고는 배를 돌려 빠르게 도망쳤다. 고슴도치처럼 된 선단은 급물살을 타고 화살처럼 남안으로 향해 달렸다.

2

이윽고 20척의 배가 주유 진영의 강변에 도착했다. 병사들에게 화살을 빼내게 하여 계산해 보니 10만개가 훨씬 넘었다. 공명은 그것을 전부 다발로 묶어 본진으로 운반하게 했다. 주유도 이것을 보자 깜짝 놀랐다.

'공명의 지모는 도저히 나 같은 것으로는 견줄 바가 못 된다.'

하고 진심으로 고개를 숙이고 공명을 새삼스럽게 진중에 맞아들여 지금까지의 무례를 빌었다.

"괜찮습니다. 저는 전혀 마음에 두지 않으니까요."

하고 공명은 웃으면서 대답했다.

"그런데 우리 손장군께서 빨리 진격하여 조조를 치라고 하는 사자를 보내 왔소."

하고 주유는 말투까지 정중하게 바꾸었다.

"나도 헛되이 시간을 낭비하고 있었던 것만은 아니지만, 유감스럽게도 조조군의 수채가 너무나도 견고하게 만들어져 있어 비집고 들어갈 틈이 없었던 것이오. 그래서 어떻게 하면 그것을 격파할 수 있을까 여러 가지로 궁리한 끝에 간신히 하나의 계책을 생각해 냈소. 공명 선생의 의견을 듣고 싶군요."

"잠깐 기다려 주십시오. 저도 생각해 낸 것이 있습니다. 서로의 생각을 손바닥에 써서 비교해 보면 어떻겠습니까?"

하고 공명이 제안을 했다.

"아아, 그것 참 재미있는 생각이오."

그래서 두 사람은 벼루과 붓을 가져오게 하여 각자의 손바닥에 글자를 썼다. 그리고 주먹을 맞대고는 동시에 펼쳤다.

"아하하하하!"

공명과 주유, 두 사람의 입에서 동시에 유쾌한 웃음소리가 터져 나왔다. 양쪽의 손바닥에는 모두, '화(火)' 자가 쓰여져 있었던 것이다.*

"이 일은 아무에게도 새나가지 않도록 해야 하오."

"물론입니다. 군기를 누설하는 행동은 하지 말아야지요."

한바탕 웃고 나더니 두 사람은 얼굴을 마주보면서 서로의 손바닥에 쓴 글자를 지웠다.

한편, 조조는 공명의 계략에 넘어가 10만여 개 가량의 화살을 바치고 말았다는 것을 알자 심히 불쾌한 표정을 짓고 있었다.

"저쪽에 주유와 공명 두 놈이 있는 한 좀처럼 이길 수 없습니다. 이쪽에서 누군가를 투항시켜 주유군의 움직임을 알리도록 하는 것이 좋을 것입니다. 그런 다음에 계략을 세우는 것이 좋지 않겠습니까?"

하고 순유(荀攸)가 진언했다.

장중일화자(掌中一火字)
'손바닥에 쓴 불 화자'를 뜻한다. 제갈량과 주유는 조조의 군대를 격파할 방법을 모색하다 각각 손바닥에 글자를 써서 계책을 내기로 한다. 두 사람의 손바닥에는 똑같은 불 화(火)자가 쓰여 있었다. 두 사람은 서로 뜻이 같음을 알고 파안대소한다.

"그렇게 되면 물론 좋겠지."

조조도 찬성을 했다.

"그러나 누구를 보내면 좋겠는가? 웬만한 자가 아니면 주유나 공명에게 정체를 간파당할 것이다."

"얼마 전에 참수를 당한 채모의 사촌에 채중(蔡中)과 채화(蔡和)라고 하는 형제가 있습니다. 이 두 사람을 투항시킨다면 의심을 받지 않을 것이라고 생각합니다."

"과연 그렇겠다. 두 사람은 나를 원망하고 있을 테니, 주유도 공명도 설마 거짓 투항이라고는 생각하지 않을 것이라는 얘기군."

순유의 의견에 따라 조조는 은밀히 채중과 채화 형제를 불러다가 충분한 은상을 약속하고 주유군에 투항하라고 지시했다.

배신자의 일족으로 잔뜩 주눅이 들어 있던 채중과 채화 형제는 조조의 명령에 기꺼이 따랐다. 즉시 500명의 병사들을 데리고, 마치 조조군의 진지에서 탈출한 것처럼 꾸며 달아났다.

주유는 작전을 짜고 있다가 채모의 사촌인 채중과 채화 형제가 투항해 왔다는 보고를 받고 크게 기뻐하면서 두 사람을 불러들였다.

"저희들의 사촌인 채모는 죄가 없는데도 조조에게 참살을 당했습니다. 그 원수를 갚으려고 이렇게 찾아왔습니다. 부디 저희들을 거두어 주십시오. 조조를 치는 데 힘을 다하겠습니다."

채중과 채화는 눈물로 주유에게 호소했다.

"귀공들의 분한 마음은 잘 안다. 좋다, 우리 군에 참가하여 마음껏 활약해 주기 바란다."

주유는 즉시 감녕(甘寧)을 불러 두 사람을 그의 부대에 편입시켜 주었다.

"감녕은 우리 강동에서도 널리 알려진 용장이다. 감녕 밑에서 선봉을 맡도록 하라."

"고맙습니다. 도독님의 은혜를 평생 잊지 않겠습니다."

채중과 채화 형제는 속으로 감쪽같이 속였다고 회심의 미소를 지으면서 주유 앞에서 물러났다. 두 사람이 물러나자, 주유는 감녕에게 귀띔했다.

"본심으로 항복하는 것이라면 가족도 데려 왔을 것이다. 남겨 두면 조조에게 죽임을 당할 테니까 말이다. 그런데 저 두 형제는 자신들만 투항해 왔다. 아마도 가짜 투항일 것이다. 조조의 명으로, 첩자로서 우리 군의 움직임을 탐색하러 온 것처럼 보인다. 나는 일부러 속아 넘어간 척하며 저 녀석들을 서꾸로 조종할 생각이다. 그대는 잘 감시하고 있도록 하라."

감녕이 알아듣고 물러가자, 이번에는 노숙이 찾아왔다.

"주 도독, 채중과 채화의 투항은 본심이라고는 생각되지 않네. 신용하는 것은 다시 생각해 봐야 할 것이네."

"무슨 소린가? 무턱대고 남을 의심하는 것은 좋지 않네!"

주유는 노숙에게 심하게 화를 냈다.

"사촌이 살해당해 조조를 원망하고 있는 자들이 무엇 때문에 거짓으로 투항을 하겠는가?"

 노숙은 잠자코 물러나더니, 그 길로 공명을 찾아가 주유가 채중 형제에게 속아 넘어가고 있다고 한탄했다. 그런데 공명은 싱글벙글 웃고 있을 뿐, 아무 대꾸도 하지 않았다.

 "무엇이 그렇게 우습소?"

 노숙이 발끈하자, 공명은 웃음을 거두고 깨우쳐 주었다.

 "이 장강은 너무나도 넓기 때문에 첩자의 내왕도 힘이 듭니다. 그래서 조조는 그 두 사람을 일부러 투항시켜 이쪽의 정세를 탐색하려고 하고 있고, 주 도독님은 투항을 믿는 체하면서 거꾸로 두 사람을 이용하려고 하고 있는 것입니다. 용감한 전투만이 전쟁이 아니라 서로를 속이는 것도 중요한 전쟁입니다."

 노숙은 그제서야 알았다는 듯이 고개를 끄덕였다.

3

 그날 밤, 본진에 있는 주유의 숙소로 고참 대장, 황개(黃蓋)가 사람의 눈을 피해 찾아왔다.

 "도독님, 이대로 계속 대치하고 있다가는 그 동안에 조조군이 수군의 조련에 힘써 무시할 수 없게 됩니다. 지금 빨리 승부를 내지 않으면 안 됩니다. 화공(火攻)은 어떻습니까? 단숨에 불을 질러 놈들의 수채를 태워 버리는 것입니다."

손견 이래 손씨 군벌의 기둥 같은 무장으로 크게 활약해 온 황개는 흰 수염을 떨면서 단호하게 제안했다.

"그것을 누구에게서 들으셨습니까?"

주유는 깜짝 놀랐다. 화공의 계략은 자신과 공명 밖에 모르는 일이다.

"아무한테도 듣지 않았습니다. 나 혼자 궁리한 것입니다."

주유는 가슴을 쓸어내렸다.

"실은 저도 같은 생각입니다. 그래서 채중과 채화 형제의 거짓 투항을 믿는 체하면서, 몸 가까이 두고 이용하려고 하고 있습니다. 다만 조조의 의표를 찌르려면 이쪽에서도 거짓 투항을 하는 자가 필요한데, 그 임무를 수행할 수 있는 자가 없어 유감입니다."

"유감스러워할 것 없습니다. 바로 눈앞에 있으니까요."

"노장군님이? 아니, 그것은 무리입니다. 조조를 믿게 하려면 상당히 극단적인 수단을 쓰지 않으면 안 되니까요."

"무슨 말씀을 하는 겁니까? 나는 우리 강동을 위해 목숨을 걸고 있습니다. 어떤 꼴을 당하든 사명은 꼭 완수하겠습니다."

흰 눈썹을 치켜올리고 주저없이 다짐하는 황개의 얼굴을 주유는 똑바로 마주 응시했다.

"그럼 노장군님께 부탁드리겠습니다."

이윽고 주유는 깊숙이 머리를 숙였다. 이튿날, 주유는 대장들을 본진으로 불러 모았다. 공명도 참석했다.

"모두들 잘 알고 있다시피, 조조는 백만 대군을 이끌고 와서 무려 백리에 걸쳐 영채를 세우고 있다. 수상 요새도 방비가 견고하다. 따라서 짧은 시일 안에 무찌르는 것은 도저히 무리라고 생각된다."

주유는 일동을 둘러보면서 현재의 정세를 설명했다.

"따라서 우리들은 지구전으로 몰고 들어가 적의 군량이 바닥나기를 기다린다. 각자 3개월 분의 군량을 받아 가지고 방비를 굳게 하도록 하라."

"잠깐 기다리시오!"

주유가 말을 끝내는 순간, 황개가 앞으로 걸어나오며 소리쳤다.

"도독님의 지시는 납득할 수가 없습니다. 시간이 흘러가면 흘러갈수록 적의 수군은 힘이 생기게 됩니다. 이 달 안으로 치지 않으면 우리가 당하게 됩니다. 만일 그것을 할 수 없다면 장소가 말한 것처럼 갑옷을 벗고 무기를 버리고 항복을 하는 것이 낫습니다."

"나는 출진함에 앞서, 두 번 다시 항복을 입에 담는 자는 베어 버리라고 주공님한테 이 패검을 받아 가지고 왔다."

주유는 눈꼬리를 치켜 뜨며 허리에 찬 검집에 손을 갖다댔다.

"주공님의 말씀과 이 패검에 걸고 적진을 앞에 두고 항복이라는 말을 내뱉은 이상 아무리 노장군이라 할지라도 용서할 수가 없다. 그 목을 베어 주겠다!"

"나는 3대의 주공님을 섬기면서 싸움터를 왕래해 왔다. 설사 목숨을 잃더라도 너 같은 애송이의 그릇된 지시에는 따르지 않겠다!"

황개도 지지 않고 입에서 침을 튀기며 마구 대들었다.

"에잇, 당장 이 늙은이의 목을 베라!"

주유는 화가 머리 끝까지 치밀어 좌우의 부하들에게 명했다.

"황개님은 소중한 대장입니다. 부디 한 번만 용서해 주십시오."

감녕이 나서서 중재를 했다.

"쓸데없는 참견 말라. 썩 물러가라!"

주유는 감녕에게 고함을 지르며 그 자리에서 내쫓아 버렸다.

놀란 대장들은 일제히 주유 앞에 무릎을 꿇고 황개를 위해 목숨을 살려달라고 빌었다.

주유는 가까스로 흥분을 가라앉혔다.

"그대들의 얼굴을 봐서 참수만은 면해 주겠다. 다만 도독인 나에게 말대꾸한 죄는 가볍지 않다. 그 벌로 몽둥이 100대를 쳐라."*

즉각 집법관이 달려들어 황개를 붙잡더니 상반신을 빌거벗기고 바닥에 난폭하게 꿇어앉혔다. 그리고는 황개의 등에 두 명의 형리가 교대로 힘껏 굵은 몽둥이를 내리 쳤다.

"음… 으으으… 음……."

고육지책(苦肉之策)
제 몸을 상해가면서까지 꾸며내는 방책으로 일반적으로 어려운 상태에서 벗어나기 위해 어쩔 수 없이 쓴다. 조조를 속이기 위해서 희생을 감내해야 한다고 생각한 주유는 황개와 함께 고육지계로 조조를 속이고 적벽대전의 승리의 실마리를 푼다.

황개는 이를 악물고 필사적으로 참았다.

"좀더 세게 때려라! 봐주거나 하면 너희들도 같은 죄로 다스리겠다!"

주유는 형리들을 노려보았다.

'20대, 30대' 하고 때리는데 구령에 따라서 황개의 살갗이 찢겨지고 살이 터지더니 더 이상 견디지 못하고 쓰러졌다. 형리들이 내리치는 몽둥이도 피투성이가 되었다. 황개는 더 이상 신음소리조차 내지 못했다. 50대를 헤아렸을 때 대장들이 모두 만류했다.

"연세가 있는지라 더 이상 때리면 위험합니다. 제발 용서해 주십시오."

"좋다. 나머지 50대는 맡겨 두겠다. 앞으로 또 나에게 대들면 나머지 50대만으로는 끝내지 않겠다. 잘 기억해 두어라."

새파란 얼굴로 말을 내뱉은 주유는 본진 안으로 휙 들어가 버렸다.

대장들은 즉시 황개에게 달려가 부축하며 일으켰다. 황개는 이미 운명하기 직전에 와 있었다. 자신의 숙소로 옮겨진 뒤에도 몇 번씩이나 의식을 잃었다.

공명은 자초지종을 끝까지 보고 나서는 자신의 주거인 배로 돌아갔다. 뒤쫓듯이 노숙이 찾아왔다.

"공명 선생, 어째서 주 도독을 말리지 않으셨소?"

노숙은 화가 난 듯이 물었다.

"공명 선생이 부탁하는 것이라면 주 도독도 들어주었을 것이오.

그러면 황개 장군도 그런 꼴은 당하지 않아도 되었을 것 아니오."

공명은 조용히 웃으면서 노숙을 보았다.

"주 도독님이 황개 대장을 심하게 때리게 한 것은 조조를 속이기 위한 일종의 계책일 것입니다. 제가 나설 자리가 결코 아니었습니다. 다만 도독님에게는 이 공명도 이번 처사를 크게 슬퍼하고 있더라고 전해 주십시오."

공명의 말에 놀란 노숙은 본진으로 돌아가서 주유를 만났다.

"어떤가? 대장들은 오늘의 내 행동에 대해 어떻게들 말하고 있던가?"

주유는 노숙의 얼굴을 보자마자 물었다.

"모두들 도독께서 너무 심했다고 말하고 있네."

"공명은 어떤가? 뭐라고 하던가?"

"공명 선생도 도독의 처사를 슬퍼하고 있었네."

"그런가? 그렇다면 성공이 틀림없다!"

주유는 기쁜 듯이 손바닥을 쳤다.

"실은 오늘 황개 장군을 그렇게 혼내 준 것은 사전에 짜고서 조조에게 투항시키기 위한 계략이었네."

'역시 공명이 말한 대로였구나……'

주유의 득의에 찬 얼굴을 바라보면서 노숙은 공명의 통찰력에 다시 한번 혀를 내둘렀다. 하지만 공명의 부탁대로 일체 다른 말은 하지 않았다.

연환계

1

황개는 치료를 받고 자신의 숙소에 누워 있었다. 대장들이 교대로 병문안을 하러 왔다. 누구나 다 황개에게 동정을 하고, 주유의 처사를 비난했으나, 황개는 신음을 하거나 눈을 감거나 하면서 한마디의 대꾸도 하지 않았다.

사흘째에 감택*이 병문안을 하러 왔다. 그러자 황개는 좌우의 부하들을 물러가게 하고 언제 아팠냐는 듯이 일어나 감택을 맞았다.

"잘 와주었네. 자네를 기다리고 있었네."

"노장군님, 주 도독이 그런 처사를 한 것은 혹시 어떤 계략이 아니었습니까?"

하고 감택이 물었다.

"어째서 그렇게 생각하는가?"

"도독의 화내는 모습이 너무나도 격렬해서 일부러 그러는 것이 아닐까 하고 짐작해 보았습니다."

"자네 말이 맞네. 주 도독이 조조에게 거짓으로 투항할 자를 찾고 있어 내가 지원했네. 투항을 사실로 보이게 하기 위해 목숨을 내걸고 그런 연극을 했지. 고육지계일세."

"그러한 큰일을 제게 털어 놓는 까닭은 저더러 조조에게 사자로 갔다 오라는 말씀 아닙니까?"

"그렇네. 자네를 믿고 부탁하는 것이니 승낙해 주겠는가?"

감택은 나이 차이가 많이 났지만 황개와는 평소에 절친하게 지내는 사이였다. 변설이 능하고 배짱도 상당히 있었다.

"노장군님이 목숨을 던져 나라를 위해 일하려고 하시는데 어찌 제가 목숨을 아끼겠습니까?"

"고맙네. 그럼, 이것을……."

황개는 베개 밑에서 편지 한 통을 꺼내 감택에게 건네주었다.

"분명히 받았습니다."

감택은 편지를 받아 품 안에 넣고 아무 일도 없었다는 듯이 밖으로 나갔다. 그날 밤 늦게 한 척의 작은 배가 강 위로 천천히 나아갔다. 달도 없고 별만 차갑게 반짝이고 있는 겨울 밤하늘 아래 오로지

감택
황개와 뜻이 통하여 적벽대전에 앞서 거짓 항복 문서를 가지고 조조에게 가 항복하였다. 처음에 조조는 그를 믿지 않고 죽이려 했으나 목에 칼이 떨어져도 눈 하나 깜빡하지 않는 배짱을 가지고 있던 그는 조조를 설득하여 황개의 항복을 믿게 했다.

북안을 향해서 전진해 갔다. 노를 젓고 있는 것은 한 사람의 어부였다. 새벽 무렵, 작은 배는 조조군의 수채로 접근했다.

"그 배, 잠깐 정지하라!"

경비 병사가 발견하고 즉각 어부를 체포했다.

"수상한 녀석, 어디서 왔느냐?"

"나는 강동 땅의 감택이라는 사람이다. 중대한 용무로 승상님을 직접 뵈려고 왔다. 연락을 취해 주기 바란다."

깜짝 놀란 병사는 대장에게 보고하고, 대장은 조조에게 알렸다. 조조는 즉시 데려오도록 하라고 명했다.

이윽고 어부 차림을 한 감택이 조조 앞으로 왔다.

"감택이라고 했느냐? 그대는 무슨 일로 왔는가?"

조조는 날카로운 눈으로 감택을 살펴보았다. 감택은 두려워하는 기색없이 조조를 마주 바라보면서 입을 열었다.

"강동의 대장 황개는 3대째 손씨를 섬기고 수없이 많은 공을 세워온 용사이었는데 이번에 여러 대장들 앞에서 도독인 주유에게 치욕을 당했기 때문에 그 원한을 풀려고 승상님께 투항할 결심을 했습니다. 저는 황개하고는 친근하게 교제를 해 오고 있었기 때문에 이렇게 편지를 부탁받고 온 것입니다. 투항서를 읽어 보시겠습니까?"

"어니 있는가, 그 편지는?"

감택은 품 안에서 황개의 편지를 꺼내 조조에게 내밀었다.

조조는 봉을 뜯고 등불에 비춰 읽기 시작했다. 한 번 읽고, 두 번 읽고 그리고 한자 한자 꼼꼼하게 새겨가면서 세 번 읽고, 다시 네 번, 다섯 번이나 되풀이해 읽었다. 그러고 나서 희죽이 웃더니 한 번 고개를 끄덕이고는 감택을 노려보았다.

"꽤나 준비는 잘 했으나 이것은 거짓 투항서다. 이런 것에 속아 넘어 갈 내가 아니다. 얘들아, 이 놈을 끌어내 목을 당장 베어라!"

병사들은 감택에게 덤벼들어 끌고 나가려고 했다. 감택은 얼굴색 하나 변하지 않고, 하늘을 우러러보며 '껄껄' 웃었다.

"잠깐 기다려라. 계략이 탄로가 났는데 무엇이 그리 우스우냐?"

조조는 감택을 다시 끌고 오게 해서 물었다.

"당신을 비웃은 것이 아니다. 황개 노장군이 망령이 들었는지 사람을 보는 눈이 없는 것을 비웃은 것이다. 조조는 목이 마른 자가 물을 구하듯이 용사나 현자를 구하고 있다고 들었는데, 실제로는 전혀 그렇지 않구나. 의심이 많아서 남을 신용하지 않는구나. 황개도 고르는 상대를 잘못 싶었고……."

"닥쳐라, 이놈. 입에 발린 말로 나를 구워삶으려고 해도 그렇게는 안 된다. 나는 젊었을 때부터 수많은 병서를 읽어서 거짓 계략 등을 100가지는 더 알고 있다. 이 정도의 계략으로 나를 속여 넘길 수 있다고 생각했다면 실수다."

"그 편지의 어디가 거짓인가?"

"내가 가르쳐 주겠다. 분명히 편지에는 그대가 말한 것처럼 쓰여 있으며, 군량이나 무기를 실은 배와 함께 투항할 작정이라고 말하고 있다.

그러나 가장 중요한, 이쪽으로 넘어 오겠다는 일시가 쓰여 있지 않다. 참다운 투항이라면 그것을 써야 하는 것이 당연하지 않겠는가?"

"아하하! 으하하하하!"

그 말을 듣자 감택은 조롱하듯 더욱 크게 웃기 시작했다.

"조승상 나으리. 그러고도 수많은 병서를 읽었다고 큰소리를 치다니, 어처구니가 없구려! 싸움이 벌어지면 주유의 솜씨에 걸려 단 한 번에 당하고 말 것이 분명하오."

"내가 말하는 것의 어디가 이상한가?"

"남을 믿지 못하는 자에게 얘기해 봤자 무슨 소용이 있겠소? 빨리 죽이기나 하시오."

"그대가 하는 말에 납득이 가면 신용을 하겠다. 얘기해 봐라."

"'전쟁터의 배신에는 일시를 정할 수 없다'는 말도 모르시오? 언제 어느 때라고 일시를 정해 놓았다 하더라도 무슨 일인가가 갑자기 일어나서 그날에 실행할 수 없는 경우가 있소. 또한 상대방이 그것을 모르고 약속한 날에 행동을 일으키면 실패하는 것은 뻔한 이치 아니오. 일시를 정하지 않는 것은 오히려 진실의 증거인 것. 함부로 날짜를 약속하는 것이야말로 오히려 수상한 일이지……."

"으음……."

조조는 감택의 말에 귀를 기울이다가 이내 말투를 바꾸었다.

"말을 듣고 보니까 일리가 있다. 나의 괜한 오해로 공연한 폐를 끼쳤다. 미안하다."

"아닙니다. 저야말로 조금 전의 무례한 언동을 한 점에 대해서 용서해 주십시오."

감택도 자신을 낮추고 조조 앞에 무릎을 꿇었다.

"황개는 마음속으로부터 승상님을 섬기고 싶다고 생각하고 있습니다. 결코 거짓 같은 것이 아닙니다."

"그대들 두 사람이 우리 편이 되어 준다면 주유를 무찌르는 것이 쉬워질 것이다."

하고 조조는 만족스러운 미소를 지었다.

그곳에 부하 하나가 황급히 들어왔다. 조조의 귓가에 대고 무엇인가를 속삭였다.

"어디 보자."

조조가 말하니까 그 부하가 한 통의 편지를 내밀었다. 봉을 뜯고 읽기 시작한 조조의 입가에 웃음이 가득했다.

'분명 우리 진영에 잠입해 있는 채중과 채화가 황개 장군이 매질을 당했다는 사실을 알려온 것이구나. 그래서 항복이 진짜라는 것을 확실히 믿게 되었군.'

감택은 그렇게 짐작하고 모든 일이 잘 풀려 나가는 것 같다고 내심으로 안도했다. 편지를 다 읽고나자 조조는 얼굴을 쳐들었다.

"수고스럽시만 그대는 다시 강동으로 돌아가 줘야겠다. 황개와 잘 의논해서 내응해 주기 바란다."

"저는 두 번 다시 강동에는 돌아가지 않을 각오로 이곳에 왔습니다. 누군가 다른 사람을 보내 주십시오."

"아니다. 이 임무를 수행할 수 있는 것은 그대밖에 없다."

"승상님의 뜻이 그러시다면 강동으로 돌아가겠습니다."

조조가 완전히 신용하고 있다고 느낀 감택은 고개를 끄덕였다.

감택은 다시금 작은 배를 타고 남안으로 돌아왔다. 즉시 황개의 숙소로 가서 자초지종을 보고했다.

"자네의 변설이 없었다면 나의 고통도 모두 헛되이 끝날 뻔했네."

황개는 안도하며 감택의 수고에 대해 감사했다.

"저는 지금부터 감녕에게 가서 채중과 채화의 동정을 살펴보고 오겠습니다."

"감녕도 우리의 계책을 알고 있을 것일세. 그 두 사람을 우리들의 계략에 집어넣으면 성공은 틀림없을 터. 부탁하네."

"알았습니다. 맡겨 주십시오."

황개의 숙소를 나온 감택은 그 길로 감녕을 찾아갔다. 한동안 잡담을 나누고 있으려니 채중과 채화가 들어왔다. 그러자 감택은,

"그것은 그렇고, 주 도독의 횡포는 차마 눈뜨고는 볼 수 없을 정도였습니다."

하고 그때까지 하던 얘기의 계속인 것처럼 말을 돌렸다. 그리고 은밀히 눈짓을 하자 감녕도 바로 눈치채고 맞장구를 쳤다.

"정말 그렇네. 나도 그날 황개 장군님을 살려 보려고 하다가 주유 놈에게 큰 망신을 당했다네. 그것을 생각하면 속이 부글부글 끓

어오르는 것 같네! 어떻게 하면 좋을까?"

감녕의 말투는 차츰 격해져 갔다.

"실은 그 일에 관해 장군께 말씀드릴 것이 있어 말입니다……."

감택은 일어나 감녕의 귀에 입을 갖다 대고 무엇인가 속삭이는 시늉을 했다. 감녕은 중대한 일이라도 들은 것처럼 몸을 움찔 떨며, '으음' 신음소리를 내면서 천장을 올려다 보았다. 채중과 채화는 얼굴을 마주 보았다. 재빨리 눈짓을 주고받고는 채중이 입을 열었다.

"장군님도 감택님도 어떻게 하실 작정이십니까? 주 도독에게 단단히 화가 나신 것 같은데요."

"그대들과는 관계없는 일이다."

하고 감택이 퉁명스럽게 물리쳤다.

"아닙니다. 손권을 배신하고 조승상님께 투항하는 얘기라면 저희들과 관계가 없지 않습니다."

채화가 중대한 결심을 한 듯 말했다.

"그대들은 뭔가 일을 꾸미고 있지!"

감택은 얼굴이 하얗게 질리고 감녕은 재빨리 칼을 빼들었다.

2

"잠깐 기다려 주십시오."

"저희들의 말을 좀 들어 보십시오."

채중과 채화는 당황해서 소리쳤다.

"할 말이 있거든 빨리 이실직고해라."

감녕은 칼을 손에 든 채 두 형제를 노려보았다.

"사실 저희들은 조승상님의 명령으로 거짓 투항을 해 왔습니다. 두 분께서 승상님을 따르실 의향이 있다면 저희들이 주선을 해 드리겠습니다."

"황개 장군이 주유에게서 심한 욕을 당하셨다는 사실도 이미 조승상님께 알려 드렸습니다."

채중과 채화는 번갈아 가며 밝혔다.

"그랬구나. 나도 사실은 황개 장군의 투항서를 조승상님께 전하고 감장군에게도 항복을 권하러 찾아온 길이라네."

감택은 안심한 듯이 긴장을 풀었다.

"나의 마음은 이미 강동을 떠나 있다네. 일각이라도 빨리 조승상님 밑으로 가고 싶은 마음으로 가득차 있다네"

하고 말하고 감녕도 칼을 검집에 집어넣었다.

그러고 나서 네 사람은 술잔을 나누고는 아무런 격의없이 서로 속마음을 털어놓았다.

"분명, 조승상님께서도 기뻐하실 것입니다."

채중과 채화는 즉시 감녕이 주유에게 반감을 품은 나머지 내통하게 되었다는 것을 밀서에 적어 조조에게 보냈다.

한편 감택도,

    황개는 주유군의 진영에서 탈출할 준비를 착착 진행하고 있습니다. 일시는 아직 정할 수가 없으나 머지않아 뱃전에 청룡기를 세운 배가 가거든 황개의 배라는 것을 알아주십시오.

라고 쓴 편지를 조조에게 보냈다.

이 두 통의 편지가 잇따라 조조의 손에 건네졌다. 조조는 참모들을 모아 놓고 그 동안의 사정을 설명했다.

"얼마 전에 황개가 감택을 통해 항복을 제의해 왔는데, 이번에 또 감녕이 내통하겠다는 소식이 들어왔다. 틀림없을 것이라고 생각하지만 여기서는 더욱 신중을 기하고 싶다. 누군가 주유의 진영으로 가서 확실한 정보를 탐색해 올 사람 없는가?"

그러자 장간이 앞으로 나왔다.

"제가 이전에 주유를 설득하는 데 실패해서 부끄러움을 금할 수가 없습니다. 저에게 하명하여 주신다면 이번에는 목숨을 걸고 확실한 증거를 손에 넣어 가지고 오겠습니다."

"좋다. 실수없이 해야 한다."

조조는 장간의 청을 들어주었다.

"감사합니다."

장간은 신바람이 나서 작은 배에 올라타고 남안에 있는 주유의 본진으로 향했다.

　이보다 조금 앞의 일이었다. 주유는 노숙을 통하여 방통*에게 조조를 무찌를 계략을 물어본 적이 있었다. 일찍이 사마휘가 유비에게 와룡 선생, 공명과 함께 이름을 거론했던 봉추라는 사람이었다. 방통은 그 무렵 형주의 전란을 피해 양양에서 강동으로 가 살고 있었다.

　"조조를 무찌르려면 화공이 가장 좋습니다. 다만 장강은 넓기 때문에 한 척에 불이 붙어도 다른 배는 뿔뿔이 사방으로 도망쳐 버립니다. 그것을 막기 위해 '연환계*'를 쓸 필요가 있습니다. 미리 적의 군선을 염주처럼 묶어 두는 것입니다. 그렇게 해 놓고 불로 공격한다면 행동에 제약이 따르므로 대승리는 틀림없을 것입니다."

　방통은 노숙의 물음에 이렇게 대답했었다. 노숙이 이 말을 전하자 주유는 고개를 연신 끄덕였다.

　"과연 봉추 선생이다. '연환계'라니! 참으로 명안이다. 그러나 누가 그것을 실행하느냐가 중요하다. 방통 정도의 인물이 권한다면 조조도 그 말을 들을 것이 틀림없지만……."

　"분명히 그렇지만 문제는 방통을 어떻게 조조의 진영으로 보내느냐

방통(龐統) 178 ~ 213
적벽에서 연환계를 성공시키고 노숙에 의해 유비에게 천거된다. 처음에는 크게 쓰이지 않으나 나중에 중용된다. 유비의 지혜주머니로서 법정 등과 함께 파촉 공략을 적극 추진했고, 군사가 되어 유비군을 지휘했다.

연환계(連環計)
첩자를 적에게 보내서 계교를 꾸미게 하고 그 동안에 또 다른 계교를 써서 자기는 승리를 얻는 계교로, 주유가 조조의 군선을 불로 공격할 때 방통을 보내어 조조의 군선을 쇠고리로 연결시킨 일처럼 연속으로 쓰는 계략.

인데 웬만큼 잘하지 않으면 조조에게 의심을 받기 십상이란 말이지."

"음, 그것도 그렇군."

주유는 노숙과 함께 그 점에 대해 여러 가지로 궁리해 보았지만 아무리 해도 좋은 방안이 떠오르지를 않았다. 장간이 또다시 찾아왔다는 보고가 들어온 것은 방통을 어떻게 하면 조조의 진영으로 보낼 수 있을까 하고 한창 머리를 썩이고 있을 때였다.

"됐다. 그 자야말로 하늘이 우리를 돕기 위해 하늘이 보내주신 선물이다."

주유는 크게 기뻐했다. 노숙에게,

"지금부터 당장 방통을 만나서 이렇게 해 달라고 부탁을 해 주게."

하고 이런 저런 계책을 일러 주었다.

노숙이 서둘러 나가고 나서 주유는 장간을 본진으로 맞아들였다.

"아니, 지난번에는 인사도 하지 못하고 가버려서 실례했네."

장간은 미소를 지으면서 마치 친한 이웃집에라도 놀러온 것처럼 스스럼없이 떠들며 들어왔다. 그때였다.

"네 이놈, 잘도 뻔뻔스럽게 찾아왔구나. 또 나를 병신으로 만들 생각이냐!"

주유가 화를 버럭 냈다.

"무슨 말을 하는 건가? 요전에는 천천히 얘기도 할 수가 없었으니 이번에는 마음껏 얘기라도 나누려고 찾아온 것일세."

"거짓말 마라. 그때는 옛 친구라서 방심을 하고 같은 침상에서 잠도 잤지만 그것을 이용하여 책상 위의 편지를 훔쳐 조조에게 고자질을 하여 채모와 장윤을 죽게 만들지 않았느냐? 그 덕택에 나의 준비는 모조리 쓸모가 없게 되고 말았다. 이번에도 또 좋지 않은 흑심을 품고 찾아왔을 것이 분명하다. 두 번 다시 그렇게 호락호락하게 넘어 가지는 않는다. 애들아, 이자를 서산 안쪽의 경비 초소에 단단히 가둬 놓아라. 조조를 무찌르고 나서 결단을 내주겠다."

주유는 단숨에 명령하더니 장간이 반박할 사이도 없이 훌쩍 밖으로 나가 버렸다. 장간은 그 자리에서 병사들에게 붙잡혔다.

그리고 함거에 태워져 서산의 안쪽으로 끌려가 경비 초소의 한 방에 감금되었다. 경비병 두 사람이 감시를 맡았다. 저녁 때가 되자 식사가 나왔다.

'이번 임무도 실패했구나.'

하고 생각하니 장간은 밥이 목구멍에 넘어가지를 않았다.

캄캄한 밤이 되었다. 장간은 맘 편히 잠을 잘 처지가 아니었다. 어쨌든 이 초소에서 도망치지 않으면 안 된다. 밖을 내다보니 두 명의 경비병이 석상처럼 입구에 버티고 서 있었다.

'이쪽은 안 되겠다.'

장간은 문쪽을 단념하고 뒤쪽 창문을 살펴보았다. 다행히 그쪽에는 아무도 없었다.

냉정하게 생각해 보면 뒤쪽 창문에 감시병이 없다는 것은 좀 이상하다고 깨달았겠지만 장간에게는 그럴 여유가 없었다. '옳다구나'

하고 살그머니 창문을 타고 넘어 밖으로 나왔다. 입구의 경비병에게 들키지 않도록 발소리를 죽여 가면서 뒤쪽 숲속으로 재빨리 숨어들어 갔다. 소리를 죽여 가며 숲속을 한참 걸어가니 어딘지조차 알 수가 없었다. 장간은 밤새 헤매가다 겨우 숲속에서 불빛 하나를 발견했다. 가까이 가서 보니 한 채의 초가집이 있었다. 책을 읽는 소리도 들렸다. 창문으로 살그머니 집 안을 들여다보니 30세 전후의 사나이가 등불 아래서 병법서를 큰소리로 읽고 있었다.

'누구일까? 보통 인물로는 보이지 않는데……..'

장간은 앞쪽으로 돌아가 문을 가볍게 두드렸다. 책 읽던 소리가 멈추더니 사나이가 나왔다.

"누구십니까?"

"주 도독님의 친구로 장간이라는 사람인데, 귀하는……."

"나는 방통이고, 자를 사원(士元)이라고 하는 사람입니다."

"아! 그렇다면, 봉추 선생 아니십니까?"

"그렇습니다."

"높으신 이름은 오래전부터 들었습니다. 그런데 어째서 이런 숲속에서 살고 계시는 것입니까?"

"여러 가지로 사정이 있어서 말입니다. 하여간 들어오시지요."

방통은 애매한 미소를 짓더니 장간을 집 안으로 안내했다. 두말할 것도 없이 노숙의 부탁을 받고, 여기서 장간이 찾아오기를 기다리고 있었던 것이다.

두 사람은 방 안으로 들어가 여러 가지로 얘기를 나누었다. 장간은 방통의 생각이 깊고 넓은 데 대하여 새삼 감탄했다.

'방통을 승상님에게 데리고 가면 이번 임무의 실패를 벌충하고도 남을 것이다.'

그렇게 생각한 장간은 방통의 마음을 떠보았다.

"선생 정도로 재능이 많으신 분이 이런 인적 드문 숲속에 파묻혀 계시다는 것은 참으로 안타까운 일입니다. 어떻습니까? 조승상님을 섬기시는 것이? 그럴 마음이 있으시다면 제가 안내해 드리겠습니다."

"나도 주유에게 실망하여 슬슬 강동을 떠나려고 생각하던 참입니다. 귀하가 인도를 해 주신다면 승상님을 만나 뵙고 싶군요."

하고 방통은 기쁘게 받아들였다.

"그렇다면 일각이라도 빨리 떠나십시다."

이용당하고 있는 줄도 모르고, 방통의 마음이 변하기 전에 일을 끝내 버리려는 마음에 장간은 서둘러 일어섰다.

두 사람은 그 즉시 산을 내려가 강기슭에 매어 놓았던 방통의 배를 타고 북안으로 건너 갔다. 아침 일찍 조조의 진영에 도착하자, 장간이 먼저 들어가서 자초지종을 보고했다.

"뭐야? 양양의 방통, 그 봉추 선생이 지금 우리 진영에 와 있단 말인가?"

조조는 크게 기뻐하면서 서둘러 방통을 정중하게 맞아들였다.

"선생의 높은 이름은 익히 들어서 알고 있었소. 여러 가지로 가르쳐 주시기 바라오."

"저도 승상님을 만나 뵐 수 있어서 영광입니다."

인사가 끝나자 조조는 즉시 말을 준비하라고 명하고, 방통을 데리고 육상의 진지가 환히 내려다 보이는 높은 언덕으로 올라갔다.

"어떻소. 우리 진의 배치는?"

하고 조조는 방통을 돌아다보았다.

"산을 등에 지고 강을 내려다보는 진지의 위치하며, 출입하는 문의 배치나 통로의 위치하며, 모두 병법에 꼭 들어맞는 훌륭한 것입니다."

방통은 침이 마를 정도로 칭찬을 했다.

기분이 좋아진 조조는 언덕을 내려가서 수채로 방통을 안내했다. 남안을 향해서 열린 24개의 수문 안쪽에는 크고 작은 수천 척의 군선이 질서정연하게 늘어서 있어서 그야말로 수상에 떠 있는 거대한 성채였다.

방통은 크게 놀랐지만 속마음을 드러내지 않고,

"승상님은 육상뿐만 아니라 수상의 병법에도 뛰어나시군요. 이래서는 주유 정도가 상대조차 되지 않겠습니다."

하고 조조를 또다시 칭찬했다.

조조는 기분이 점점 더 좋아졌다.

진영으로 돌아오자 주연이 벌어졌다. 방통은 권하는 대로 술잔을 받아 마셨다.

"그런데 실례되는 것을 묻는 것 같지만 진중에 환자가 많지 않습니까?"

이윽고 얼마간 취한 모습으로 방통이 물었다.

"잘 알고 계시는군요."

조조는 깜짝 놀랐다.

"분명히 우리 병사들은 생활해 온 북방과 달라 남방 풍토에 적응하지 못한데다 물에 익숙지 못해 배멀미를 일으키는 병에 걸려 죽는 자도 적지 않소."

"장강은 강이라고 해도 바다처럼 넓고, 항상 조수간만의 차처럼 심한 물결의 일렁임이 일어나고 있습니다. 또한 강 위에서는 바람이 소용돌이 쳐서 파도가 잔잔할 때가 거의 없습니다. 배*를 타는 데 익숙치 못한 북방 사람들은 매일 심하게 흔들려대니 배멀미 병에 걸리지 않는 것이 오히려 이상할 것입니다."

"그래서 골치를 썩이고 있는 중이오. 무슨 좋은 방법은 없겠소?"

"있습니다. 크고 작은 군선을 짝을 지어서 30척, 혹은 50척을 한 조로 하여 선수와 선미를 각각 굵은 쇠고리와 쇠사슬로 묶어 고정시키고 그 위에 넓은 판자를 얹는 것입니다. 이렇게 해 놓으면 배는 아무리 심한 파도가 쳐도 흔들리지 않고 병사들은 평지를 걸어다니듯이 왕래할 수 있을 것입니다. 병에 걸리는 병사도 없어질 것입니다."

방통은 막힘없이 늘어놓았다.

"오오, 그것 참 묘책이오. 이것으로 드디어 주유 놈을 무찌를 수 있게 되었소!"

조조의 눈이 기쁨으로 빛났다.

3

화공(火攻)의 성공의 열쇠를 쥐고 있는 계략을 조조는 아무런 의심없이 받아들였다. 진중의 대장장이를 불러 모아 즉시 굵은 쇠고리와 쇠사슬을 만들도록 명했다.

"저는 다시 강동으로 돌아가 주유에게 불만을 갖고 있는 참모나 대장들을 설득하여 한 사람도 빠짐없이 승상님을 따르도록 해보겠습니다."

진영 안에 울려 퍼지는 대장간의 망치 소리를 들으며 방통이 말하자 조조는 더욱 기뻐했다.

이틀 후, 방통은 강동으로 돌아가기 위해 조조에게 작별을 고했다. 본진을 나와 배를 타려고 강기슭으로 갔다. 그때 한 사나이가 성큼성큼 다가왔다. 그 사나이는 방통의 옷소매를 잡고 소리쳤다.

"잠깐 기다려라. 대담하기 짝이 없구나. 먼저 황개가 고육계로 감택을 통해서 거짓 항복을 제의해 오는가 싶더니만, 이번에는 네 놈이 연환계를 써서 우리들을 한 사람도 남김 없이 모조리 불태워 죽일 셈이냐? 조조는 속일 수 있어도 나는 네 놈들의 계략을 모두 꿰뚫어 보고 있다!"

'아이쿠 큰일이다. 조조 진영에도 안력(眼力＝사물을 분별하는 힘)을 가진 인물이 있었구나!'

방통은 혼비백산하면서도 애써 태연한 척 뒤를 돌아다보았다. 그러나 다음 순간 '휴우' 하고 가슴을 쓸어내렸다.

"자네였나……."

사마휘 밑에서 친교를 맺은 오랜 친구 서서였다.

"원직, 여기서는 못 본 체하고 그냥 넘겨주게. 자네가 한마디라도 떠드는 날에는 강동 600리가 조조의 말발굽에 짓밟히고 수만, 수십만 백성들이 목숨을 잃게 될 걸세."

"그럼, 이쪽은 어떻게 되더라도 괜찮단 말인가?"

"자네, 정말로 나의 계책을 폭로할 생각인가?"

"하하하하! 안심하시게."

서서는 웃으면서 방통의 소매를 놓았다.

"나는 유황숙님께 입은 은혜를 잊지 않고 있네. 어머니를 죽게 한 조조를 위해서는 평생 계책을 세우지 않기로 맹세했지."

서서의 어머니는 일찍이 조조의 참모 정욱(程昱)의 거짓 편지에 속아 서서가 조조에게 항복한 것을 부끄러워하여 스스로 목숨을 끊었다.

"자네의 계략을 고자질할 생각은 없네. 다만 이대로 여기에 있다가는 나도 그 속에 휘말려 들어가 불에 타죽을 걸세. 그래서 이곳을 탈출할 방법을 자네에게 가르쳐 달라고 기다리고 있었던 것일세."

"그랬었구만. 그렇다면 이렇게 하면 좋을 걸세."

하고 방통은 서서의 귀에 대고 뭐라고 속삭였다.

"음, 음……. 그렇지. 그런 수가 있었구먼. 과연 천하의 봉추 덕택에 목숨을 건졌네."

서서는 얼굴에 웃음을 띠면서 방통에게 치하를 했다.

"잘해 보게나."

방통도 미소를 지으면서 배에 올랐다.

그로부터 며칠이 채 되지 않아 조조 진영에 누가 퍼뜨렸는지 모르지만 하나의 소문이 그럴싸하게 퍼져 나갔다.

서량의 마등(馬騰)이 한수(韓遂)와 함께 조조의 대군이 남으로 간 틈을 타서 병력을 이끌고 허도를 치러 왔다.

병사들 사이에서 동요가 일어났다.

원정을 나가 있는 동안에 도읍지를 빼앗겨 버리면 돌아갈 곳이 없어진다. 아니 자칫 잘못하면 이번에는 자신들이 조정의 적으로 토벌을 당할 수도 있다.

조조도 깜짝 놀랐다. 조정에 마음을 두고 있는 마등이 자신이 허도에 없는 틈을 노려 군사를 일으키는 것은 충분히 생각할 수 있는 일이었다.

조조는 대장들을 모아 놓고 말했다.

"요즘 진중에 이상한 소문이 퍼지고 있다. 허도의 순욱(荀彧)으로부터는 아직 보고가 없으니까 단순한 헛소문이라고 생각하지만 일단 확인해 보지 않으면 안 되겠다. 누군가 허도에 갔다 올 자 없는가?"

그 말을 기다리고 있었다는 듯이 서서가 나섰다.

"저에게 분부해 주십시오. 승상님을 섬기고 나서 아직 아무런 도움도 드리지 못해 항상 괴롭게 생각하고 있었습니다. 이 기회에 조금이나마 도움이 되었으면 합니다."

"서서냐? 그대가 가 준다면 안심이다."

조조는 안도한 듯이 고개를 끄덕였다.

그날 안으로 서서는 5천 명의 병사들을 이끌고 허도를 향해 출발했다. 이것이야말로 방통이 가르쳐준 '껍질은 벗고 몸은 도망친다'는 책략으로 소문을 퍼뜨린 것은 서서 자신이었다.

공명, 동남풍을 빌다

1

　부랴부랴 서서를 허도로 보냄으로써 일단 안심을 한 조조는 수륙의 진지를 둘러보았다.

　무엇보다도 수채 쪽의 준비가 마음에 들었다. 아직 완성되지는 못했으나 서로 묶어 두니 다니기가 더 이상 편할 수 없었던 것이다.

　양쪽 모두 방비는 만전이었고 병사들의 사기도 드높았다.

　"이제 준비가 갖추어지는 대로 강동을 향해 총공격을 하겠다."

　결전의 기운이 무르익어가는 것을 느낀 조조는 흥분을 억누르지 못한 채 선상에서 대연회를 열었다.

　때는 건안 13년 (208년), 11월 15일이었다.

　조조가 총사령관을 상징하는 대형 깃발을 내건 큰 배의 중앙에 자리를 잡자 참모를 위시해 수륙양군의 대장들이 좌우로 늘어섰다.

그날은 구름 한 점 없는 쾌청한 날씨인데다가 바람도 없어 파도가 잔잔했다. 밤이 되자 둥근 보름달이 휘영청 떠올라 마치 대낮처럼 밝았고, 장강은 부드러운 비단을 흘려놓은 듯 하얗게 반짝였다. 그리고 멀리 바라다 보면 동쪽으로 손권의 본거지인 시상이 희미하게 모습을 나타내고, 그 앞쪽에 주유가 산자락에 본진을 친 서산의 연봉이 보이고 남쪽에는 남병산, 북쪽에는 오림의 봉우리가 우뚝 솟아 있는 것이 마치 한 폭의 그림 같았다.

"나는 금년에 54세가 되는데 천하평정의 군사를 일으킨 이래 앞을 가로막는 적들을 모조리 멸망시켜 왔다. 남은 것은 이제 손권뿐이다."

조조는 술잔을 기울이면서 회상에 잠긴 듯했다.

"나에게는 백만의 정예와 충성을 다해 주는 그대들이 있다. 강동 땅을 점령하는 것은 시간문제다. 곧 천하는 모두 우리 것이 된다. 함께 부귀영화를 나누고 태평스런 세상을 즐기는 것이 어떤가?"

"하루라도 빨리 그날이 오도록 저희들은 사력을 다하겠습니다!"

일동이 일제히 자리에서 일어나 목소리를 하나로 합쳐 다짐했다.

"그래! 그런 의기가 소중한 것이다. 부탁한다."

조조는 만족스러운 듯이 고개를 끄덕이는 좌우의 부하들에게 명하여 일동에게 술을 따르게 했다.

밤은 차츰 깊어가고 연회는 절정에 도달했다. 술에 얼큰해진 조조는 기분이 들떠 남안을 가리키면서 비웃었다.

"주유와 공명이여! 너희들은 하늘의 뜻을 깨우치지 못하는 어리석은 자들이다. 너희 진중에 나에게 마음을 두고 내응하기를 기다리고 있는 자가 있다는 것을 모르고 있겠지."

"승상님, 그런 말씀을 함부로 하시면 안 됩니다. 조심하십시오."

순유* 가 당황해서 만류했으나 조조는 전혀 개의치 않았다.

"아니야, 여기 있는 사람은 하나같이 믿을 수 있는 심복들뿐이다. 그런 걱정은 할 필요가 없다."

그리고 계속 대안의 하류 쪽을 가리키면서 '껄껄' 소리 높여 호기 있게 웃었다.

"유비와 공명 따위도 내 입장에서 보면 벌레와 같은 자들이다. 단 한 번에 납작하게 짓밟아 버릴 것이다!"

이윽고 조조는 비틀거리면서 일어났다. 그리고 창을 들고 앞쪽으로 걸어갔다. 술을 강물에 쏟아 강의 신에게 바치고 나서 창을 높이 들더니 대장들을 돌아다보았다.

"나는 이 창을 가지고 황건적을 무찌르고, 여포를 사로잡고, 원술을 격파하고, 원소를 멸망시키면서 천하를 두루 뛰어다녔다. 사나이로 태어나 이 정도의 일을 성취했으니 더 이상 바랄 것이 없다."

그때, 까마귀 한 마리가 울음소리와 함께 남쪽으로 날아갔다.

"하하하! 까마귀 녀석. 달빛이 밝아 날이 밝은 것으로 잘못 알고 둥지를 떠난 모양이구나."

조조는 유쾌하게 웃고 나더니 즉흥시를 읊기 시작했다.

술을 마시며 노래하자

사람 한평생이 얼마나 길겠느냐

비유하자면 아침 이슬 같으니

지나간 날은 괴롭기만 했도다

비분강개하여 노래해 보지만

자나깨나 근심이로다

무엇으로 이 시름을 풀까

오직 술이 있을 따름이다

사모하는 그대 옷깃이여

유유한 내 마음 남아있어

오로지 그대를 생각하면서

지금도 나직이 읊조리노라

사슴은 구슬프게 울고

무리지어 부평초를 먹는도다

나에게 반가운 손님이 있어

비파를 탄주하며 생황을 부는도다

밝고 밝아서 저 달 같거니

순유(荀攸) ? ~ 216
조조의 모사인 순욱의 조카. 숙부와 함께 조조의 막하에 들었다. 조조가 적벽대전의 패배를 보복하려고 남침하려 할 때 서량의 마등을 높은 벼슬을 준다는 명목으로 도읍으로 불러들여 죽이고 배후를 튼튼히 했다.

어느 때나 얻으려는가

가슴속에 일어나는 근심을

끊을 도리가 없도다

언덕을 넘고 밭도랑 길을 건너

오로지 외곬으로 찾아보리

오랜만에 옛 친구를 만나면

잔을 나누며 옛정을 다지리

달은 밝고 별이 스러질 무렵

까막까치가 남쪽으로 나는도다

나무 둘레를 세 번 감돌아

앉을 만한 가지를 찾는구나

산은 높을수록 좋고

물은 깊을수록 좋도다

주공은 입에 문 것을 뱉고

마침내 천하 인심을 얻었도다

조조가 시를 읊고 나자, 양주자사 유복(劉馥)이 앞으로 나와 조심스럽게 말했다.

"승상님, 설전을 앞둔 지금 불길한 말은 좋지 않으리라 생각합니다만……."

"나의 노래 어디가 불길하단 말이냐?"

조조는 화를 내면서 따지고 물었다.

"남쪽으로 날아간 까막까치가 앉을 만한 나뭇가지를 찾는다고 하는 대목입니다. 이것은 우리가 강동 땅을 쳐들어가도 이길 수가 없고, 돌아갈 곳도 없어진다는 의미로 해석될 수도 있습니다."

"이놈, 너는 나의 흥을 깰 생각이냐!"

조조는 갑자기 들고 있던 창으로 유복을 찌르니 그 자리에서 죽고 말았다. 갑작스러운 사건에 일동은 망연자실하고 연회는 흐지부지 끝나 버렸다.

다음 날 아침, 술에서 깨어난 조조는 유복을 죽인 일을 깊이 후회했다. 눈물을 흘리면서 유복의 아들에게 시체를 가져가 고향에 정중하게 장사지내도록 했다.

한편, 수군 사령관 모개와 우금이 그동안의 경과를 조조에게 보고해 왔다.

"크고 작은 군선을 모두 쇠고리와 쇠사슬로 연결시켰습니다. 깃발과 무기도 갖추어 놓았습니다. 승상님께서 직접 검분(檢分 = 입회하여 검사함)을 해 주십시오."

"수고 많았다."

조조는 즉시 중앙의 기함에 자리를 잡고 대장들을 불러 모아 각자의 위치를 정해 주었다. 전군을 수륙양군으로 나누고, 다시 각군을 5개 부대로 나누고, 5가지 색깔의 깃발을 각각 갖게 했다.

수군의 중앙은 모개와 우금(노랑 기), 선봉은 장합(붉은 기),

후방 부대는 여건(검정 기), 좌익은 문빙(파란 기), 우익은 여통(흰색 기).

육군의 선봉은 서황(붉은 기), 후방 부대는 이전(검정 기), 좌익은 악진(파란 기), 우익은 하후연(흰색 기)이었다.

그리고 하후돈과 조홍은 수륙의 예비군으로 대기하고, 허저와 장료는 유군(遊軍 = 일정 부서에 속하지 않고 대기 상태에 있는 부대)으로서 전투 상황을 봐가며 지원하는 역할을 맡았다. 그 밖의 대장들은 각자 역할에 배치되었다.

이렇게 해서 전군의 태세가 갖추어지자, '둥둥둥' 하고 전투북이 울리고, 24개의 수문에서 각 부대의 병선이 일제히 저어 나왔다.

이 날은 서북풍이 강하게 불고 있었다. 각 선대(船隊)는 수문을 나오자 돛을 올리고 일렁이는 파도를 가르면서 전진해 갔으나, 쇠고리와 쇠사슬로 연결된 선단은 꿈쩍도 하지 않아, 병사들은 마치 평지를 걸어다니듯이 배 위를 돌아 다녔다. 선단과 선단 사이를 50척 가량의 작은 병선이 돌아다니며 연락과 감독의 임무를 수행하니,

"오오, 훌륭하도다! 이 정도라면 승리는 틀림없다."

하고 기함의 망루에서 상황을 지켜보고 있던 조조는 만족스러운 듯이 고개를 끄덕이고는 일단 철수하도록 전 선대에 명하고 나서 본진으로 돌아갔다.

"과연 방통의 의견은 훌륭한 것이다. 단숨에 장강을 건너 남안에 상륙할 수 있을 것이다. 어떻겠느냐?"

조조는 참모들을 돌아다보았다.

"분명히 말씀하신 대로입니다만 다만 한 가지가 마음에 걸리는 일이 있습니다."

하고 정욱이 조심스럽게 말했다.

"만일 적이 화공을 계획하고 있다면 쇠사슬로 연결되어 있는 우리 선단은 꼼짝도 못한 채 모두 불에 타버릴 것입니다."

"하하하하! 그대는 아직도 천기와 절후에 대해서는 부족하구나."

조조는 정욱의 우려를 웃음으로 날려 버렸다.

"정욱이 지적한 것은 백번 지당하다고 생각되는데 승상님께서는 어째서 웃어넘기시는 것입니까?"

하고 순유가 이상하다는 듯이 물었다.

"그대도 정욱과 마찬가지구나. 화공은 바람의 힘을 빌리지 않으면 안 된다. 그러나 지금은 11월이고 한겨울이다. 바람이 분다고 하더라도 서풍이나 북풍이지 동풍이나 남풍이 부는 일은 없다. 우리 군은 서북쪽에 있으며 적은 남안에 있다. 적이 화공을 해 온다면 자신들을 불태우는 결과가 된다. 아무리 어리석은 주유라 하더라도 그 정도는 알고 있을 것이다. 방통의 묘책이 경천동지할 내용일지라도 이 점을 헤아리지 않았다면 나는 채용하지 않았을 것이다."

이 말을 듣고 정욱과 순유는 아무 말도 못한 채 물러났다.

"어쨌든 황개의 배가 투항해 오면 곧 출격한다. 그때까지 모두들 경계를 늦추지 말고 대기하라."

조조가 명령을 내리자, 원소의 부하였던 초촉과 장남이라는 두 대장이 앞으로 나왔다.

"황개의 배가 올 때까지 대기하고 있는 것은 재미없습니다. 저희들에게 배와 병사들을 주십시오. 남안으로 쳐들어가 적의 깃발과 큰 북을 빼앗아 오겠습니다. 그러면 적의 간담을 서늘하게 할 수가 있으며 병사들의 사기도 높아질 것입니다."

조조는 좀처럼 허락을 하지 않았으나 두 사람이 열심히 부탁했기 때문에 마지막에는 두 사람의 요구를 들어주었다.

"그렇다면 그대들에게 병선 20척과 병사 500명을 줄 테니 내일 해뜨는 시각에 출격하라. 또한 주력 군선을 장감으로 저어 나가 우리 수군의 위세를 주유에게 보여 줘라. 문빙은 30척의 병선을 이끌고 후방을 맡아라."

한편, 주유 쪽에서는 조조의 수군이 선단을 짜고 조련하는 모습을 산 위에서 멀리 바라보며,

'결국 연환계는 성공했구나. 드디어 그날이 왔다.'

하고 싸움의 기운이 임박했음을 느끼고 있었다.

아니나 다를까 다음 날 새벽, 척후병이 적의 병선 20척 가량이 물결을 가르면서 진격해 온다고 보고해 왔다.

"그것은 틀림없이 우리 진을 휘저으러 왔을 것이다."

주유는 한당과 주태에게 출격을 명하고 대장들을 이끌고 산 위의 전망대에서 전투 상황을 지켜보았다.

2

강 위에서 한당과 주태가 눈부신 활약을 보이고 있었다.

두 사람은 각자 5척의 병선을 이끌고 달려오는 20척의 조조군 병선을 맞아 싸우다가 배를 교묘히 조종하여 적의 병선으로 뛰어올라가 초촉과 장남을 단칼에 베어 버렸다. 도망가는 적의 병선을 쫓아 장강 한가운데까지 왔을 때 문빙이 이끄는 선대와 부딪쳤다.

한당과 주태는 물러나지 않고 문빙의 선대에 덤벼들었다. 배와 배가 부딪쳐서 커다란 파도의 포말이 솟아올랐다. 뱃전이 피로 물들고 물 속으로 내던져진 병사들이 몸부림을 치면서 가라앉아 갔다.

한당과 주태의 맹렬한 공격이 계속되자 문빙은 더 이상 견뎌 내지를 못하고 병선을 돌려 도망치기 시작했다. 주유는 계속 추격하려고 하는 한당과 주태를 적진에 너무 깊이 들어가지 않기 위해 퇴각의 징을 쳐서 불러들였다.

한편, 강 위에 죽 늘어서 있던 조조의 주력 선단은 문빙의 선단을 맞아 들이고는 선수를 돌려 철수하기 시작했다. 그때였다. 갑자기 강풍이 불어와서 중앙의 큰 배의 복판에 펄럭이고 있던 노란 기의 깃대가 쓰러져 물 속으로 쳐박혔다.

"보라, 적에게는 아주 불길한 징표다!"

주유는 '껄껄' 웃으며 대장들을 돌아다보았으나, 바람은 순식간에 장강을 건너와 주유 진영을 덮치고, 물보라를 기슭 위로 솟구쳐

오르게 하는가 싶더니 산으로 불어 와서 망루에 서 있던 커다란 깃대를 두 동강이 내어 버렸다.

"아 — 앗!"

주유가 비명을 질렀다. 부러진 깃대가 넘어지며 그의 가슴을 심하게 때렸던 것이다. 주유는 뒤로 넘어져 '칵' 하고 피를 토하며 정신을 잃었다.

깜짝 놀란 여러 대장들이 서둘러 부축해 일으켜 진중으로 옮겼으나 주유는 그대로 병상에 눕고 말았다.

"백만의 적이 바야흐로 대안으로부터 쳐들어오려고 할 때에 이런 일이 일어났으니 대체 어떻게 하면 좋단 말인가?"

대장들은 당황했다.

노숙도 불안에 사로잡혀 공명에게 의논을 하러 갔다.

"주 도독님의 상태는 어떻습니까?"

공명은 이미 주유의 몸에 일어난 일을 다 알고 있었다.

"그것이 그다지 좋지를 않소."

노숙의 얼굴이 어두워졌다.

"상처는 대단하지 않았으나 어찌된 일인지 가슴이 아프고 이따금 현기증이 난다고 하오. 약을 먹어도 구역질이 나서 목으로 넘어가지를 않는다니 어떻게 하면 좋겠소? 싸움의 기운이 무르익었다고 하는데도 주 도독이 지금과 같은 상태라면 공격은 엄두도 못낼 일이오."

"그렇겠군요. 그렇다면 지금 그리로 가서 제가 주 도독님의 병을 고쳐 드리겠습니다."

공명은 대수롭지 않다는 듯이 말하고 놀라는 노숙을 재촉하며 자리에서 일어났다.

본진에서 주유는 공명이 왔다는 말을 듣고 종자들의 부축을 받으면서 침상 위에 일어나 앉았다.

"몸은 어떠십니까?"

공명은 주유의 베개 맡으로 다가가 조용한 목소리로 물었다.

"몸에 힘이 들어가지가 않아 일어서 있을 수가 없소. 무리하게 일어나면 현기증이 납니다. 나 스스로도 참으로 한심스럽기 짝이 없소……."

"그것은 아마 마음의 병일 것입니다. 가슴속에 남에게 말할 수 없는 커다란 번민이 있어서 그것이 몸에 영향을 미치고 있는 것 같습니다만."

공명의 말에 주유는 얼굴색이 달라지고 괴로운 표정을 지었다.

"제가 좋은 약을 드리겠습니다."

"꼭 부탁하오."

주유는 공명에게 머리를 숙였다. 공명의 지모를 두려워해서 몇 번씩이나 죽이려고 했던 주유였으나, 지금은 공명밖에 의지할 사람이 없었다.

공명은 종이와 붓을 빌리자 거침없이 무엇인가를 써 내려 갔다.

"도독님의 병의 원인은 이것 아닙니까?"

"오오, 정말로 그것일세……."

주유는 놀란 목소리로 소리쳤다.

종이에는 다음과 같이 써 있었다.

조조를 물리치는 데 화공밖에 없네

모든 준비는 갖추어졌으나

단 한 가지 동풍이 빠졌구나

정말로 그 내용 대로였다.

조조군의 큰 배의 노란 깃발을 꺾고, 주유의 가슴을 때린 깃대를 부러뜨린 바람은 북서풍이었다. 그것을 깨닫자 주유는 아연실색했던 것이었다. 북서풍 아래서 화공을 가하면 오히려 아군이 불을 뒤집어쓰게 된다. 화공이 성공을 거두려면,

'동풍. 동남풍이 아니어서는 안 된다.'

하지만 이 추운 계절에 동남풍이 부는 것은 기적에 가깝다. 주유는 절망하고 기력을 상실하여 병상에 드러눕고 말았던 것이다.

3

"역시 공명 선생은 내 병의 원인을 잘도 꿰뚫어 보았소. 이제는

우리 강동을 위해 조금 전에 말한 좋은 약을 가르쳐 주시오."

주유는 다시 머리를 숙였다. 공명은 고개를 끄덕였다.

"제가 젊었을 때 어떤 사람한테 기문둔갑(奇門遁甲)이라는 비법을 기록한 책을 물려받았습니다. 그 책에는 바람을 일으키고 비를 내리게 하는 방법이 실려 있습니다. 좋은 약이라고 말한 것은 그 방법을 써서 동남풍을 불게 하는 것을 말합니다."

"정말이지 그 약이야말로 나의 병을 낳게 하는 좋은 약이니까, 꼭 그것을 먹고 싶소."

"그렇다면 이 부근의 남병산에 제단을 만들어 주십시오. 이것을 칠성단이라고 하는데 이 칠성단 위에서 기원을 하여 바람을 불러 일으킬 것입니다. 11월 20일에 바람을 일으켜 22일에 바람이 멈추도록 하겠습니다."

이 말을 듣고 주유는 크게 기뻐하며 자리에서 벌떡 일어났다. 즉시 500명의 병사들을 남병산으로 보내 공명의 지시대로 제단을 만들도록 명했다.

이튿날 밤새도록 일한 덕분에 제단이 완성되었다.

남병산의 적토(赤土=황적색의 찰흙)를 파내 굳힌 것으로 주위가 24장(丈)이 되었다. 단은 3단으로 되어 있고, 1단의 높이는 3척(尺), 합계 9척의 높이였다. 가장 아랫단에는 28개의 별자리를 그린 깃발을 세우고, 중간단에는 64개의 황색 깃발을 각기 8개씩, 8개의 방위에 세웠다. 맨 윗단에는 두건을 쓰고 검정색 상의를 입은

4명의 병사를 세웠다.

왼쪽 전방에 서 있는 병사는 길다란 장대를 들고 있었다. 그 장대 끝에는 다발로 된 닭털이 묶여 있었다. 이것은 바람을 부르기 위한 것이었다. 오른쪽 전방의 병사도 똑같이 길다란 장대를 들고 있었다. 장대 끝에는 7개의 별을 그린 천이 늘어져 있었다. 이것은 바람의 방향을 나타낸 것이다. 왼쪽 후방의 병사는 보검을 받쳐 들고, 오른쪽 후방의 병사는 향로를 받쳐 들고 있었다. 창이나 큰도끼, 노란색, 하얀색, 주홍색, 검정색의 깃발을 든 24명의 병사가 제단의 사방을 빙 둘러 에워쌌다.

마침내 11월 20일이 되었다. 공명은 몸을 깨끗이 씻고, 품이 넉넉한 흰 옷을 걸치고 머리칼을 풀어 헤치고 맨발로 제단 앞으로 향해갔다.

때마침 찾아온 노숙에게 말했다.

"지금부터 비법을 행하겠습니다. 동남풍이 불기 시작하면 잠시도 지체말고 조조군을 공격하도록 주 도독님께 전해 주십시오."

"알겠소."

노숙이 목례를 하고 떠나가자, 공명은 조용히 제단 위로 올라갔다. 방향을 정하자 향을 피우고 주발에 물을 따랐다. 그리고는 하늘을 우러러보면서 무엇인가 간절히 기원하기 시작했다.

기도를 끝내자 단을 내려와 막사 안으로 들어가 쉬었다.

이 날, 공명은 세 차례나 제단 위에 올라가 기원을 했으나 동남

풍이 부는 기척은 전혀 없었다.

한편, 노숙한테 공명의 말을 전해들은 주유는 대장들을 본진에 모아놓고, 동남풍이 불면 언제든지 출동할 수 있도록 대기시켰다. 손권에게도 이 사실을 알렸다.

황개도 화공에 사용할 배를 준비시켜 놓고 명령을 기다리고 있었다.

이 배는 모두 20척으로 배 앞머리에는 굵은 못을 빽빽하게 박아 놓았다. 배에는 잘 마른 갈대나 잡목을 산더미처럼 쌓아 놓고 생선 기름을 쏟아 부운 다음에 불이 붙기 쉽도록 유황이나 초연을 듬뿍 부어, 기름을 바른 푸른 천으로 덮어 놓았다. 그리고 청룡기를 세우고 배 꽁무니에는 속도가 빠른 작은 배를 매어 놓았다.

또한 감녕과 감택은 채화와 채중의 비위를 맞추며 진중에서 술을 마시며 기염을 토하고 있었다. 두 사람이 데리고 온 병사들에게는 감시를 붙여 단 한 명이라도 도망치지 못하게 해 놓고 있었다.

이윽고 날이 저물기 시작했다. 주유에게 손권으로부터 사자가 왔다. 손권의 배는 본진에서 약 80리 되는 곳에 정박하며 승리의 소식을 기다리고 있다는 것이었다.

그러나 바람은 아직 불지 않았다. 주유는 초조와 불안에 사로잡힌 채 노숙을 돌아다보았다.

"공명이 공연한 헛소리를 한 것이 아닐까? 잘 생각해 보면 이 한겨울에 동남풍이 불어 올 리가 없잖은가."

"아닐 것이네. 공명이 근거도 없는 헛소리를 했다고는 생각되지 않네."

노숙은 고개를 흔들었다.

그는 공명과 함께 10만개의 화살을 받으러 갔을 때의 일을 생각하고 있었다.

그때 공명은 장강의 기상변화를 관찰하고 있었는데 3일 후에 안개가 낄 것을 예측했다. 마찬가지로 20일에 동남풍이 분다는 것도 기상 관찰에 의해 확신을 갖고 있는 것은 아닐까? 노숙은 그렇게 생각했다.

"동남풍은 반드시 불 것이네."

하고 노숙은 재차 힘차게 말했다.

두 사람이 그런 대화를 나누고 나서 몇 시간이 흘렀다.

자정이 되어 21일로 넘어가려고 할 시각, 갑자기 '펄럭펄럭' 하고 깃발이 바람에 휘날리는 소리가 주유의 귀를 때렸다. 주유는 진영에서 뛰쳐나갔다. 보니까 진영의 깃발이 모두 서북쪽으로 향해 펄럭거리는데 바람의 세기가 맹렬했다. 동남풍이 불기 시작한 것이었다.

결전의 시간

1

"동남풍이다!"

기다리던 동남풍을 확인하자 주유가 소리를 질렀다.

주유의 가슴속에 표현하기 힘든 흥분의 물결이 일어났다. 동시에 떠오른 것은 기쁨이 아니라 공포였다.

'공명은 기상변화까지도 자유롭게 조종할 수가 있단 말인가! 이런 무서운 힘을 가진 인간이 이 세상에 존재하고 있었다니…….'

공포는 주유에게 공명에 대한 살의를 되살아나게 했다.

'공명을 이대로 살려 두었다가는 장차 우리 강동의 위협이 될 것이 틀림없다. 일각이라도 빨리 죽여 버리는 것이 상책이다.'

주유는 즉시 서성(徐盛)과 정봉(丁奉) 두 대장을 불러 각각 100명의 병사를 이끌고, 육로와 수로로 남병산의 칠성단에 가서 공명을 죽이고 그 목을 가져오라고 명했다.

명령을 받은 두 사람은 곧 병력을 거느리고 본진에서 10여 리 가량 떨어진 남병산으로 향해 달려 갔다.

서성이 수로를 정봉이 육로를 취했으나 먼저 남병산에 도착한 것은 정봉이었다. 그러나 제단 위에는 기를 든 병사가 바람 속에 서 있을 뿐이었고, 공명의 모습은 어디에도 없었다. 병사에게 물어보니 바로 조금 전에 제단에서 내려갔다고 했다. 휴게소로 지정된 막사를 뒤져 보았으나 그곳에도 없었다.

"그렇다면 틀림없이 도망친 거야."

정봉은 서둘러 산을 내려 왔다. 그러자 서성의 배가 도착한 모양으로 강기슭에서는 서성이 경비병들을 문초하고 있었다.

"무엇인가 알아낸 것이 있는가?"

정봉이 달려가니 서성은 고개를 끄덕였다.

"조금 전에 공명이 머리칼을 흐트러뜨린 채 달려오더니 작은 배에 올라타고 배를 그대로 상류로 저어 가게 했다고 하네. 그런데 그 배는 어제 저녁때부터 이 부근 강변에 매어 두었던 것이라네."

"그렇다면 공명은 미리 마중할 배를 보내도록 수배해 놓았던 모양이군."

"그런 것 같네. 서두르면 따라 잡을 수 있을 걸세."

서성과 정봉은 다시 수로와 육로로 갈라져 공명의 뒤를 쫓았다.

이윽고 돛을 한껏 올리고 순풍을 받은 서성의 배가 앞서가는 한 척의 작은 배를 따라 잡았다. 서성은 뱃머리에 서서 커다란 목소리로 불렀다.

"공명님, 돌아와 주십시오! 주 도독님이 급히 의논할 것이 있다고 합니다!"

그 소리에 응해 앞에 가던 배의 선미에 공명이 모습을 나타냈다.

"주 도독의 볼일이라는 것은 내 목을 베려는 것이리라. 가서 도독에게 전해라. 쓸데 없는 짓 하지 마시고 동남풍이 불고 있는 이 기회를 놓치지 말고 조조를 무찌르는 것이 좋을 것이라고 말이다."

그렇게 말하고 공명은 '휙' 하니 백의 자락을 휘날리면서 배 안으로 들어가 버렸다.

서성은 공명의 배가 돛을 올리고 있지 않은 것을 보고 더욱 가까이 따라 붙었다. 그러자 화살을 시위에 메긴 무장 하나가 선미에 우뚝 나타났다.

"나는 상산의 조자룡(趙子龍)이다. 유황숙의 명에 의해 공명 군사를 마중하러 나왔다. 방해하는 자는 누구를 막론하고 절대로 용서를 하지 않겠지만 우리의 적은 그대들이 아니다. 목숨은 살려 줄 테니까 얼른 돌아가는 것이 좋을 것이다!"

말이 끝나자마자 활의 시위를 힘껏 잡아 당겼다가 '휙' 하고 놓았다. 화살은 일직선으로 날아가 서성의 배 돛줄을 '탁' 하고 끊었다. 그러자 돛이 기울더니 물에 떨어져서 하마터면 배가 뒤집힐 뻔했다. 당황한 서성이 가까스로 돛을 물에서 건져냈을 때에는 공명이 탄 배가 이미 가물가물 사라지고 있었다.

'빌어먹을! 어떻게 해볼 수가 없다니……'

서성은 입술을 깨물고 다시 공명의 뒤를 쫓아가려고 했으나, 육지를 따라 말을 달려온 정봉이 강기슭 가까이 서성을 불러들여 말했다.

"쫓아가도 소용없네. 공명의 지모는 우리들로서는 도저히 미칠 수가 없네. 게다가 조자룡이라고 하면 장판파에서 이름을 떨친 맹장이어서, 100이나 200명의 병사로는 이길 수 있는 상대가 아닐세. 돌아가서 도독님에게 그렇게 보고할 수밖에 없네."

그 말을 서성도 받아들일 수밖에 없었다. 두 사람은 병사들을 되돌려 본진으로 돌아와 주유에게 있는 그대로를 보고했다.

"이렇게 된 이상 조조 따위는 내버려 두고 공명과 유비를 먼저 치는 것이 훗날을 위해 좋을 지도 모른다!"

서성과 정봉의 보고를 들은 주유는 분노와 공포에 사로잡힌 나머지 그렇게 외쳐댔으나,

"그렇지 않네. 이 바람이 불고 있는 동안에 조조를 무찌르지 않으면 안 되네. 유비나 공명의 일은 그 뒤에 다시 생각해도 늦지 않을 것이네."

하고 노숙이 강하게 만류하는 바람에 정신을 차렸다.

주유는 모든 대장들을 본진으로 불러 모으고, 우선 감녕에게 지시를 내렸다.

"그대는 조조에게 항복하는 것처럼 꾸며 부하 병사들을 이끌고 북안으로 상륙하라. 그리고 조조군처럼 깃발을 세우고 오림을 습격하라. 오림에는 조조군의 군량이 비축되어 있을 것이다. 그곳에 불을 지르면 신호의 봉화로 알겠다. 채화는 따로 볼 일이 있으니까 내 밑에 두겠다."

주유는 이어서 태사자에게 명했다.

"그대는 3천 명의 병사를 이끌고 황주의 경계로 진출하여 조조군이 접근하지 못하도록 막아라. 적이 접근하거든 봉화를 올려라. 붉은 기가 보이거든 그것은 우리 군이다."

2개의 부대는 목표 지점이 멀기 때문에 주유는 먼저 출발시켰다. 3번 부대는 여몽이 지휘하여 3천 명의 병사를 이끌고 감녕을 응원하게 하고, 조조의 육상 진영을 불태우는 임무를 맡겼다. 4번 부대는 능통이 맡고, 병사 3천 명을 이끌고 이릉으로 빠져나가 대기했다가 오림에 불길이 치솟으면 그때 조조 진영을 습격하도록 했다. 5번 부대는 동습이 맡고, 병사 3천 명을 이끌고 한양을 공격하고 한천에서 조조의 진으로 쳐들어가 원군이 올 때까지 그곳을 지키며, 마지막 6번 부대는 반장이 맡고 병사 3천 명을 데리고 한양으로 향하고 동습을 지원하도록 했다.

위와 같이 육군의 장수들에게 지시를 내려 출발시키고 나자 주유는 황개를 불렀다.

"노장군님, 준비는 다 되었습니까?"

"물론이요. 모든 것을 다 갖추었소."

"그럼, 편지를 조조에게 보내 오늘 밤에 투항하는 것으로 해 주십시오."

"알았습니다."

황개는 흰 수염을 흥분으로 떨면서 물러났다.

주유는 병선 4척을 황개가 준비한 화선(火船)을 뒤따르게 하고, 수군에게 명령을 내리기 시작했다. 제1대에는 한당, 제2대에는 주태, 제3대에는 장흠, 제4대에는 진무가 각각 지휘하며 각 부대마다 300척의 군선을 끄는데 전방에는 반드시 20척의 화선을 배치하도록 했다.

주유 자신은 부도독 정보(程普)와 함께 지휘선에 올라타고, 서성과 정봉에게 좌우를 호위시켰다. 본진에는 노숙과 감택 등 참모를 남겨 전체적인 연락을 담당케 했다.

마침 손권이 보낸 사자가 도착했다. 이미 육손을 신봉대로 하여 황주 방면으로 향하고 있다고 전하고, 주유는 남병산에서 깃발을 높이 내거는 것을 출진신호를 삼았다.

2

한편 하구의 유비 진영에서는 어제 오후 동남풍이 불면 돌아온다는 공명의 말을 믿고 조운을 마중하러 보냈으나, 바람이 불기 시작하고 나서도 상당한 시간이 지났는데도 아직 돌아오지 않았으므로 어떻게 되었을까 걱정하면서 기다리고 있는데 척후병이 달려왔다.

"지금 하류 쪽에서 작은 배가 오고 있습니다. 군사님의 배로 생각됩니다."

오래 기다릴 것도 없이 배가 도착하고, 공명이 조운과 함께 상륙했다. 유비는 크게 기뻐하면서 공명을 맞았다.

"자세한 것은 나중에 얘기하겠습니다. 준비는 모두 갖추어 놓았습니까?"

공명은 인사를 하면서 서둘러 물었다.

"이미 출격준비를 끝내고 군사의 지시를 기다리고 있네."

"그렇다면 즉시 수배를 하겠습니다."

공명은 유비와 함께 본진으로 들어갔다. 대장들을 불러 모아 놓고, 우선 조운에게 명했다.

"조장군은 3천 병사를 이끌고 오림의 샛길로 나가라. 그리고 숲이나 갈대 그늘에 은밀히 숨어 있도록 하라. 내일 날이 밝기 전에 조조가 틀림없이 그 길로 도망쳐 올 테니 절반 가량이 지나간 다음에 불을 지르고 마음껏 쳐죽여라. 다만 너무 멀리 쫓아가지는 말라."

"알겠습니다. 한 가지만 묻고 싶습니다. 오림으로부터는 길이 두 개가 있는데 하나는 남군으로 통하고, 또 하나는 형주로 통하고 있습니다. 조조는 어느 쪽 길로 오겠습니까?"

"조조는 일단 형주로 나가서 패군을 규합하여 허도로 돌아갈 것이다. 그러니까 형주로 통하는 길로 갈 것이라고 보면 틀림없다."

조운이 명을 받고 물러나가자, 공명은 다음에 장비에게 지시를 내렸다.

"장장군은 똑같이 3천 병사를 이끌고 대안으로 건너가 이릉으로 가는 길을 확보하고 복병을 배치하라. 조조는 그 부근에서 식사를 하려고 할 것이다. 취사하는 연기를 보거든 즉각 공격해 들어가 괴멸시키시오."

"아아, 알았소."

장비는 흥분으로 몸을 '부르르' 떨면서 나갔다.

공명은 다시 미축, 미방, 유봉의 세 사람에게 병선을 강 위쪽으로 저어 나가 낙오병들을 포로로 잡고 무기를 빼앗도록 명했다.

"이것으로 모든 배치는 끝났습니다. 황숙님은 번구에 진을 치시고 오늘 밤에 주유의 솜씨를 천천히 구경하십시오."

공명은 그렇게 말하고 유비를 재촉하여 일어섰다. 그러자,

"잠깐 기다려 주시오, 군사!"

하고 큰소리로 제지한 자가 있었다. 관우였다.

그때까지 자기에게 명령이 내리기를 꾹 참고 기다리고 있었으나, 공명이 거들떠보지도 않으니까 참다못해 소리를 지른 것이었다.

"오오, 관장군, 무슨 일이오?"

공명은 비로소 존재를 깨달았다는 듯 눈을 돌렸다.

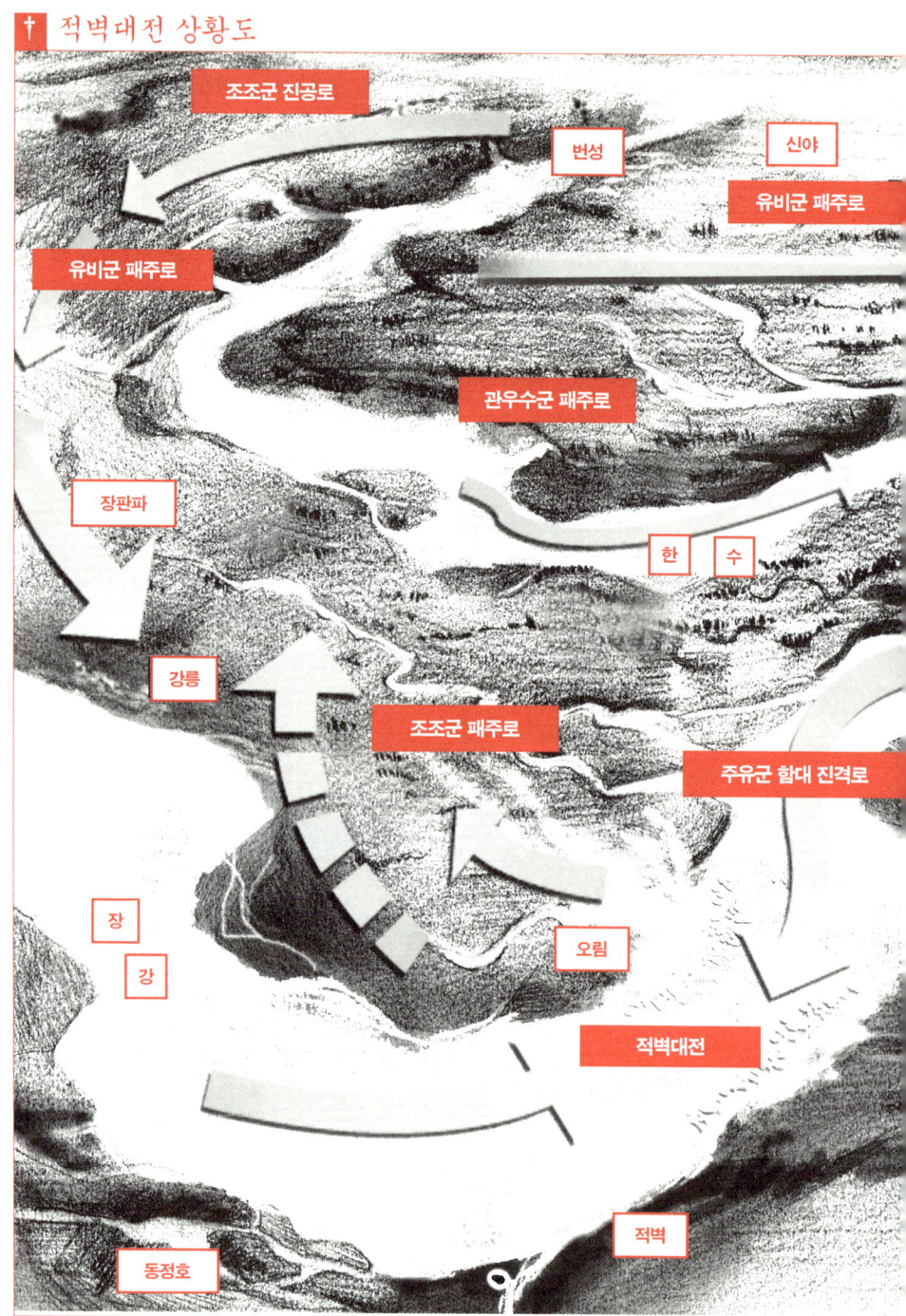

"나는 형님을 따르고 나서부터 어느 싸움에나 출진을 했었고, 단 한번도 남에게 뒤떨어져 본 적이 없소. 그런데도 이번 대결전에 나를 쓰지 않는 것은 대체 무슨 연유시오?"

"관장군, 기분 나쁘게 생각하면 곤란합니다. 분명히 가장 중요한 곳에서 활약을 해 달라고 부탁하려고 했으나 형편상 좋지 않은 일이 있다는 것을 깨닫고 그만둔 것입니다."

"형편상 좋지 않은 일이 무엇인지 좀 들어 보고 싶소."

관우는 길게 찢어진 눈을 치켜뜨며 공명에게 따지고 들었다.

"관장군은 이전에 조조에게 큰 은혜를 입은 일이 있지요. 따라서 기회가 있으면 그 은혜를 갚고 싶은 심정일 것입니다. 내일, 조조가 무참하게 패하여 화용도로 도망쳐 올 텐데 여기서 맞서 싸운다면, 조조의 목을 벨 수가 있어 관장군을 보낼 생각도 했습니다만, 옛날의 은혜를 생각하여 그냥 보내 줄 것이 틀림없다고 생각됩니다. 그래서 관장군을 출격시키지 않기로 한 것입니다."

"그것은 군사가 잘못 생각하신 거요. 분명히 나는 옛날에 조조에게 은혜를 입은 일이 있소. 그러나 백마의 들판에서 안량과 문추를 죽여 이미 그 은혜는 갚았소. 지금 와서 어떻게 그냥 보내 줄 수 있겠소? 반드시 조조의 목을 베어서 바치겠소."

"그렇게까지 말한다면 맡기기로 하겠습니다. 그러나 만일 조조를 놓쳐 버린다면 어떻게 하시겠습니까?"

"군령장을 쓰고 어떤 처벌이라도 받겠습니다. 그런데 조조가 화용도를 지나가지 않는다면 군사께서는 어떻게 하실 생각이시오?"

"그때는 저도 죄에 대한 처벌을 받겠습니다. 저 역시 군령장을 쓰지요."

공명과 관우는 서로 군령장을 나누었다.

"그럼, 길보를 기다리시오."

"관장군의 일이니 실수는 없겠지만, 조조를 유인하려면 화용도의 골짜기에 잡목을 쌓고 불을 붙여 연기를 피우게 하면 될 것입니다."

"그렇게 말하지만, 연기가 피어오르는 것을 보면 복병이 있다고 여겨 조조는 가까이 다가오지 않지 않겠소?"

"아닙니다. 조조는 사람의 의표를 찌르는 데 능합니다. 그래서 이쪽은 의표의 의표를 찔러야 합니다. 연기가 피어오르는 것을 보면, 조조는 복병이 있는 것처럼 보이려는 계략이라고 생각하고 주저하지 않고 진군해 올 것입니다."*

"그렇소이까? 알았소."

관우는 기뻐하면서 양자인 관평(關平)과 심복 주창(周倉)을 이끌고 화용도로 향했다.

"관우는 무엇보다도 의리를 중히 여기는 사람이니 조조가 화용도

허허실실(虛虛實實)
허와 실이 일정하지 않음을 말한다. 조조는 용병에 능하지만 의심이 많으므로 그런 조조의 허점을 노려 의표를 찌르려는 제갈량의 계략이었다. 제갈량의 의도대로 조조는 함정에 빠져 곤혹을 치르지만 관우가 화용도에서 그냥 보내 주자 천신만고 끝에 근거지로 돌아갈 수 있었다.

로 온다면 그대가 말한 대로 그냥 보내 주는 것이 아닐까?"

출진하는 관우를 전송한 뒤, 유비가 걱정스러운 듯이 공명을 뒤돌아 보았다.

"아마 그럴 것입니다."

공명은 조용히 고개를 끄덕였다.

"그러나 천문을 점쳐 보았더니, 조조의 수명은 아직 다하지 않았습니다. 그렇다면 이 기회에 관장군에게 옛날의 은혜를 갚게 해 주는 것도 좋지 않을까 하고 생각했습니다."

3

한편, 북안의 조조 진영에서는 출동준비를 갖추고 황개가 투항하기를 기다리고 있는데 그날 갑자기 동남풍이 불기 시작했다.

"동남풍이 강해졌습니다. 화공에 대한 조심을 해야 합니다."

정욱이 걱정을 하고 진언했으나, 조조는 '껄껄' 거리고 웃어 넘겼다.

"설마하니 이 한겨울에 동남풍이 불 것이라고는 주유도 생각지 못했을 테니 화공 준비는 갖춰놓지 않았을 것이다. 걱정할 것 없다. 그것보다는 황개의 소식은 아직 없는가?"

그렇게 말하고 있는데 부하가 보고했다.

"방금 남안으로부터 한 척의 작은 배가 와서는 황개의 밀서를 가져왔답니다."

"왔느냐? 좋다, 어서 들여보내라."

조조는 황개의 사자를 불러들였다. 사자는 조조에게 편지 한 통을 내밀었다. 그 편지에는 이렇게 써있었다.

주유의 감시가 엄해 좀처럼 빠져나올 수가 없었으나, 이번에 군량이 새로 도착하여 제가 그 경비를 명 받았습니다. 이 기회를 놓치지 않고 승상님께 갈 생각입니다. 오늘 밤 10시가 지나서 청룡기를 세운 배에 군량을 싣고 가겠습니다. 부디 착오가 없으시기를.

"오오, 이것으로 우리의 승리는 틀림없다!"

기뻐한 조조는 즉시 대장들을 이끌고 수상 요새로 옮겨가 기함인 큰 배에 올라탔다. 24개의 수문이 일제히 활짝 열리고, 황개의 배가 도착하는 대로 출격할 준비를 갖추었다.

한편, 남안에 있는 주유의 본진에서는 날이 저물자 동남풍이 점점 더 거세졌고,

"지금이 가장 좋은 때인 것 같다."

하고 주유는 바람의 상태를 보고 싱긋이 웃었다. 채화(蔡和)를 불러들이더니, 병사들에게 명하여 갑자기 새끼줄로 묶게 했다.

"무엇을 하시는 겁니까? 저는 아무런 죄가 없습니다!"

채화는 소스라치게 놀라서 소리쳤다. 주유는 가엾다는 듯이 채화를 바라보았다.

"네가 거짓 투항해 왔다는 것을 나는 처음부터 다 알고 있었다. 불쌍하지만 출진의 제물로 네 놈의 목을 베겠다."

"제기랄, 나를 속였구나. 그렇다면 말해 주겠는데, 참모인 감택과 대장 감녕은 너를 배신하고 승상하게 투항할 생각이다!"

"바보 같은 놈, 그것은 이미 지나간 일이다."

주유는 냉혹하게 내뱉듯이 말하고는 채화를 강변으로 끌고 나가 한 칼에 목을 베어 떨어뜨려 그 피를 군기에 뿌리고 승리의 기도를 드리고 나서 명령을 내렸다.

"출격이다. 조조를 반드시 죽여라!"

제일 먼저 황개의 화선이 출발했다.

황개는 칼을 손에 들고 「선봉 황개」라고 쓴 큰 깃발 아래에 섰다. 동남풍을 뒷쪽에서 받아 물보라를 올리면서 파도가 소용돌이치는 속을 20척의 화선이 화살처럼 오림의 대안에 해당되는 조조의 수채를 향해 달려갔다.

그 무렵에 조조는 기함 위에서 장강을 살펴보고 있었다. 달빛이 수면을 비치고, 일렁이는 파도는 무수한 불뱀들이 춤추면서 희롱하고 있는 것만 같았다.

'반드시 승리할 것이다.'

동남풍을 정면으로 받아도 조조의 자신감은 흔들리지 않았다.

'주유나 공명이 아무리 머리를 쥐어짜 봤자 이미 때는 너무 늦었다. 황개의 투항으로 이쪽이 선수를 쳤기 때문이다.'

꾀 많고 노련한 조조였으나 이때는 자신을 지나치게 과신한 나머지 겹겹히 둘러쳐진 함정에 빠져 있다는 것을 깨달을 수가 없었다.

"남안에서 이쪽을 향해 돛을 올린 배가 20여 척의 선대를 짜 가지고 다가오고 있습니다!"

망루에 있던 병사가 소리쳤다.

"어느 배고 모두 청룡기를 세우고 있습니다. 중간쯤에 있는 배에서는 「선봉 황개」라고 쓴 깃발이 펄럭이고 있습니다."

"약속을 어기지 않고 때 맞춰서 왔구나. 황개는 훌륭한 대장이다. 중용하도록 해야겠다."

조조는 만면에 웃음을 띠었다.

황개의 선대(船隊)는 순풍을 받고 날 듯이 다가왔다. 배의 속도가 놀랄 정도로 빨랐다.

"앗, 수상하다!"

그것을 보고 정욱이 외쳤다.

"승상님, 저 배를 가까이 오게 해서는 안 됩니다!"

"어째서?"

"군량을 싣고 있다면 선체가 가라앉고 배의 속도도 느려질 것입니다. 그런데 저 배는 가볍게 뜨고, 속도도 빠르잖습니까? 무엇인가 흉계가 있는 증거입니다."

"으음, 그렇구나……."

조조의 얼굴색이 순간 '확' 변했다. 한 순간에 깨달았다. 대장들을 돌아다보며 소리쳤다.

"저 선대를 막아라. 수채 안에 넣으면 안 된다!"

"알았습니다!"

재빨리 문빙(文聘)이 대답하고는 작은 배에 옮겨 탔다. 순찰하는 배 10여 척을 거느리고 수채를 나서면서 큰소리로 외쳤다.

"멈춰라! 승상님의 분부시다! 절대로 수채에 들어갈 수 없다."

대답 대신에 날아온 것은 화살이었다. 화살 한 개가 문빙의 왼쪽 어깨에 깊숙이 박혔다.

"악!"

문빙은 외마디 소리를 지른 후 배 바닥으로 굴렀다.

순찰선은 황급히 사방으로 흩어져 가로막으려 했으나 황개는 그것에는 눈도 주지 않고,

"그대로 돌격하라! 수채 속으로 들어가 불을 붙여라!"

하고 목청이 터져라 절규했다.

그 순간, 20척의 화선에 일제히 불이 붙여졌다. 다음 순간, 엄청난 불길과 더불어 20개의 불기둥이 하늘 높이 치솟아 올랐다.

그리고는 마치 화룡(火龍)처럼 불길의 혓바닥을 널름거리며 차례차례로 수채 안으로 돌입해 갔다.

쇠고리와 쇠사슬로 연결되어 있던 조조의 선단은 운신을 할 수가

없었다. 움직임이 둔한 거대한 공룡에게 작고 빠른 공룡이 떼를 지어 덤벼들 듯이 화선은 차례차례로 선단에 부딪쳐 갔다. 선수에 심어 놓은 굵은 못이 큰 배의 뱃전에 단단히 박혔다. 순식간에 큰 배는 활활 타오르는 불길 속에 휩싸였다.

불과 바람과 파도소리가 뒤섞인 굉음이 사방에 울려 퍼졌다. 장강의 수면은 한낮처럼 밝게 빛나고, 오림과 적벽의 양 기슭이 새빨갛게 칠해진 그림처럼 떠올랐다.

조조는 이를 지켜보면서 망연자실, 기함 위에서 꼼짝도 하지 못하고 서 있었다.

주위에서는 서로 단단히 이어진 선단이 차례차례로 불길에 휩싸이고, 무참하게 불타 강바닥으로 가라앉아 갔다. 전후좌우 어느 쪽을 보아도 불, 또 불이고, 수면조차 불길에 반사되어 불덩이처럼 보였다. 불은 곧 육상의 진지에도 옮겨 붙어 오림의 전체가 붉은색으로 물들어 갔다.

"승상님, 승상님, 빨리 작은 배로 옮겨 타 주십시오!"

목이 터져라 외치는 소리에, 조조는 퍼뜩 제정신이 들었다.

소용돌이치는 불과 연기를 헤치고 뱃전으로 달려갔다. 작은 배 한 척이 배 옆에 붙어 있었다. 새가 날갯짓을 하는 것처럼 미친 듯이 손으로 부르고 있는 것은 장료였다. 조조는 큰 맘을 먹고 뱃전을 타고 넘어서 작은 배로 뛰어 내렸다. 장료가 얼른 조조를 부축해 일으키고는 기슭을 향해 전속력으로 배를 저어갔다.

황개는 화선(火船)에 불이 붙여짐과 동시에 병사들과 함께 선미에 매어 놓았던 작은 배로 옮겨 타고, 눈에 띄는 적의 대장을 찾아서 수채 안을 종횡으로 누비고 있었는데, 그때 작은 배로 옮겨 탄 조조의 붉은 관복을 목격했다.

"조조다! 놈을 놓치지 마라!"

병사들을 독려하여 질풍처럼 배를 저어갔다.

그때, 귓가에서 활시위 소리가 들렸다. 장료가 화살을 쏜 것이다. 화살은 날듯이 저어오는 배의 선수에 서 있던 황개의 어깨에 박혔다. 그러자 황개는 공중제비를 해서 물 속으로 떨어졌다. 병사들이 구해 내려고 안간힘을 쓰고 있는 틈을 타 장료는 배를 강기슭에 댈 수가 있었다. 말을 찾아내 가지고 조조를 태우고 뒤도 돌아보지 않고 달려갔다.

이때, 장강에서는 적벽 서쪽으로부터 한당과 장흠의 2개 부대가, 동쪽으로부터 주태와 진무의 2개 부대가 쇄도해 오고, 정면으로부터 주유의 본대가 일제히 공격을 가해 오고 있었다. 바람은 더욱 세차게 불어대고, 불은 바람의 도움을 얻어 활활 타올랐다. 강물 위에는 불에 타고 화살에 맞고 창에 찔린 조조군 병사들의 시체가 무수히 떠다니고 있었다.

화용도의 은원

1

불은 지상의 군량창고를 비롯하여 곳곳에서 무섭게 타올랐다.

채중을 안내인으로 삼아 조조의 진중 깊숙이 잠입해 들어간 감녕(甘寧)이 지른 불이었다. 그는 불을 지르고 나서,

"수고했다. 네 놈의 역할은 이제 끝났다!"

하고 채중의 목을 베고, 항복한 병사들을 포섭하여 조조군을 무찌르기 시작했다. 그때 불길이 치솟는 것을 본 여몽도 가세하여 여기저기에 불을 질렀고, 그 위에 반장과 동습도 이것에 응해 함성소리를 올리며 쳐들어갔다. 육지의 조조군은 이런 파상적 공세에 속수무책 붕괴되어 샀다.

조조는 장료와 함께 불길을 헤치고 연기에 질식할 뻔하면서 계속 말을 달려서 도망쳤다. 그 뒤를 따르는 것은 고작 100기 정도에 지

나지 않았다. 도중에 여몽에게 쫓기고, 능통에게 앞길을 차단당했으나, 장료와 서황의 활약으로 간신히 도망칠 수가 있었다.

말에 채찍질을 가하며 계속 달리는 동안에 동쪽 하늘이 희끄무레하게 밝아 왔다. 조조가 뒤를 돌아다보니 불길에서 상당히 멀어져 있었다. 이제는 조조 주위에 도중에서 합류해 온 병사들을 합쳐 2천 명 가량으로 불어나 있었다. 조조는 겨우 여유를 되찾았다.

"여기는 어디쯤인가?"

"오림의 서쪽, 의도의 북쪽에 해당됩니다."

"그러냐?"

좌우의 부하들 대답에 고개를 한 번 끄덕인 조조는 주위를 둘러보았다. 수목이 울창하게 우거져 있고 산은 험악하고 강기슭도 깎아지른 듯했다.

"아하하하! 아하하하!"

돌연 조조는 우습다는 듯이 소리 높여 웃기 시작했다.

"승상님, 무엇 때문에 그렇게 웃으시는 것입니까?"

대장들이 놀라 물었다.

"아니, 주유나 공명의 지모도 별 것 아니기 때문에 웃는 것이다."

조조는 웃음을 거두고 주위를 손가락질했다.

"보라, 이 지형을. 나 같으면 여기에 복병을 숨겨 놓았을 것이다. 그렇게 하면 끝장 아닌가? 주유도 공명도 그 정도의 것을 깨닫지 못하다니, 정말 한심하기 짝이 없구나."

그 말이 채 끝나기도 전에, 길 양쪽에서 북소리가 '둥둥' 울려 퍼지더니, 수목의 덤불 속에서 일단의 병사들이 달려 나왔다. 선두에 선 대장이 소리쳤다.

"나는 상산의 조자룡이다. 여기서 너희들을 기다리고 있었다!"

깜짝 놀란 나머지 조조는 하마터면 말에서 굴러 떨어질 뻔했다. 서황과 장합이 달려들어 조운과 맞서 싸우면서 필사적으로 막았다. 그 틈에 조조는 말을 달려 가까스로 화를 면했다. 조운은 공명의 지시대로 너무 깊이 쫓아가지 않고 물러갔다.

이제 날이 완전히 밝았다.

동남풍은 아직도 여전히 강하게 불어대고 있었으며 하늘에는 검은 구름이 두텁게 드리워져 있었다. 얼마쯤 지나자, 장대 같은 비가 쏟아져 내렸다. 비는 갑옷을 통해 속옷을 적시고 살갗까지 스며들었다. 조조를 위시해 대장들, 그리고 병사들에 이르기까지 뼛속까지 얼어 들어오는 것 같은 추위에 이빨을 '딱딱' 마주치면서 빗속을 전진해 갔다. 비는 2시간 가량 내리고 나서야 그쳤다. 바람도 가라앉았다. 그러자 이번에는 굶주림이 엄습해 왔다.

"가까운 마을로 가서 식량과 장작을 구해 오너라."

하고 조조는 병사들에게 약탈을 명했다.

한잠 뒤 병사들이 쌀과 장작을 구해 가지고 돌아왔다. 하지만 식사를 하고 불을 피우려 할 때, 일단의 병력이 뒤쪽에서 나타났다. 조조는 황급히 도망가려고 했으나, 자세히 보니 그것은 아군인 이전과 허저 일행이었다. 그 가운데는 정욱과 순유도 있었다.

"오오, 그대들도 무사했구나."

조조는 눈물을 흘리면서 기뻐했다.

이전과 허저, 정욱 등이 합세하고 나서 조조의 군세는 더욱 늘어나 약 5천 명 가량이 앞으로 나아가고, 이윽고 이릉 가는 길목에 이르렀다. 그 무렵이 되자, 피로와 굶주림으로 병사들의 걸음이 느려졌다. 지칠 대로 지쳐서 쓰러지는 말도 나타났다.

조조는 전군에 정지를 명하고 취사준비를 시켰다. 병사들은 구해온 쌀로 밥을 짓고 쓰러진 말의 살을 발라내 불에 구워 먹었다. 배가 채워지자 젖은 의복을 벗어 화톳불에 말리고, 말의 안장을 벗기고 풀을 뜯어 먹게 했다.

조조는 식사를 한 뒤, 숲속에서 휴식을 취하고 있었는데, 무슨 생각을 했는지 또다시 소리높여 웃기 시작했다.

"으하하하!"

"승상님, 아까 번에도 웃으셔서 조운을 불러내고 말았습니다. 이번에는 대체 무슨 일입니까?"

대장들은 당황한 듯이 물었다.

"다른 것이 아니다. 주유나 공명은 역시 지혜가 없다는 것을 알았기 때문에 웃은 것이다. 나 같으면 이곳에 일개의 부대를 숨겨 놓았다가 지친 적을 전멸시켰을 것이다. 정말이지 놈들의 지능이 낮은 것에는 어처구니가 없을 뿐이다. 아하하하!"

조조의 웃음소리가 아직 주위에 울려 퍼지고 있는데 앞, 뒤에서 '와아' 하고 함성이 터져 나오고 일단의 병력이 몰려왔다.

"기다리고 있었다, 조조!"

장비가 호랑이 수염을 곤두세우고 부르짖었다.

"장비다!"

소스라쳐 놀란 조조는 갑옷이나 안장을 챙길 겨를도 없이 맨말에 올라탔다. 대장들이나 병사들도 허둥지둥하면서 널어 놓은 의복이나 갑옷, 무기를 찾으러 뛰어가거나, 풀어 놓았던 말을 잡으러 가거나 하면서 큰 혼란에 빠졌다.

"도망치지 마라, 조조를 잡아라!"

장비가 장팔사모를 휘두르면서 쫓아왔다. 허저가 맨말에 올라타고 마주쳐 나갔다. 장료와 서황이 가세하러 달려가 장비의 맹공을 저지하고 있는 사이에, 조조는 겨우 그 자리에서 도망쳐 나왔다.

조조는 초죽음이 되어서 정신없이 말을 달렸다. 방향도 모르고, 누가 따라 오고 있는지도 몰랐다. 간신히 추격대의 소리가 멀어졌기 때문에 말을 멈췄다. 한참 있으니까 장비의 추격을 뿌리친 대장들이 따라 붙었다. 거의 모두들 부상을 입고 있었다.

앞쪽을 보니 길이 두 갈래로 갈라지고 있었다. 한쪽은 넓고 평탄한 가도이고, 다른 한쪽은 좁고 험악한 샛길이었다. 어느 것이나 모두 남군으로 통하고 있으나, 화용도 언덕을 통과하는 샛길 쪽이 지름길이었다. 척후병에게 상황을 살피게 하니까, 가도에는 아무런 기척이 없으나 샛길에서는 군데군데 연기가 피어오르고 있다고 했다.

"그렇다면 샛길로 가라."

조조는 주저하지 않고 명했다.

"연기가 피어오르고 있으니 복병이 틀림없습니다. 어째서 샛길로 가시겠다는 것입니까?"

대장 중 한 사람이 의아하게 여겨 물었다.

"저것은 일부러 연기를 피워 복병이 있는 것처럼 보이게 하여 우리들을 넓은 가도로 유인하여 무찌르려고 하는 계략이다. 그러니까 적의 의표를 찔러서 샛길로 가는 것이다."

"역시 승상님은 다르다. 적의 얕은 속임수를 어김없이 꿰뚫어 보신다니까!"

장수들은 조조의 안목에 감탄했다.

조조군은 화용도로 들어갔다. 길은 상상 이상으로 험악했다. 더구나 병사들과 말들은 부상을 입고, 지칠 대로 지치고 의복이 모두 젖어서 추위에 얼어붙어 그야말로 거북이가 기는 것처럼 나아가는 것이 고작인 상태였다.

그러던 중에 선두가 멈춰 서 버리고 말았다. 산이 양쪽에서 바짝 붙어 길이 좁아져 있는데다가 비가 와서 진흙탕처럼 된 계곡길이라서 말이 앞으로 나아갈 수가 없었던 것이다.

"산에 부딪치면 깎아내 길을 만들고, 강이 있으면 다리를 놓고 건너는 법.* 기껏해야 진흙탕 같은 것을 가지고 앞으로 나아가지 못하겠다니, 말이나 되느냐!"

화가 난 조조는 힘이 남아 있는 병사들을 모아 흙과 나뭇가지, 갈대 등으로 길을 보수하게 했다. 장료와 허저와 서황 등에게 조금이라도 꾀를 부리는 자가 있으면 그 자리에서 베어 버리라고 명했다.

이렇게 해서 길은 간신히 메웠으나 굶주림과 피로와 심한 노동으로 인해 많은 병사들이 목숨을 잃었다. 보수한 길을 지나 약간 평탄한 장소로 나왔을 때에는 조조를 따르는 자가 불과 300기 정도에 지나지 않았다.

그러고 나서 다시 얼마 가량을 더 갔다. 그러자 조조가 채찍을 들어 앞쪽을 가리키며 대장들을 돌아다보았다.

"사람들은 주유나 공명의 지모를 극구 칭찬하지만 내 입장에서 보면 어린애 장난 같다. 보라, 만일 여기에 병력을 매복시켜 놓았더라면 우리들의 목숨은 없는 것을……. 아하하하하!"

대장들은 질겁을 해서 서로 얼굴을 마주보았다. 조조가 웃을 때마다 무슨 일인가가 일어났기 때문이다.

아니나 다를까, 한 발의 불화살 소리가 조조의 웃음소리를 그치게 했다. 전방의 숲속에서 500명의 병사들이 나타나 앞길을 가로막았던 것이다. 기다란 수염을 바람에 나부끼며 청룡언월도를 든 무장이 불꽃같이 타오르는 붉은 색깔의 말에 올라타고 앞장서서 달려왔다.

'관우다! 이젠 끝장이다!'

조조는 체념한 듯이 고개를 떨구었다. 그러자,

"승상님, 단념해서는 안 됩니다"

하고 정욱이 다가와서 말했다.

"관우는 무용뿐만 아니라 의리를 중히 여기고 은혜를 아는 무장으로 널리 알려져 있습니다. 승상님은 옛날 허도에서 관우에게 은혜를 베푸셨습니다. 관우가 그 일을 잊고 있을 리가 없습니다. 직접 관우에게 사정을 해보시는 것이 어떨까 하고 생각합니다. 관우도 마음이 움직일 것이 틀림없습니다."

'음, 그렇기도 하겠다.'

조조는 고개를 끄덕이고는 관우 앞으로 말을 몰아갔다.

"관공 아니오? 그 뒤 별일은 없었소?"

"아, 조장군님, 오랜만입니다."

관우도 말을 멈추고 마주 인사를 했다.

"저는 공명 군사의 명에 의해서 여기서 기다리고 있었습니다."

"나는 싸움에 패하여 더 이상 갈 곳이 없소. 옛날의 친분을 봐서 여기서는 나를 그냥 보내 줄 수 없겠소?"

"잠깐만요, 분명히 저는 장군님께 은혜를 입었습니다. 그렇지만

봉산개로 우수첩교(逢山開路 遇水疊橋)
'산에 막히면 길을 내고, 물을 만나면 다리를 놓는다.'는 뜻이다. 조조가 화용도를 거처 남군으로 패주할 때 군사들이 길이 막혀 더 이상 갈 수 없다고 하자 군대는 산에 막히면 길을 내고 물을 만나면 다리를 놓는 것이라고 말하며 군사들을 독려한 말이다.

백마의 들판에서 안량과 문추를 베어 얼마간의 은혜는 갚았다고 생각합니다. 사내답게 깨끗이 그 목을 저에게 주십시오."

"그러나 관공, 그대가 두 부인을 지키고, 다섯 관문에서 나의 부하인 여섯 명의 대장을 죽이고 유비 밑으로 달려갔을 때의 일을 벌써 잊었소?"

조조의 말에 관우는 고개를 떨구고 아무 말도 하지 못했다. 그때는 어쩔 수가 없었다고는 하지만, 갈 길을 가로막은 조조의 무장들을 베어 버렸던 것이다.

그래도 조조는 그것을 책하지 않고 잠자코 보내 주었다. 그 은혜는 아직 갚지 못했다.

관우는 얼굴을 쳐들었다. 조조 뒤에서 대장들과 병사들이 모두 말에서 내려 무릎을 꿇고 눈물을 흘리면서 관우를 향해 손을 모으고 있었다. 갑옷은 떨어져 나갔고, 의복은 찢어지고, 제대로 사람 몰골을 하고 있는 자는 한 사람도 없었다. 머리나 얼굴은 불에 타서 짓무르고, 손발에 상처를 입고 지팡이를 짚고 있는 자도 많았다.

'이 얼마나 애처로운가……'

관우는 애써 고개를 돌렸다.

'그렇다면, 이 틈에 도망치라는 것이겠지.'

조조는 관우의 마음을 알아차리고, 그 사이를 단숨에 달려 빠져나갔다. 대장들과 병사들이 그 뒤를 따랐다. 관우는 이것을 못 본 체하고 병사 하나에게도 손을 대지 않았다.

2

관우의 인정에 의해 화용도를 겨우 빠져 나온 조조는 그날 저녁 때, 조인(曹仁)의 마중을 받으며 형주의 남군성으로 들어갔다.

그 뒤에 속속 패잔병들이 뒤쫓아 왔다. 조조는 전군에게 푹 쉬도록 명하고 자신도 목욕을 하고, 따뜻한 식사를 한 후에 그 동안의 피로를 씻었다.

이튿날 조조는 조인을 불러 말했다.

"나는 일단 허도로 돌아간다. 그러나 다시 병력을 일으켜 적벽의 원한을 풀기 위해 돌아올 것이다. 그때까지 그대는 이 남군을 굳게 지키고 있으라. 양양에는 하후돈을 보내 놓았다. 또한 합비는 손권과의 경계여서 중요한 곳이다. 장료에게 이전과 악진을 붙여서 지키게 하겠다. 무슨 일이 있으면 즉시 파발마로 알려라."

지시를 끝낸 조조는 그날 안으로 남군을 떠나 허도로 돌아갔다.

그 무렵, 하구에 있는 유비의 진영에는, 각 방면에 나가 있었던 부대가 속속 귀환했다. 어느 부대나 모두 말과 무기와 군량 등을 상당수 포획해 가지고 돌아왔다. 유비와 공명은 축하연을 열고 대장들의 노고를 위로했다.

그때 500명의 병사를 이끌고 관우가 돌아왔다.

"오오, 관장군, 돌아오셨습니까?"

공명은 만면에 웃음을 띠우고 관우를 맞았다.

"그런데 조조의 목은 가지고 오셨겠지요?"

"아니, 그러지 못했소."

관우는 맥없이 고개를 흔들었다.

"여기에 온 것은 조조의 목이 아니라 내 목을 내놓기 위해서요."

"거참 이상한 말을 다 듣는군요. 조조가 화용도로 오지 않았단 말씀인가요?"

"군사가 말씀하신 대로 분명히 조조는 화용도로 도망쳐 왔소. 그러나 나의 무능함 때문에 그만 놓치고 말았소."

"조조는 놓쳤다 하더라도 다른 이름 있는 대장 몇 명은 붙잡았겠지요?"

"한 사람도 붙잡아 오지 못했소."

"그렇다면 관장군, 제가 꿰뚫어 본 대로 옛날의 은혜를 갚기 위해 일부러 조조를 보낸 것이죠!"*

공명은 눈을 부릅뜨고 관우를 노려보더니,

"군령장을 교환한 이상, 죽을 죄는 면할 수가 없습니다. 여봐라! 관장군을 형장으로 끌어내 목을 쳐라!"

공명은 날카로운 목소리로 부하들에게 명했다. 평소에는 조용한

은원분명(恩怨分明)
'은혜와 원수를 분명히 한다.'라는 뜻이다. 의를 신처럼 중히 여긴 관우가 조조와의 옛 정과 오관육참을 눈감아 준 조조의 배려를 생각하니 마음이 움직여 조조를 살려 보내고 돌아온 것에서 유래한다.

공명이 이처럼 격한 노여움을 얼굴에 나타내는 것은 드문 일이었다. 늘어서 있는 대장들도 움찔 놀라 등줄기를 똑바로 세웠다.

유비는 공명의 노여움이 관우를 용서하기 위한 연극이라는 것을 알고 있었다. 그러나 그 노여움이 너무나도 격했기 때문에 정말로 관우의 목을 벨 생각일까 하고 은근히 걱정이 되었다.

"기다리시오, 군사!"

유비가 황급히 끼어들었다.

"분명히 조조를 놓아 보낸 관우의 죄는 무겁소. 그러나 우리는 옛날에 의형제의 인연을 맺고, 죽을 때는 함께 죽자고 맹세한 사이요. 관우가 죽으면 나도 살아 있을 수 없소. 그러니까 이번 관우의 죄는 나에게 맡겨 주지 않겠소? 관우에게는 훗날 공을 세우게 하여 오늘의 죄를 벌충하도록 하겠소."

공명은 한참 동안 잠자코 있다가 이윽고 노여움을 거두고는,

"그렇다면 황숙님 말씀대로 하겠습니다. 관장군의 죄는 잠시 동안 맡기겠습니다."

하고 말하고는 조용히 그 자리를 떠났다.

한편, 주유는 적벽의 대승을 손권에게 보고하고 나서 병력을 재정비하여 다시 남군을 공략하려고 장강 기슭에 진을 쳤다.

때마침 전승을 축하하는 유비가 보낸 사자가 찾아왔다. 사자는 손건(孫乾)이었다.

"유비님은 지금 어디에 계시는가?"

인사가 끝나자 주유가 물었다.

"그러니까 하구로부터 진을 옮겨 지금은 유강구에 머물고 계십니다."

"뭐, 유강구에?"

손건의 말에 주유는 놀라는 표정을 지었다.

"공명도 함께 있는가?"

"물론입니다."

"그러냐? 그렇다면 내가 답례를 하러 찾아갈 테니, 돌아가서 유비님에게 그렇게 전하라."

하고 주유는 다시 평소의 얼굴로 돌아와 손건에게 말했다.

손건이 돌아간 뒤에 노숙은,

"조금 전에 황숙님이 유강구에 있다는 말을 듣고 도독께서는 왜 그처럼 놀라셨는가?"

하고 의아하게 여겨 물었다.

"유강구는 유강과 장강의 합류점으로 남군성에 상당히 가깝네. 유비가 그곳에 있다는 것은 남군을 노리고 있다는 증거. 적벽의 승리는 지금 조조를 내쫓아 버린 것에 지나지 않네. 남군을 발판으로 삼아 형주를 손에 넣지 않으면 우리 강동군이 지불한 수많은 희생은 헛것이 되네. 유비에게 남군을 빼앗길 수는 없지."

"그럼, 어떻게 하시겠는가?"

"내가 가서 결판을 내고 오겠네. 얘기가 깨어지면 유비부터 먼저 처치해 버리겠네!"

주유는 주먹으로 손바닥을 내려치면서 기염을 토했다.

3

유비의 진영에서는 돌아온 손건으로부터 주유가 직접 답례차 찾아온다는 말을 듣고 유비는 고개를 갸웃했다.

"주유가 직접 찾아올 일이 아닐 텐데, 대체 어떻게 할 생각일까?"

"남군(南郡)의 일로 우리들의 본심을 탐색하러 오는 것입니다."

하고 공명이 말했다.

"주유가 오면 어떻게 다루면 좋겠소?"

"그때는 이렇게 하십시오."

공명은 주유를 대하는 태도를 자세히 유비에게 가르쳐 주었다.

이윽고 주유가 노숙과 함께 3천 군사를 이끌고 유강구로 찾아왔다. 유비는 정중하게 맞아들이고 환영의 주연을 베풀었다.

"그런데 유비님이 이 유강구에 진을 치신 것은 남군을 공략하려고 하는 의도에서가 아닙니까?"

술이 한 순배 돌아갔을 때, 주유가 단도직입적으로 물었다.

"도독께서 남군을 손에 넣으시려고 한다는 말을 듣고 도와드릴 뜻으로 말입니다. 도독이 취하지 않으신다면, 우리들이 손에 넣을 생각입니다."

유비는 공명이 시킨 대로 대답했다.

"그러실 것까지는 없습니다. 남군은 이미 우리의 손 안에 있는 것이나 같은데 무엇 때문에 취하지 않겠습니까?"

"그러나 남군을 맡고 있는 조인(曹仁)은 지모도 있고, 무용에도 한가닥하는 대장입니다. 그를 무찌르기는 꽤나 어려울 것입니다."

"뭐, 조인 따위는 별 것 아닙니다. 만에 하나 우리가 손에 넣지 못한다면 유비님 쪽에서 사양하지 말고 취하도록 하시지요."*

"여기 노숙님도 공명 군사도 있소. 두 사람이 증인입니다. 도독께서 지금하신 약속은 틀림없겠지요?"

"나는 일단 입에 담은 말은 어긴 적이 없습니다."

하고 주유는 단호하게 대답했다.

주유와 노숙이 돌아갔다. 배웅하고 돌아오는 길에 유비는,

"주유가 그렇게 말한 것은 자신이 있기 때문일 것이오. 만일 주유가 먼저 남군을 점령해 버린다면 어떻게 하면 좋겠소? 또다시 우리들이 정착할 장소가 없어지는데……."

하고 공명에게 걱정스러운 얼굴로 물었다.

공결자웅(共決雌雄)
함께 싸워 승부를 결정짓는다는 뜻이다. 적벽대전 이후 유비는 제갈량의 지혜로 남군과 형양을 차지한다. 오의 주유는 나름대로 계책을 세우고 병마의 손실을 입었으나 얻은 것이 아무것도 없었다. 이에 노숙이 찾아오자 주유는 제갈량과 싸워 자웅을 겨루고 성을 되찾겠다며 노숙에게 도움을 청한다. 이때 주유가 한 말이 공결자웅이다.

"예전에 제가 형주를 취하도록 권했을 때는 들어주시지 않았습니다. 어째서 마음이 변하신 것입니까?"

"그때는 유표님의 영지였기 때문에 차마 취할 수가 없었던 것이오. 지금은 조조의 영토이니 빼앗는 일에 아무런 죄책감도 느끼지 않소."

정색을 하고 변명하는 유비에게 공명은 웃으면서 대꾸했다.

"걱정하실 것 없습니다. 황숙님께서는 가만히 앉아 주유가 싸우는 것을 구경하시면 됩니다. 그러나 남군의 성에 들어가는 주인은 주유가 아니라 황숙님이십니다."

공명의 말은 자신감에 차 있었다.

한편 진중으로 돌아오며 주유도 자신만만하게 노숙을 돌아다보고 큰소리를 쳤다.

"남군을 점령하는 것 따위는 손가락을 조금 움직이는 정도의 수고밖에는 들지 않네. 그래서 유비에게 그렇게 약속해 보인 것이네."

그리고 본진으로 돌아오자, 장흠에게 5천 병사를 주고 서성과 정봉을 부대장으로 해서 남군으로 쳐들어가도록 명했다.

한편, 주유군이 강을 건너 밀려 들어오고 있다는 보고를 받은 조인은 맞받아 싸우지를 않고 방비만을 굳게 하기로 했다.

그러자 부장 우금이 나섰다.

"적이 성 아래까지 쳐들어왔는데도 나가 싸우지를 않으면 얕잡아 보이게 됩니다. 그리고 아군의 사기도 땅에 떨어집니다. 제가 한바탕 휘젓고 다니면서 아군이 분발하도록 하겠습니다."

"음, 그것도 괜찮겠다."

조인은 허락하고 우금에게 500명의 병사를 주어 치고 나가게 했다.

우금은 신바람이 나서 밀려오는 주유군을 향해 달려갔다. 그러나 순식간에 정봉의 군사들에게 에워싸여 꼼짝도 할 수 없게 되고 말았다.

"우금이 적에게 포위당했다. 어서 구해 내라!"

성루에서 그 광경을 보고 있던 조인은 갑옷과 투구로 무장을 하고, 말에 올라타고 수백 기를 이끌고 달려 나갔다. 조인은 단숨에 적진 깊숙이 돌격해 들어가 우금을 구해 냈다.

"장군님, 아직도 아군이 남아 있습니다!"

우금의 목소리에 돌아다보니 아군 수십 기가 아직도 적에게 포위되어 있었다.

"알았다. 기다려라!"

조인은 '휙' 하고 말머리를 돌리더니 다시 적진으로 뛰어들어가 남은 아군을 모두 구해 가지고 돌아왔다. 그곳에 장흠이 공격을 가해 왔으나, 조인은 우금과 함께 무참히 짓밟아 버리고 의기양양하게 성으로 돌아왔다.

"과연 조인 장군님이시다!"

남군성의 조조군 병사들 사기는 더욱 높아졌다.

관우와 황충

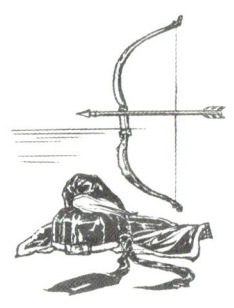

1

조인에게 무참하게 당하고 나서 장흠은 풀이 죽어 본진으로 돌아왔다.

"적의 몇 배나 되는 병력으로 공격을 하면서 패하다니 어찌된 일이냐!"

화가 난 주유는 장흠의 목을 베려고 했으나 대장들이 살려 달라고 애원을 해서 마지못해 용서했다.

"이렇게 된 이상 내가 직접 조인과 싸우겠다!"

주유는 정보를 부대장으로 삼고, 주태와 한당과 능통 등을 이끌고 직접 남군으로 공격해 들어갔다. 성 밖에 본진을 두고, 망루에 올라가서 적진을 살펴보니 성벽 위에는 깃발만 서 있을 뿐이고, 사람들의 모습이 보이지 않았다. 병력이 어디 있나 하고 보니까 세 곳의 문을 통해 다섯 명, 열 명씩 속속 성 밖으로 나오고 있었다. 더구나 병사들은 허리에 보따리를 차고 있었다.

'조인 녀석, 못 당할 것 같으니까 성에서 도망칠 생각이구나.'

주유는 희죽이 웃으며 망루에서 내려오자 전군에 진격을 명했다.

주유군은 지축을 울려 대며 남군성 아래로 쇄도해 갔다. 성 밖으로 나가 있던 조인의 병사들은 맞서 싸우기는 했지만 이미 도망칠 생각만 하고 있었는지, 아니면 예정된 행동이었는지, 순식간에 이리저리 날 살려라 하고 도망쳐 갔다. 주태와 한당이 추격했다.

주유는 성안으로 곧장 향했다. 성문은 활짝 열려 있었다.

"지금이다, 성을 점령하라!"

주유는 큰소리로 외쳤다.

수백 기가 성안으로 달려들어갔다. 주유도 그 뒤를 따라 달려들어갔다. 다음 순간, 굉음과 함께 눈앞의 지면이 폭싹 가라앉았다. 성문 앞에 깊은 함정을 파 놓았던 것이다. 성안으로 뛰어 들어간 주유군은 차례차례로 겹쳐지듯 깊은 구렁텅이 속으로 빠졌다. 그러자 어디에 숨어 있었는지, 성벽 위에 조조군 병사들이 나타나더니 함정을 향해 화살을 비처럼 쏘아댔다.

주유는 간신히 함정의 가장자리에서 말을 멈추고 탈출할 구석을 찾으려 했다. 그 순간, 화살 하나가 날아와 옆구리에 깊숙이 박혔다. 주유는 공중제비를 하면서 말에서 떨어졌다. 그곳에 우금이 나타나더니 주유를 사로잡으려고 달려왔다. 그러나 서성과 정봉이 결사적으로 이를 가로막아 주유를 구해 냈다.

"물러나라! 물러나!"

정보가 퇴각하려고 하는 곳에 성을 버리고 도망친 것으로 위장했던 조인의 병사들이 다시 돌아와 덤벼들었다. 능통이 부대를 이끌고 달려 오지만 않았더라면 주유군은 아마 전멸당했을 것이다.

조인은 대승리를 거두고 다시금 성안으로 들어갔다.

한편, 정보는 패군을 수습하여 본진으로 철수했으나 그 표정은 어두웠다. 주유의 상처가 깊었던 것이다. 주유는 심한 고통에 물도 음식도 목으로 넘기지 못했다.

"화살촉에 독을 칠해 놓았던 모양으로 치유될 때까지는 상당한 시간이 걸립니다. 화를 내거나 흥분을 하거나 하면 상처가 다시 벌어져 버리기 때문에 조심해 주십시오."

치료한 의원이 말했다. 그 때문에 정보는 굳게 진을 지키며 경솔하게 공격에 나서면 안 된다고 전군에 명했다.

성 쪽에서는 우금이 싸움을 걸어 왔다. 주유군이 전혀 응전하지 않는 것을 보자 상스러운 욕지거리를 퍼붓고 돌아갔다. 그것이 매일처럼 계속되었다.

"야, 주유야! 겁을 먹었느냐? 아니면 도망갈 궁리를 하느냐?"

주유가 화를 내는 것이 두려워 정보는 아무것도 알리지를 않았으나 우금의 욕지거리와 적군이 올리는 함성소리는 싫어도 주유의 귀에까지 들어갔다.

어느 날, 이번에는 조인이 직접 대군을 이끌고 공격을 가해 왔다. 그러자 주유는 병상을 박차고 일어났다. 갑옷과 투구를 착용한 뒤, 말에 올라 타고 대장들이 말릴 사이도 없이 진두로 뛰어 나갔다.

"주둥이만 까진 조인 녀석, 내가 본때를 보여 주겠다!"

"야아, 주유 이 멍청아! 아직도 살아 있었구나."

조인은 비아냥거리며 대장들을 돌아다보았다.

"놈에게 마음껏 욕을 퍼부어 주어라!"

대장들은 일제히 목청을 돋구어,

"주유, 바보같은 놈! 공명에게 속은 놈! 한심한 놈!"

하고 욕을 해댔다.

"이 놈들, 이 죽일 놈들!"

주유는 얼굴을 새빨갛게 붉히고는 말을 앞으로 나아가게 하려고 했다. 그 순간 '앗' 하고 외마디 소리를 지르고는 피를 토하며 '쿵' 하고 말에서 땅바닥으로 굴러 떨어졌다.

이것을 보고 기회를 놓칠세라 조인의 병사들이 맹렬히 쳐들어왔다. 주유군은 겨우 대장을 부축해서 진 안으로 도망치는 것으로 또 다시 무참하게 패하고 말았다.

조인은 기분이 좋아서 성으로 돌아왔다.

"주유는 화를 내다가 상처 자국이 찢어져서 피를 토한 것이리라. 이제 얼마 더 살지를 못할 것이다."

이런저런 이야기를 하고 있는데 10여 명의 병사가 주유군 진영에서 도망쳐 항복한다는 보고가 들어왔다.

조인은 즉시 그 병사들을 불러들여 사정을 물어보았다.

"주유는 상처가 다시 찢어져 진영으로 돌아와 곧 죽었습니다. 대장들은 모두 복상하고 있습니다."

"내일이면 주유의 유해를 경호하여 전군이 철수할 것이라고 합니다."

"저희들은 원래 형주 출신으로 정보에게 미움을 사서 형편없는 대우를 받고 있었기 때문에 이 기회에 조인 장군님께 항복하자고 의논을 하고 도망쳐 왔습니다."

병사들은 교대로 이렇게 설명했다.

"주유의 유해를 빼앗아 목을 잘라 허도로 보낸다면 승상님께서 크게 기뻐하실 것이다."

조인은 재빨리 그날 밤, 야습을 가하기로 했다.

소규모 부대를 본진에 남겨 두고 나머지 전 병력을 동원하여 저녁밥을 지어먹고 성을 나오자 단숨에 주유의 본진으로 쳐들어갔다.

그런데 진중에는 사람들의 그림자가 없고, 깃발이나 창만 여기저기에 세워져 있을 뿐이었다.

'아차! 계략에 속았구나!'

조인은 황급히 병사들을 퇴각시키려고 했다. 그때, 불화살이 공중으로 오르며 동쪽에서 한당과 장흠, 서쪽에서 주태와 반장, 남쪽에서 서성과 정봉, 북쪽에서 진무와 여몽이 일제히 치고 나왔다. 피를 토하며 말에서 굴러 떨어진 것도, 항복을 가장하여 조인의 진영에 병사를 들여보내 죽었다고 말하게 한 것도 모두 주유의 계략이었던 것이다.

조인은 병력을 지휘할 겨를이 없었다. 사방에서 마구잡이로 두들겨 맞고 뿔뿔이 흩어져서 성으로 돌아갈 수도 없었기 때문에 양양 방면으로 도망쳐 갔다.

"이번에야말로 남군은 우리의 것이 되었다!"

주유는 정보와 함께 병력을 이끌고 남군성으로 몰려갔다.

"뭐야, 저것은?"

성문 가까이 와서 주유는 의아한 듯이 미간을 찌푸렸다. 성벽에 낯선 깃발이 펄럭이고 있었던 것이다. 더욱 가까이 다가가니까 성루 위에 한 사람의 무장이 나타났다.

"주 도독, 그 이상은 가까이 오지 마시오."

"누구냐, 그대는?"

"나야말로 상산의 조자룡이오. 공명 군사의 명에 의해 이 성은 우리들이 접수했소. 서둘러 돌아가는 것이 좋을 것이오."

조운은 공명의 명령을 받고 오래전부터 성 밖에 잠복해 있다가 조인이 성을 나간 뒤, 잔류 부대를 공격하여 성을 빼앗은 것이었다.

"말도 안 되는 소리를? 애들아, 저 놈을 성에서 쫓아내라!"

주유는 화가 나서 공격을 명했으나, 성벽 위에서 일제히 화살을 쏘아댔기 때문에 할 수 없이 퇴각했다.

일단 본진으로 돌아온 주유는 즉시 감녕을 불러 형주를 치라고 명하고, 또 능통에게는 양양을 공격하라고 지시했다.

"어쨌든 공명에게 기선을 제압당하지 않는 것이 선결문제다. 남군은 그 뒤에 공략하면 된다."

대장들에게 그렇게 이야기하고 있는데 파발마가 도착했다.

"형주성에는 이미 유비의 병력이 들어가 있습니다!"

이 보고에 일동이 놀라고 있으려니까 또 파발마가 달려들어왔다.

"이미 늦었습니다. 양양은 관우에게 점령당했습니다."

자세한 얘기를 들어 보니까 이러했다.

남군성에 들어간 공명은 조인의 부절*을 입수하고, 그것을 들려 즉시 형주성에 가짜 사자를 보내 구원병을 보내도록 전했다. 그 부절을 믿고 형주의 군사들이 성에서 나오는 것을 기다리고 있던 장비가 달려들어 성을 점령하고 말았다.

한편, 양양을 지키고 있던 하후돈도 역시 조인의 부절을 가진 공명의 가짜 사자에게 속아서 조인을 구원하러 달려갔다. 그 틈에 관우에게 점령당하고 만 것이다.

이렇게 해서 3개의 성이 공명의 계략에 의해 피 한 방울도 흘리지 않고 손쉽게 유비의 손에 들어갔다.

'이놈, 공명아, 어디 두고 보자!'

주유는 눈을 크게 부릅뜨고 공중을 노려보고 있었으나 다음 순간, '아앗!' 하고 소리를 지르며 바닥에 쓰러져 의식을 잃었다. 상처 자국이 벌어지고 옆구리에서 피가 '괄괄' 쏟아져 나오기 시작했다.

2

주유는 얼마 뒤에 의식을 되찾았으나 그래도 공명에 대한 분노는 가라앉지 않았다.

"남군을 취하고 형주와 양양을 빼앗고 공명 그 놈의 숨통을 끊어 놓겠다!"

대장들이 말리는 것도 듣지 않고, 당장이라도 말을 타고 뛰쳐 나갈 것 같은 기세였다.

때마침 노숙이 찾아왔다.

"아아, 참 잘 와주었네. 나는 지금부터 유비와 공명을 치러 갈 터인데, 그대도 도와주게."

주유는 조금도 양보할 기색이 아니었으나 노숙은 고개를 흔들었다.

부절(符節)
나무나 종이로 된 표에 글자를 쓰고 한가운데 도장을 찍어서 절반으로 쪼갠 것. 한쪽은 자신이 갖고, 다른 쪽을 상대방이 갖고 있으면서 나중에 이 둘을 맞춰 봄으로써 증명으로 삼는다

"안 되네. 적벽싸움에서 이겼다고 해도 아직 조조를 쓰러뜨리지는 못했고 지금 여기서 유비를 치려고 하면 자칫 조조에게 붙을 가능성이 크네. 그렇게 되면 더 큰일이네."

"하지만 우리들은 수많은 인마를 잃고 군자금과 군량을 소비했는데도 놈들은 아무것도 잃지 않은 채 좋은 곳만 손에 넣고 있네. 이것을 그냥 참고 내버려 두란 말인가?"

"지금은 꾹 참아야만 하네. 내가 가서 유비를 설득하고 오겠네."

주유는 불만이었으나 대장들이 찬성을 했기 때문에 노숙을 즉시 남군성으로 보냈다. 그러나 유비와 공명이 형주에 있다고 해서 다시 그쪽으로 향했다.

형주에 도착하자 공명은 정중하게 노숙을 맞아 주었다. 노숙은 인사를 하는 둥 마는 둥 단도직입적으로 말했다.

"적벽에서 백만의 조조군을 무찌른 것은 우리 강동군이오. 따라서 조조의 것이었던 형주는 당연히 우리 강동의 것이어야 하오. 그런데도 황숙님이 옆에서 남의 것을 가로채는 것은 야비한 행동으로 황숙님답지가 않소이다."

"별 이상한 말을 다 듣겠군요. 애당초 형주 9군은 죽은 유표님의 영토니까 지금은 당연히 아들인 유기님이 물려받아야 하는 것입니다. 우리 주공께서는 유표님과는 동족 사이여서 유기님을 도와 형주를 차지하는데 이상할 것이 없습니다."

공명은 조금도 막힘 없이 물흐르듯이 대답했다.

"그러나 유기님은 강하에 계실 터인데요?"

"아니, 이곳에 계십니다. 유기님을 모셔 오너라."

공명이 부하에게 명하자, 병풍 뒤에서 두 사람의 어깨에 매달려 유기가 모습을 나타냈다.

"병 때문에 인사하러 나오지도 못하고 실례했소."

유기는 간신히 머리를 숙여 보이고는 안으로 들어가 버렸다.

노숙은 설마하니 유기가 있으리라고는 생각하지 않았기 때문에 놀랐으나 곧 마음을 다잡고 공명에게 물었다.

"그렇다면 만약 유기님이 돌아가신다면 형주는 우리에게 건네주실 뜻이시오?"

"물론 그렇게 해야 하겠지요."

공명은 미소를 지으며 고개를 끄덕였다.

노숙은 그날 밤 안으로 본진으로 돌아가 주유에게 보고했다.

"그렇게는 말해도 유기는 아직 젊다. 죽는 것을 기다리고 있다가는 언제 형주가 손에 들어올지 알 수가 없잖은가?"

주유는 기분이 나빴다.

"아니네. 내가 보기에 유기는 상당히 몸이 약해져 있었네. 앞으로 반 년도 버티지 못할 것이네."

하고 노숙이 달랬다.

그래도 주유의 기분은 좋아지지 않았으나 그때 합비에서 장료와 싸우고 있는 손권으로부터 사자가 도착하여 병력을 합비로 이동시키라는 지시를 전해 왔다. 할 수 없이 주유는 진을 거두고, 정보에게 병력을 내주어 합비로 향하게 하고, 자신은 시상으로 돌아가 상처를 치료하며 섭생을 하기로 했다.

한편, 유비는 형주, 남군, 양양의 3개 성을 손에 넣은 후, 다음 작전을 공명과 의논했다. 이때, 일찍이 양양에서 채모에게 암살을 당할 뻔했을 때 유비에게 귀띔해 주었던 이적(伊籍)이 마량(馬良)이라는 인물을 추천해 왔다. 이적은 그때 유비를 섬기고 있었다.

그 고장에 사는 마씨는 다섯 명의 형제가 있었고 모두 훌륭한 재능을 지니고 있었으나, 특히 마량이 뛰어나서, '마씨의 5상(五常) 중 백미가 최고'라는 칭찬을 받고 있었다. 왜냐하면 마씨 오형제는 모두 자에 '상(常)'자가 붙고, 마량은 눈썹에 흰 털이 섞여 있었기 때문이었다.

유비는 즉시 마량*에게 앞으로의 방침에 대해 물었다.

"유기님을 형주의 주인으로 앉혀 백성의 마음을 잡는 것이 선결문제입니다. 그 다음에는 남쪽의 무릉, 장사, 계양, 영릉의 4개 군을 공략하는 것이 좋을 것 같습니다. 이 4개 군은 토지가 비옥하고 물자도 풍부하니까 이것을 손에 넣으면 형주는 평안해질 것입니다."

마량은 거침없이 대답했다.

유비는 크게 기뻐하고 그 자리에서 마량을 참모로 받아들였다. 그리고 마량의 의견에 따라 관우를 형주에 남겨 방비하도록 하고, 공명과 함께 장비와 조운을 이끌고 남방 4개 군의 공략에 나섰다.

공명의 지략과 장비와 조운의 무용에 의해서 계양, 무릉 등 3개 군을 손쉽게 함락시킬 수가 있었다. 유비는 이 사실을 형주의 관우에게 편지로 알려 주었다. 그러자 관우에게서 회답이 날아 왔다.

4개 군 가운데 아직 장사군이 남아 있다고 하는데, 부디 저에게도 공을 세우게 해 주십시오.

회답에는 그렇게 쓰여 있었다.
'아아, 그랬었구나.'
관우가 화용도에서 조조를 놓아준 일이 미해결인 채로 남아 있다는 것을 생각해 낸 유비는 즉시 장비를 형주로 보내 관우와 교대하게 했다.
관우는 500명의 병사들을 이끌고 유비가 있는 무릉으로 찾아왔다.
"반드시 장비나 조운에게 뒤지지 않는 공을 세워 보이겠습니다."
관우는 의욕에 불타 유비에게 맹세했다.
"장사(長沙)의 태수 한현(韓玄)은 대단한 인물은 아니지만, 그

마량(馬良) 187～223
유비의 모사로 유표의 수하였던 이적이 천거하였다. 재주가 뛰어난 5형제 중 눈썹 사이에 흰 터럭이 있던 그가 제일 출중하다 하여 백미(白眉)라는 말이 생기게 한 장본인이다. 양양 의성사람으로 자는 계상(季常). 제갈량과는 유달리 친한 사이였다. 관직은 종사로 동오와 친선을 유지했고, 형주를 지키던 관우의 보좌관이 되었다.

부하 중에 황충(黃忠)이라는 대장이 있습니다. 나이는 예순 살에 가까우나 무용에 뛰어난 용사니, 관장군은 아무쪼록 조심을 하는 것이 좋습니다."

하고 공명이 충고했다.

"하하하! 군사께서는 이 관우를 과소평가하고 있는 것 같소. 그런 늙다리 무사 정도는 단 일격에 쓰러뜨려 한현의 목과 함께 형님께 헌상하겠소."

관장군은 공명의 충고를 웃어 넘겨 버리고 수하의 병사들을 이끌고 그날 안으로 장사로 향했다.

"관우는 황충을 얕보고 있습니다. 만에 하나라도 실수할 수 있으니까 황숙님께서 후진을 맡아 주시는 것이 좋을 것 같습니다."

하고 관우가 출발한 뒤에 공명이 유비에게 권했다.

'음, 관우의 몸에 무슨 일이 있으면 큰일이다.'

유비는 고개를 끄덕이고 공명과 함께 관우의 뒤를 따라 장사로 향했다.

그 무렵 장사태수 한현은 성미가 급해 마음에 들지 않는 자는 즉시 죽여 버리기 때문에 누구나 원망하고 있었다. 한현은 관우가 공격해 왔다는 보고를 받자 황충을 불러냈다.

"관우라고 하면 천하제일의 용자인데 어떻게 하면 좋겠는가?"

"걱정하실 필요없습니다. 제가 이 칼과 활로 막아 보겠습니다."

큰 칼을 잘 쓰고 또 활의 명수이기도 했던 황충은 관우를 조금도 두려워하지 않았다.

그때, 대장 하나가 앞으로 나와서 겁도 없이 큰소리를 쳤다.

"노장군이 출마(出馬)를 청할 것까지 없습니다. 제가 관우를 사로잡아 가지고 오겠습니다."

"오오, 양령(陽齡)인가? 마음든든한 기세로군."

한현은 기뻐하며 양령에게 1천 기를 주어 싸우게 했다.

그러나 양령은 관우의 적수가 되지 못했다. 스쳐지나가는가 싶더니만 청룡언월도의 일격에 의해 두 동강이 나고 말았다. 관우는 도망치는 장사의 병력을 쫓아 성 아래로 쇄도했다.

깜짝 놀란 한현은 즉시 황충에게 출전을 명하고 자신은 성루에 올라가 싸우는 모습을 지켜보았다.

500의 병사들을 데리고 황충이 달려 나왔다. 이것을 본 관우는 병력을 멈추게 하고 혼자서 적토마를 타고 마주 나섰다.

"네가 황충이냐?"

"그렇다. 내 이름을 알고 있으면서 감히 싸우러 왔느냐?"

"네 놈의 목을 가지러 왔다!"

관우는 적토마의 배를 발로 찼다.

"웃기는 소리 하지 마라. 떨어지는 것은 네 놈의 목일 것이다!"

황충도 말의 배를 차고 돌진했다.

관우의 청룡언월도와 황충의 큰 칼이 격렬하게 맞부딪치면서 불꽃을 튕겼다. 서로 공격을 가하고는 떨어지고, 돌진해서 서로 치고

받고 하기를 100여 합이나 했으나 승부가 나지 않았다.

그때, 요란스럽게 징소리가 울려 퍼졌다. 아무래도 황충의 능력으로 관우를 이기기 어려울 것 같아 한현이 퇴각하라는 징을 쳐댔던 것이다. 그래서 황충은 재빨리 성안으로 퇴각했다.

관우도 병력을 이끌고 성 밖 10리 되는 곳에 진을 쳤다.

'공명이 말한 대로다. 나와 100여 합을 싸우고서도 허점을 보이지 않다니, 황충은 저 여포보다 나으면 나았지 못하지 않은 용자다.'

하고, 관우는 마음속으로 은밀히 혀를 내둘렀다.

다음 날, 관우는 다시 성 아래로 쳐들어가서 황충에게 싸움을 걸었다. 황충도 주저없이 성에서 나와 관우와 결투를 벌였다. 양군의 병사들은 북을 '둥둥' 울리고 함성소리를 지르면서 두 사람을 응원했다.

5, 60합이나 치고받고 했을 때, 관우는 일부러 허점을 보이며 도망치기 시작했다.

"도망치느냐, 이 비겁한 놈아!"

황충이 뒤쫓아 왔다.

한참 동안 적토마를 달리게 한 관우는 '휙' 하니 말머리를 돌려 청룡언월도를 휘둘러 뒤쫓아 오는 황충을 내려치려고 했다. 그러나 다음 순간, 들어 올린 청룡언월도를 옆으로 비켜 내려쳤다. 황충의 말이 무엇인가에 걸려서 앞다리가 부러져 버린 것이다. 황충은 땅바닥에 내동댕이쳐졌다.

"말을 바꿔 타고 와서 다시 싸우자!"

관우는 말머리를 돌리더니, 그냥 달려 가 버렸다.

황충은 말을 끌고 성안으로 돌아갔다. 그리고 한현 앞에 나가 빌었다.

"이 말은 한동안 싸움터에 나가지 않았기 때문에 생각지도 못한 실수를 하였습니다. 면목이 없습니다."

"왜 활을 쏘지 않았느냐? 그대는 백발백중의 솜씨를 갖고 있지 않느냐?"

"내일 관우에게 도전하여 성문 앞까지 유인한 다음에 쏘아 맞혀 보이겠습니다."

"부탁한다!"

한현은 황충에게 푸른 색깔의 털을 가진 말을 하사하고 물러가게 했다.

3

이튿날, 날이 밝는 것과 동시에 관우가 다시 공격을 가해 왔다. 황충도 기다렸다는 듯이 말을 달려 나왔다. 두 사람은 세 번째로 칼

끝을 마주 댔다.

30합 가량 싸웠을 때, 황충이 패한 체하며 도망치기 시작했다.

"기다려라! 최후까지 승부를 하자!"

이번에는 관우가 뒤쫓았다.

황충은 말을 달리면서 활을 메겨 시위를 힘껏 당겨 뒤를 돌아보며 쏘았다. '핑' 하는 시위소리에 관우는 몸을 '휙' 구부렸다. 화살은 날아오지 않았다.

'황충 녀석, 잘못 쏘았구나!'

관우는 계속 쫓아갔다. 다시 시위소리가 났다. 그러나 이번에도 화살은 날아 오지 않았다.

'형편 없는 활솜씨군.'

속으로 비웃으면서 관우는 계속 추격했다.

황충은 성문 앞으로 달려 올라갔다. 그때 다시 말머리를 돌려 처음으로 화살을 메기더니 시위를 당겼다. 화살은 시위소리와 함께 곧장 날아가 관우의 투구 끈을 '탁' 하고 맞추어 끊었다.

관우는 가슴이 철렁했다. 두 차례는 시위소리만 울리게 하고, 세 번째에 투구의 끈을 쏘아 맞힌 것은 어제의 자신의 온정에 대한 보답이라는 것을 깨달았다.

'꽤 운치있는 짓을 하는군!'

관우는 황충의 마음에 감동하여 병력을 철수시켰다.

한편, 황충은 성안으로 돌아간 순간 다짜고짜 병사들한테 새끼줄로 꽁꽁 묶여 한현 앞으로 끌려갔다.

"이놈, 잘도 나를 속여 왔구나. 나는 지난 사흘 동안 성루에서 네 놈이 싸우는 모습을 지켜보아 왔다. 그저께는 일부러 힘을 빼 관우를 죽이지 않았고, 어제는 관우가 너를 살려 보냈다. 그리고 오늘은 두 번씩이나 헛활을 쏘고, 세번째는 투구 끈을 쏘아 맞추었을 뿐 관우를 살려 주었다. 네 놈이 관우와 내통하고 있다는 것은 이것으로 명백하다!"

한현은 큰소리로 고함을 치고는 끌어내 목을 베라고 명했다.

황충은 곧장 형장으로 끌려 나갔다. 참수인이 칼을 머리 위로 들어 올렸다.

바로 그때, 무장 한 사람이 그 자리에 뛰어 들어왔다. 누군가 하고 보니 일찍이 양양에서 유비를 도와주려고 하다가 뜻을 이루지 못하고, 장사로 도망쳐 한현 밑에 몸을 의탁하고 있던 위연(魏延)이었다.

"황충님은 장사의 명장이다. 죽게 내버려 둘 수가 없다. 한현이야말로 잔인한 폭군이어서 살려 두었다가는 백성들을 괴롭힐 뿐이다!"

하고 소리치며 한 칼에 참수인을 베어 버리고 황충을 구해 내고는 성벽 위로 뛰어 올라가 한현을 두 동강이 내고 말았다.

한현의 부하 대장들도 평소에 한현을 증오하고 있었기 때문에 누구 한 사람 위연을 제지하는 사람이 없었다.

위연은 그대로 관우의 진지로 달려가 한현의 목을 바치고 항복했다. 관우는 크게 기뻐하면서 병력을 이끌고 성안으로 들어가자, 즉시 파발마를 보내 유비에게 이 사실을 보고했다.

"역시 관우는 훌륭한 솜씨를 가졌다니까!"

이윽고 장사에 입성한 유비는 입에 침이 마르도록 관우를 칭찬했다. 그리고 관우로부터 황충의 얘기를 듣자, 집에 칩거하고 있던 황충을 직접 찾아갔다.

황충은 유비의 성의에 감복하여 항복했다.

그 뒤, 관우는 위연을 유비에게 소개시켜 주었다.

"오오, 그대가 없었더라면 내 아우의 장사 공략전은 시간을 오래 끌었을 것이다."

유비는 기뻐하면서 위연을 중히 쓰려고 했다. 그러자,

"이사를 중용해서는 안 됩니다."

하고 공명이 말렸다.

"오히려 형장에 끌어내 목을 베어야 합니다."

공명의 말에 유비가 깜짝 놀랐다.

"위연에게는 공은 있으나 죄는 없소. 무엇 때문에 죽이려고 하시오?"

"이유가 있습니다. 첫째로 아무런 원한이 없는데도 신세를 지고 있던 한현을 죽인 것은 마음이 바른 자가 할 일이 아닙니다. 둘째로 자신의 영토가 아닌데도 타인에게 넘겨주는 것은 의롭지 못한 행동입니다. 셋째로 이것이 가장 큰 이유입니다만 위연의 후두부가 남들보다 튀어나와 있습니다. 이것은 세상의 일이나 권위에 저항하는 기질의 상으로 주인에게 반역하여 모반을 일으킬 징표입니다. 그 때문에 지금 화를 미리 방지해 놓는 것이 좋다고 생각합니다."

"하지만 위연을 죽이면 항복한 자들이 불안해할 것이오. 앞으로 항복하는 자도 없어질 지 모르오. 이번에는 나를 봐서 용서해 주기 바라오."

"황숙님께서 그렇게 말씀하신다면 어쩔 수가 없습니다."

공명은 고개를 끄덕이고 위연을 돌아다보았다.

"그대의 목숨은 잠시 맡겨 두겠다. 우리 황숙님께 충의를 다하라. 그러나 만약 모반의 마음을 품게 된다면 이 공명이 즉시 목을 쳐 버리겠다. 알겠느냐?"

"넷, 그 말씀을 명심하겠습니다."

위연은 황송해하면서 물러갔다.

이렇게 하여 남방 4개 군이 평정되었다. 유비는 형주를 거의 3분의 2쯤 손에 넣은 셈이었다.

형주로 돌아온 유비는 유강구를 공안(公安)이라고 이름을 고친 후 본거지로 삼고, 병력을 각지에 파견하여 방비를 굳건히 했다.

적벽대전 결과 유비 진영의 성과

적벽대전에서 조조가 물러간 후 유비군의 형주 여러 성의 토벌이 순조롭게 이루어지고 있었다. 조운은 3천 병력을 거느리고 계양성을 점령하고 계양태수 조범의 항복을 받은 후 이번에는 장비가 역시 3천 병력을 거느리고 무릉성을 공격하여 평정했다.

이때 조운은 의형제를 맞은 조범이 과부가 된 형수와 혼담을 추진했으나 예의범절에 어긋나는 짓이라고 조범을 때려, 끝내는 조범이 원한을 품고 대항하다가 죽는 불상사도 있었다.

이때 장비는 태수 김선에게 항복을 권했으나 그가 듣지 않고 덤벼들었다 도망치는데, 공지가 김선을 활로 쏘아 죽이고 성문을 열어 장비를 맞아들이니 간단히 무릉성이 유비 휘하에 들어오게 되었다.

이후에 관우가 장사로 가서 황충과 싸우다가 위연의 도움을 받아 황충이 유비 진영에 가담하는 등 적벽 대전 이후 유비는 영토도 넓히고 황충, 위연 등이 휘하에 가담함으로써 좋은 장수까지 얻는 실적을 올렸다.

세 개의 금낭

1

새해가 밝아 건안 14년(209년)이 되었다. 이 해는 조조 진영은 물론이려니와 유비나 손권 진영 모두에게 몹시 중요한 시기였다. 바야흐로 천하를 장악하려는 지모의 대결, 인재의 영입, 그리고 내부적으로 체제를 갖추어가는 조조, 유비, 손권 세 진영이 국가로서 기틀을 만들어가는 해이기도 했기 때문이었다.

이때, 강동의 손권은 합비에서 장료와 치열한 전투를 되풀이했으나 좀처럼 승부가 나지 않고 송겸과 태사자 등 두 대장을 잃게 되자 싸움을 그만두고 장강 하류의 남서성으로 병력을 철수시켰다.

태사자(太史慈)는 일찍이 손책의 의기에 감동하여 항복한 열혈한이었다. 손책이 죽은 뒤에는 손권을 충실히 보좌해 왔다. 합비성 안에 모반을 일으키는 계략을 세우고 돌입했으나 장료에게 간파당하여 온몸에 무수한 화살을 맞고 죽은 것이다.

"사나이로서 난세에 태어난 이상 후세까지 그 이름을 날릴 수 있을 정도의 공을 세우는 것이 숙원이다. 그것을 이루지 못한 채 죽어야 하는 것이 참으로 유감이다."

라는 최후의 말을 남겼다.

한편, 유비 주위에서도 사건이 있었다. 우선 큰일은 병약했던 유기가 죽은 것이다. 유비는 슬펐으나 눈물을 흘리고만 있을 수 없었다. 유기가 죽으면 손권 측에서 형주를 내놓으라고 요구해 올 것이 틀림없기 때문이었다.

"그때는 제가 응대하겠습니다."

공명은 그렇게 말하면서 걱정하는 유비를 안심시켰다.

노숙이 손권의 사자로 형주에 찾아온 것은 그로부터 보름 뒤의 일이었다.

"예전의 약속으로는 유기님이 죽으면 형주를 우리에게 넘겨준다고 하셨습니다. 그것은 언제쯤이 되겠습니까?"

인사가 끝나자 노숙은 곧 본론으로 들어갔다.

"아, 그 얘기는 술이라도 한 잔 하면서 천천히 하십시다."

유비가 달래듯이 말했으나 노숙은 단호하게 고개를 흔들었다.

"아닙니다. 손장군님으로부터 강력한 지시를 받아 왔기 때문에 지금 당장 황숙님의 대답을 듣고 싶습니다."

그러자 곁에 있던 공명이 정색을 하면서 입을 열었다.

"노숙님은 사물의 도리라는 것을 모르고 있는 것처럼 보입니다. 우리 유황숙님은 중산정왕의 후예이시고 당금 황상 폐하의 숙부님이 되십니다. 천하가 어지러워 군웅이 각지에서 제멋대로 영토를 서로 제 것이라고 다투고는 있지만 한나라의 조정은 계속되고 있었으며, 모든 것은 조정에 속해야 하는 법입니다. 그렇다면 한실의 혈통이신 우리 황숙님이 어디를 다스리든 간에 누구한테도 간섭을 받을 이유가 없습니다. 하물며 유표님은 황숙님의 의형에 해당되는 분이시니, 우리 주공께서 그 뒤를 잇는 것은 당연하잖습니까? 덧붙여 말하면, 적벽의 승리는 손권군의 힘만으로 얻어진 것이 아닙니다. 우리 주공께서도 힘을 보태시고, 또 제가 동남풍을 기원하지 않았더라면 어떻게 되었겠습니까? 이런 것들을 생각하면 손권 진영에서 형주를 자기 것으로 만들려는 것은 욕심이 조금 지나치다고 생각지 않습니까?"

"지금 와서 그렇게 말씀하시면 제 입장은 어떻게 되오?"

노숙은 공명에게 설득당하지 않고 강경하게 항의했다.

"생각해 보시오. 유황숙님이 당양에서 조조에게 패하여 어느 곳에도 갈 곳이 없었을 때 강동 땅으로 안내하고 우리 손장군님께 소개한 것은 바로 나였소. 또 주 도독이 형주로 쳐들어가려고 하는 것을 만류한 것도 나였소. 그리고 유기님이 죽으면 형주를 넘겨주겠다는 약속도 제가 보증을 선 것이오. 지금 와서 그 약속을 깨뜨린다면 우리 손장군님께 변명할 여지가 없소."

"그렇다면 형주는 일단 우리가 손권님으로부터 빌려 쓰는 것으로 하고, 우리 황숙님께서 다른 곳에 좋은 땅을 손에 넣으시면 돌려주는 것으로 하는 것이 어떻습니까? 그것이라면 노숙님의 체면도 설 것입니다."

"어디를 손에 넣을 생각이시오?"

하고 노숙이 물어보았다.

"파촉 땅(장강의 상류 지역, 현재의 사천성 일대)의 유장(劉璋)은 어리석으며 백성들을 괴롭히고 있다고 하니, 그곳을 취할 생각입니다."

결국 노숙은 공명에게 설득당해 파촉 땅을 취하면 형주를 손권에게 돌려준다고 하는 약속 증서를 유비로부터 받는 것으로 마지못해 납득을 했다.

손권이 있는 남서(南徐)로 돌아가는 도중에 노숙은 시상에서 상처의 치료를 받고 있는 주유를 방문했다.

"그대는 또다시 공명에게 속아 넘어갔네!"

증서를 본 주유는 화가 난 듯이 소리쳤다.

"이런 증서는 전혀 아무 소용이 없네. 파촉 땅을 취하면 형주를 돌려준다고 하지만, 유비가 반드시 파촉 땅을 손에 넣는다는 보장이 어디 있는가? 그곳을 손에 넣지 않으면 유비는 언제까지나 형주에 계속 눌러앉아 있을 것 아닌가? 이런 것을 가지고 돌아갔다가는 손 장군님께서 화부터 내실 것이 틀림없네."

그런 말을 듣고 노숙은 망연자실했다.

"어떻게 하면 좋겠는가?"

"그대는 사람이 너무 좋아서 탈이네. 그러니까 공명에게 매번 당하는 거야."

주유는 어처구니없다는 듯이 노숙을 지켜보고 있다가 이윽고,

"하여간 알았네. 잠시 동안 이곳에 머물러 있게. 그 동안 대책을 연구해 볼 테니까."

하고 위로했다.

옛날 주유가 손책과 강동을 평정할 당시 군량미가 부족하여 어려울 때 노숙한테 크게 신세진 일이 있었고, 손권 진영에 가담하도록 권유한 것도 주유 자신이다. 그래서 주유는 노숙의 일이라면 자기 일처럼 생각하고 있었고, 노숙 또한 주유에 대해서 백년지기로 여기고 있었다.

그로부터 며칠 뒤, 형주에 잠입시켜 놓았던 첩자로부터 솔깃한 정보가 주유에게 날아들었다.

유비의 하나 남은 아내인 감부인이 사망했다는 것이었다.

"됐다. 이제는 형주를 빼앗을 방도가 섰네."

하고 주유는 싱긋이 웃으면서 노숙을 돌아보았다.

"어떻게 할 작정인가?"

"유비는 반드시 새 아내를 맞아들일 것일세. 그러니까 우리 손장군님의 누이동생을 중매서는 거야."

손권에게는 손향이라고 부르는 누이동생이 한 명 있었다. 무예를

좋아해서 몸시중을 드는 시녀들에게 칼을 휴대하게 하고, 방 안을 온갖 무기로 장식했다고 한다. 천성이 괄괄하여 남자 못지않은 여걸이었다.

"물론 이것은 계략으로 실제로 누이동생 분을 유비에게 시집보내는 것이 아닐세. 교묘하게 유비에게 혼담을 꺼내 강동 땅으로 오도록 만드는 거야. 그 다음에 놈을 잡아서 감옥에 가두고, 형주와 교환 조건으로 유비를 석방하겠다고 하면 되네."

"아아, 그렇게 되면 공명도 말을 듣지 않을 수가 없겠군."

노숙은 뛸 듯이 기뻐했다. 계략을 적은 주유의 편지를 가지고 즉각 남서에 있는 손권에게 돌아갔다.

"이런 것을 가지고 와서 뭘 어떻게 하겠다는 거냐!"

주유가 말한 대로 유비의 증서를 본 손권은 얼굴이 새빨갛게 되어서 소리쳤다. 그러나 그 다음에 주유의 편지를 보이니까,

"음, 역시 주유다. 이것으로 형주는 우리의 것이 될 것이 틀림없다!"

하고 손권은 당장 기분이 좋아졌다.

며칠 뒤, 손권의 명을 받은 여범(呂範)이 배를 준비하여 형주로 향했다.

한편, 유비는 감부인을 잃고 나서 슬픔에 잠겨 있었으나, 여범이 사자로 찾아왔다는 연락을 받고 고개를 갸웃둥했다.

"아니, 무슨 용건으로 온 것일까?"

"중신인 여범이 직접 온 것을 보면 상당히 중요한 용건일지도 모

럽니다."

옆에 있던 공명이 잠시 생각하고 나서 말했다.

"저는 병풍 뒤에서 듣고 있을 테니까 황숙님께서는 상대방이 하는 말을 그냥 듣고만 계십시오. 그러고 나서 나중에 저하고 의논을 하시면 됩니다."

이윽고 여범이 안내받아 들어왔다. 인사를 한 뒤, 여범이 끄집어 낸 것은 혼담이었다.

"황숙님께서는 얼마 전에 부인을 잃으셨다고 들었습니다. 그래서 외람된 일이라고는 생각되지만 좋은 혼담이 있어 권해 드리려고 찾아뵈었습니다."

"친절은 고맙지만 오랫동안 함께 동고동락해 온 아내의 장례식이 끝난 지 얼마 되지도 않았는데 새로 아내를 맞아들일 생각은 지금으로서는 전혀 없네."

뜻하지 않은 얘기에 놀라면서 유비는 고개를 흔들었다.

"그렇기만 합니다만 황숙님과 같은 입장에 계시는 분은 좋은 가정을 만들어 아랫사람들에게 본보기를 보여 주시지 않으면 안 됩니다.* 그러기 위해서는 하루라도 빨리 새 부인을 맞아들이실 필요가 있습니다. 다행히 우리 주공 손권님에게는 누이동생이 한 분 계십니다. 이 분을 부인으로 맞으셔서 양가의 유대를 너욱 강화한다면 조조도 함부로는 손을 내밀지 못할 것이라고 생각합니다."

"손권님의 동생 분이라면 아마 상당히 젊으실 것일세. 나는 이미

50살에 가깝네. 나이가 너무 차이 나지 않겠는가?"

"그렇지 않습니다. 누이동생 분은 훌륭한 뜻을 갖고 계셔서, '천하의 영웅이 아니면 시집을 가지 않겠다'고 항상 말씀하고 계십니다. 황숙님의 부인으로 참으로 어울리는 분이십니다. 나이 차이 같은 것은 신경 쓰실 필요가 없습니다. 부디 누이동생 분을 한 번 만나 보십시오. 단번에 마음에 드실 것입니다."

여범은 교묘한 말로 유비를 유혹했다.

"어쨌든 생각할 시간이 필요하네. 대답은 내일 하겠네."

유비는 그렇게 말하고 일단 여범을 객사로 물러가 있게 했다. 그 뒤에 공명을 불렀다.

"나에게 새 아내를 소개하기 위해 찾아왔으리라고는 미처 생각지도 못했소. 어떻게 해야 하겠소?"

"병풍 뒤에서 좋은 혼담인지 나쁜 혼담인가를 점쳐 보았습니다. 결과는 대길(大吉 = 매우 길함)이라고 나왔습니다. 혼담을 받아들이도록 하십시오."

"그러나 이것은 내 목숨을 노리고 주유가 놓은 함정일 것이오. 일부러 그것에 걸려들 필요는 없잖소?"

무처여무량(無妻如無梁)
'아내가 없는 것은 집에 대들보가 없다는 것과 같다'는 뜻이다. 유비의 아내 감부인이 사망한 소식을 듣자 주유는 형주를 되찾을 계략으로 정략결혼을 생각해 낸다. 유비를 찾아가 손권의 누이와 결혼할 것을 거부하자, 여범이 한 말이다.

역시 유비는 이 혼담 속에 감춰진 계략 같은 것을 꿰뚫어 보고 있었다.

"안심하십시오. 주유 따위의 함정은 간단히 깨 버릴 수가 있으니까요."

그래도 유비는 망설였으나 공명은 대장들과 의논해서 일사천리로 일을 진행시켜 나갔다. 우선 여범에게 혼담을 승낙한다고 전하고는, 손건(孫乾)을 불러 여범을 따라 강동으로 가서 혼담을 마무리 짓고 오도록 명했다.

이윽고 돌아온 손건은,

"손장군은 여동생의 남편으로 우리 주공님을 맞아들이는 것을 크게 기뻐하고 계시며 일각이라도 빨리 결혼식을 올리기를 바라고 계십니다."

하고 보고했다.

이렇게 해서, 유비와 손권의 누이동생의 혼담이 이루어져서 10월 상순, 유비는 조운을 호위대장으로 하여 500명의 수행원을 데리고 10척의 배를 마련하여 형주를 출발했다.

출발에 앞서 공명은 조운을 은밀히 불러 비단주머니 3개[*]를 건네주었다.

"이 주머니 안에는 내가 지혜를 짜내서 생각해낸 방책을 적은 쪽지가 들어 있다. 강동에 도착한 뒤 도저히 어찌할 수 없이 곤란한 일이 일어났을 때, 그리고 위기가 닥쳤을 때 차례로 열어 보면 그때마다 어떻게 하면 좋은가를 알 수가 있다. 이 주머니의 지시에 따라서 황숙님을 지켜주기 바란다."

"알았습니다."

조운은 비단주머니 3개를 순서대로 품 안에 깊숙히 간직하고 배에 올랐다.

2

유비 일행은 이윽고 강동의 남서성에 도착했다. 성으로 향하기 전에 조운은 첫 번째 주머니를 열고 종이쪽지를 꺼냈다. 거기에는, '우선 교국노(喬國老=절세 미인이었던 대교, 소교의 아버지)를 만나라' 고 써 있었고, 그 밑에 상세한 사항이 적혀 있었다.

그래서 조운은 우선 수행하는 병사들에게 무엇인가 지시를 내려 먼저 성안으로 향하게 하고는 유비와 함께 교국로를 찾아갔다. 교국로란 이교(二喬)의 부친인 교공을 가리키는 것으로 그 무렵에 남서 땅에 살고 있었다. 두 딸이 각각 손책과 주유의 아내가 되었기 때문

금낭삼계(錦囊三計)
비단주머니에 든 3가지 계략 이라는 뜻이다. 유비는 손권의 누이를 아내로 맞이하기 위해 오의 남서로 떠난다. 유비의 입장에서는 호랑이 굴에 들어가는 격이었지만 제갈량은 떠나는 조자룡에게 비단 주머니 3개를 주면서 위기에 처했을 때 차례대로 풀어 보고 계략을 행하라고 알려 준다. 후에 조자룡은 제갈량의 지시대로 행해 위험에서 벗어나고, 유비는 손권의 누이를 아내로 맞이하여 무사히 형주로 돌아오게 된다.

에 국노(國老=나라의 원로)로 대접받고 있었다.

"그것이 사실입니까?"

교국노는 찾아온 유비한테서 손권의 누이동생과의 결혼 얘기를 듣자 깜짝 놀랐다. 아무것도 모르고 있는 것 같았다.

교국노를 찾아본 뒤에, 유비는 객사에서 휴식을 취했다.

내일 아침에 손권에게 입성했음을 알릴 생각이었다.

교국노는 유비가 떠나자, 부리나케 손권의 어머니 오부인 집으로 찾아가 축하의 말을 했다.

"뭐라구요? 나는 그런 얘기는 들은 적이 없는 걸요!"

오부인은 소스라치게 놀랐다. 즉시 사람을 보내 상황을 알아보도록 했다.

"틀림없습니다. 벌써 시장이나 골목길에서 유비와의 혼례 이야기로 시끌벅적하고 있습니다."

하고 보냈던 하인이 돌아와서 보고했다.

수행해 온 병사들이 조운의 명으로, 양이나 돼지나 과일 등 물건을 사들이면서 유비와 손권의 누이동생 결혼 얘기를 제각기 떠들고 다녔던 것이다.

"나하고 아무런 의논도 하지 않고 멋대로 내 딸의 혼담을 결정하다니, 도저히 용서할 수 없다!"

화가 난 오부인은 손권을 불렀다. 효도가 극진한 손권은 곧 달려왔다.

"무슨 일이십니까? 어머님, 몸이라도 편치 않으십니까?"

"이런 꼴을 당하고는 몸만 아파지는 정도겠소? 그대는 유현덕을 누이동생의 남편으로 맞아들인다는 것을 어째서 나에게는 숨기고 있었소?"

손권은 당황했다.

"어디서 그런 얘기를 들으셨습니까?"

"어디서든 그것은 문제가 아니오. 그대가 이 어미를 업신여기는 행동을 하리라고는 꿈에도 몰랐소."

하고 오부인은 왈칵 울음을 터뜨렸다.

"안심하십시오. 정말로 누이동생을 유비와 결혼시키는 것이 아닙니다."

하고 손권은 속사정을 실토했다.

"누이동생과 결혼시킨다고 속여 유비를 유인해 이곳으로 오게 한 다음, 포박하여 인질로 삼은 뒤 형주와 교환하려고 하는 주유의 계략입니다."

"세상에, 어떻게 그런 짓을 할 수 있소!"

오부인은 벌컥 화를 냈다.

"주유는 대도독의 지위에 있으면서 형주 하나 제 힘으로 빼앗지를 못하고, 나의 귀여운 딸을 이용해 더러운 수법을 쓰다니 상종하지 못할 인간이었군. 분명히 그 계략으로 형주를 손에 넣을 수야 있겠지. 하지만 그 대신 강동의 손씨 군벌이 그런 치사한 수법을 쓰지 않으면 형주를 손에 넣지 못했는가 하고 천하의 웃음거리가 될 것이오. 그만두시게나. 그런 비열한 짓은 그만두란 말이오!"

옆에 있던 교국노까지 끼어들어 손권을 더욱 궁지에 몰아넣었다. 자기 사위의 계략이라는 점이 마음에 걸렸던 것이다.

교국노가 말했다.

"그보다는 유현덕을 신랑으로 맞이하는 것이 좋습니다. 두 사람을 결혼시켜야만 창피한 꼴을 면할 수가 있습니다."

오부인이 난색을 표했다.

"하지만 딸아이는 아직 18세니, 나이가 너무 차이나지 않습니까?"

"뭘요, 유현덕님은 천하에 널리 알려진 영웅에다 48세라면 조금 많긴 하지만 영웅을 좋아하는 사돈 처녀에게는 안성마춤의 신랑감입니다. 나이는 별로 관계 없습니다."

"좋습니다. 그럼 내일 제가 감로사(甘露寺)에서 신랑감을 만나 보겠습니다. 만나서 마음에 들면 딸을 시집을 보내겠습니다. 마음에 들지 않는다면……."

하고 말하면서 오부인은 손권을 돌아다보았다.

"주유가 애당초 계획한 대로 하면 되오."

손권은 혀를 깨물고 싶은 심정이었지만 응낙하지 않을 수가 없었다.

손권은 즉시 여범을 불렀다.

"내일 어머님이 감로사에서 유비를 만나 보시겠다고 하는데, 어떻게 하면 좋겠는가?"

"대장 가화(賈華)에게 명하여 솜씨 좋은 무사를 300명 가량 매복시켜 놓으면 어떻겠습니까?"

하고 여범이 제안했다.

"그리고 만일 자당님께서 마음에 들어하시지 않는다면 일제히 뛰쳐나가 유비를 생포하는 것입니다. 반항을 하면 베어 죽이면 될 것입니다."

"음, 그 방법밖에 없겠다."

손권은 즉시 가화를 부르더니 무사를 모으도록 명했다.

이튿날, 교국노로부터 연락을 받았기 때문에 유비는 감로사로 향했다. 무슨 일이 있을 지 알 수가 없기 때문에 유비는 의복 속에 갑옷을 껴입고, 조운이 500명의 병사들을 이끌고 뒤를 따랐다.

감로사는 성의 서쪽에 있는 북고산에 있는 오래된 절이었다. 문앞에서 말을 내리자, 유비는 우선 손권과 대면했다. 이때, 손권의 나이는 공명과 동갑인 28세였다. 유비에 비해 20년이 어렸다. 오만하지 않고 이미 산전수전을 다 겪은 당당한 유비의 태도에 손권은 압도당하는 것을 느꼈다.

뒤이어 유비는 오부인과 대면했다. 오부인은 유비의 기품 있는 용모를 보고 한눈에 마음에 들어 버렸다.

"내 사위감으로 잘 어울리는 분이네요."

기쁜 듯이 옆에 있는 교국노에게 속삭였다.

"그럴 것입니다. 누가 뭐래도 한실의 핏줄을 이어받은 사람이니까요. 참으로 경사스러운 일입니다!"

교국노는 자신의 일처럼 기뻐했다.

이윽고 연회가 벌어졌다. 그러자 얼마 있다가 조운이 들어와 유비 옆에 서서 그 귀에 대고 속삭였다.

"방금 복도를 둘러보았는데 살기가 느껴졌습니다. 아마도 자객들이 상당수 매복해 있는 것 같습니다."

유비는 잠자코 고개를 끄덕였다. 문득 일어나 앞으로 나아가더니 오부인 앞에 무릎을 꿇었다.

"저의 목숨을 원하신다면 부디 이 자리에서 가져가 주십시오. 조금도 사양하실 필요 없습니다."

"갑자기 무슨 말씀을 하시는 건가?"

"복도에 무사들을 매복시켜 놓으신 것은 저를 죽이기 위한 것이 아닙니까?"

오부인은 갑자기 얼굴색이 창백해지더니 손권을 노려보았다.

"그대는 무엇 때문에 그런 짓을 하오?"

"제가 아닙니다."

손권은 시침을 뚝 뗐다.

"여범이 명했겠지요."

여범이 불려 왔다. 그러자 여범은 가화 탓으로 돌렸다. 즉시 가화가 불려 들어왔다. 가화는 아무 말도 하지 않고 잠자코 있었다.

"이자의 목을 베어라!"

화가 난 오부인이 명했다. 그러나 유비와 교국노의 중재로 용서하고 물러가게 했다. 그러자 매복해 있던 무사들도 살금살금 빠져나갔다.

다시금 주연이 계속되었다. 얼마 뒤에, 유비는 변소에 갔다. 문득 보니, 뜰 복판에 커다란 바위가 하나 있었다. 유비는 바위 앞으로 걸어가 칼을 빼들고 머리 위로 치켜들었다.

'어지러워진 천하를 바로잡고 평화로운 세상을 실현하겠다는 내 소망이 이루어진다면 두 동강이 나거라. 이루어지지 않을 것이라면 칼날이 부러져라!'

하고 염원하면서 내려 쳤다. 불꽃이 '팍' 하고 튀면서 바위는 보기 좋게 두 동강이가 났다.

"유비님, 그 바위에 무엇인가 원한이라도 있는 것입니까?"

뒤에서 손권의 목소리가 났다.

"보고 계셨습니까?"

유비는 미소를 띠며 돌아다보았다.

"아닙니다. 조조를 물리치고 한실을 다시금 번성하게 할 수 있다면, 이 돌이 두 동강이가 나라고 염원하고 베어 보았더니 이처럼 베어진 것입니다."

"그렇습니까? 저도 한 번 해보겠습니다."

손권은 칼을 빼서 치켜들고서 마음속으로는 형주가 강동의 것이 되도록 염원하면서 '휙' 하고 내려 쳤다. 바위는 또다시 두 동강이가 났다.

"오오, 두 동강이가 났소!"

"훌륭하십니다!"

두 사람은 얼굴을 마주 보며 웃었다.

연회 자리로 돌아온 유비는 얼마 뒤에 일어섰다. 손권이 산문까지 배웅을 나왔다. 유비는 눈앞에 펼쳐진 경치를 바라보았다. 장강이 유유히 흐르고 산봉우리가 유연히 솟구쳐 있었다. 너무나도 아름다운 경치에,

"이것이야말로 천하제일의 강산이로다!"

하고 감탄했다.

그때, 한 척의 작은 배가 파도가 높은 장강의 수면을 마치 평지를 가듯이 달려가는 것이 보였다.

"과연! 북방 사람은 말을 능숙하게 다루고, 남방 사람은 배를 능숙하게 다룬다고 하는데 그야말로 그 말대로입니다."

하고 유비는 감탄했다.

"아니, 남방 사람이라도 말을 능숙하게 다룰 줄 압니다."

하고 손권이 대꾸하고는 부하에게 말을 끌고 오게 하더니, 훌쩍 올라타고 단숨에 산을 달려 내려가 채찍을 울려대면서 다시 달려 올라 왔다.

"어떻습니까?"

그러자 유비는 아무 말도 하지 않고 저고리를 벗어 던지고는 말에 올라 타자, 바람처럼 산을 달려 내려 갔다가 달려 올라왔다.

언덕 위에서 말을 멈춘 두 사람은 유쾌한 듯이 '껄껄' 웃고 있었다.

3

며칠 후, 유비와 손권의 누이동생 결혼식이 성대하게 거행되었다. 수많은 손님들이 축하하러 달려 오고, 활기찬 연회가 밤까지 계속되었다.

손님들이 겨우 돌아갔기 때문에 유비는 신부 방으로 향했다.

"아니, 이럴 수가!"

방 안에 들어선 순간, 유비는 움찔했다. 유비를 맞아들인 시녀들의 허리춤에는 검집이 매달려 있고, 방 안에 창이나 칼 등의 무기가 빽빽하게 세워져 있었기 때문이있다.

'드디어 함정에 빠진 모양이구나!'

조운도, 500명의 병사들도 여기까지는 들어올 수가 없다. 단 혼자인 유비의 목숨을 빼앗는 것은 간단한 일이다. 유비는 얼어붙은 듯 그 자리에 서 버렸다.

"오호호호!"

우습다는 듯이 소리 내어 웃으며 안에서 신부 손부인이 나왔다.

그 허리에도 검집이 매달려 있었다.

"왜 그러세요? 인생의 절반을 싸움터에서 보내셨는데도 장식용 무기가 그렇게 무섭습니까?"

"아니, 그렇지는 않지만……."

유비는 쓴웃음을 지었다. 손부인이 무예를 좋아해서 무사처럼 무기를 몸에 지니고 시녀들에게도 지참하게 한다는 것을 생각해 낸 것이다.

"웬지 마음이 가라앉지를 않으니까 무기는 모두 치워 주게나."

손부인에게 그럴 마음이 없다 하더라도 시녀들 가운데 은밀히 암살을 노리고 있는 자가 있을지도 몰랐다.

"부군 말씀을 따르지요."

손부인은 의외로 고분고분 무기를 치우게 하고 시녀들의 검집도 떼어 내게 했기 때문에 유비는 마음을 놓았다.

그날부터 유비와 손부인은 사이좋게 생활하기 시작했다. 오부인은 크게 기뻐하였으나, 손권은 계략이 틀어졌기 때문에 얼굴을 찌푸리고 있었다.

그때 주유로부터 밀서가 도착했다. 주유도 이미 자신의 계략이 실패했다는 것을 알고 있었다.

이렇게 되면 유비에게 형주로 돌아갈 생각을 아예 잊도록 하는 것이 상책입니다. 유비는 젊었을 때 궁색한 생활을 해 왔기 때문에 사치스러운

즐거움을 맛본 적이 없을 것입니다. 그래서 커다란 저택을 지어 그곳에 살게 하고, 돈을 아끼지 말고 호화스러운 생활을 하게 해 준다면 반드시 무기력한 인간이 되어 관우나 장비와의 맹세도 잊고 공명과의 약속도 되돌아보지 않게 될 것입니다. 그렇게 되면 관우도 장비도 공명도 유비에게 등을 돌릴 것입니다. 그때 공격을 가하면 뜻한 바가 이루어질 것입니다."*

밀서에는 그렇게 써 있었다.

손권은 크게 기뻐하고 즉시 동쪽 경치 좋은 곳에다 대대적으로 공사를 벌여 대저택을 신축하고 꽃과 나무를 심고, 호화스러운 가구를 들여 놓고 유비와 손부인을 살게 했다. 그리고 무희나 가희 등 수십 명의 미녀들을 보내서 즐기게 하고, 금은이나 주옥, 비단 등을 갖추어 놓고 유비가 얼마든지 마음껏 쓰도록 해 주었다. 또한 솜씨 좋은 요리사를 파견해 맛있는 요리와 좋은 술을 풍부하게 유비 앞에 내놓게 했다.

주유의 계략은 들어맞았다. 지금까지 맛본 적 없는 꿈과 같은 생활에 완전히 포로가 된 유비는 차츰 형주로 돌아가는 것을 잊어 갔다.

한편, 조운은 동쪽 성관 근처에 숙소를 지정받고 병사들과 함께 살고 있었으나, 유비가 형주로 돌아갈 낌새가 전혀 보이지 않아 항시 좌불안석 불안해졌다. 더구나 유비에게 면회를 청해도 몇 번만에 한 번 만나주는데 귀찮아하는 모습이 역력했다.

'벌써 연말이 가까워오는데도 황숙님은 호화스러운 생활에 빠져

서 형주로 돌아가는 것을 잊고 계신다. 어떻게 하면 좋단 말인가?'

여러 가지로 궁리를 하던 끝에 문득 생각이 났다.

'그렇다! 이런 때야말로 그 비단주머니를 열어 보아야 한다.'

조운은 즉시 공명으로부터 받은 두 번째 주머니를 꺼내 열어 보았다. 그러자 바로 현재의 상황에 걸맞은 대책이 적혀 있었다.

'과연 공명 군사다! 이렇게 될 것을 미리 꿰뚫어 보고 있었던 모양이다.'

뛸 듯이 기뻐한 조운은 즉각 큰일이 일어났다고 하면서 유비에게 면회를 청했다.

큰일이라는 말을 듣고서 유비도 조운을 만나 보지 않을 수가 없었다. 마지못해 조운을 불러들였다.

"무슨 일인가?"

"방금 형주의 공명 군사로부터 밀사가 달려와 조조가 적벽의 원한을 갚겠다며 50만 대군을 이끌고 쳐들어오고 있다고 합니다. 주군께서는 즉시 형주로 돌아오셔야겠다는 전갈입니다."

이것은 유비를 형주로 돌아오게 만들려는 공명의 꾀였다.

"뭐, 조조가?"

지중물(池中物)
'연못 속의 교룡'이란 뜻. 손권 누이의 혼사를 핑계로 유비를 끌어들여 제거하려던 주유는 일이 뜻대로 풀리지 않자 손권에게 유비가 호화로운 생활에 빠지게 하여 강동에 묶어 두라고 한다. 이때 한 말이 '지금 돌아가면 교룡이 구름과 비를 얻어 그때는 연못 속의 교룡이 아닐 것이다.' 이다.

유비는 꿈에서 깨어난 것처럼 퍼뜩 정신이 들었다.

"형주로 돌아가시겠습니까?"

"물론이다. 아내에게 얘기하고 곧 오겠다."

"부인께 말씀드리면 만류하실 것이 틀림없습니다. 잠자코 오늘 밤을 기다렸다가 남 몰래 출발하시는 것이 좋을 것입니다."

"하여간 기다려라. 잠시만."

유비는 조운을 내보내고, 안으로 들어가 손부인을 불러 말했다.

"방금 조운이 찾아와 조조가 형주로 쳐들어왔다고 알려 주었소. 이곳에서 사치스러운 생활을 하고 있는 동안 형주를 빼앗긴다면, 천하의 웃음거리가 될 것이오. 나는 형주로 돌아가야 하오. 그대와는 지금까지 즐겁게 지내왔으나 어쩔 수 없는 일이오."

손부인은 잠시 생각하더니,

"일단 아내가 된 이상, 어느 곳에든 부군과 함께 가겠습니다."

하고 단호히 따라가겠다고 했다.

"그 마음은 고맙지만 어머님도, 손권님도 그대를 멀리 보내려고 하지 않을 것이오."

손부인은 유비의 귀에 무엇인가 속삭였다. 그러자 유비의 얼굴이 밝아졌다.

"과연 그것이라면 아무도 막지 못할 것이오."

유비는 곧 조운을 불러들였다.

"정월 초하룻날, 병사들을 이끌고 먼저 성을 나가 가도에서 나를 기다리고 있거라."

"알겠습니다."

조운은 머리를 숙였다. 그리고 유비의 결심을 확인해 보려는 듯이 물었다.

"주공님, 이곳에서의 생활에 미련은 없으시겠지요?"

"음, 좋은 꿈을 꾸었다. 그러나 꿈은 언젠가는 깨지기 마련인 법 아닌가."

유비는 시원한 듯이 빙그레 웃었다.

주유, 분통이 터져 죽다

1

건안 15년(210년) 정월 초하루가 되었다. 손권은 성안의 정전(正殿 = 조회를 하는 궁전)에서 새해를 경축하는 대연회를 열었다.

'유비는 사치스러운 생활에 빠져 형주를 잊어버리고 있다. 앞으로 조금만 더 기다리면 된다.'

손권은 여러모로 기분이 좋아서 신하들이 바치는 술잔을 차례차례로 다 받아 마셨다.

그 무렵, 유비는 아내와 함께 오부인 집을 방문하고 있었다. 세배를 마치자 손부인은,

"어머님, 남편의 부모님과 선조의 묘는 먼 북쪽 탁군에 있습니다. 남편이 말하기를 지금부터 성 밖 강기슭으로 가서 그쪽 방향을 향해 함께 제사를 올리고 싶다고 하는데, 허락해 주시겠지요?"

하고 오부인에게 물었다.

"좋은 생각이다. 부모님과 선조의 제사를 모시는 것은 자식의 도리다. 나의 허락 같은 것은 필요 없다. 어서 다녀오너라."

오부인은 아무런 의심없이 딸의 부탁을 흔쾌히 들어주었다.

"그럼, 다녀오겠습니다."

손부인과 유비는 다른 사람 몰래 눈짓을 주고받았다.

오부인 앞에서 물러나오자 두 사람은 즉시 떠날 채비를 갖추었다. 아무에게도 알리지 않고 성 밖으로 나갔다. 조운이 가도에서 기다리고 있었다. 추격대가 쫓아오기 전에 멀리 가있어야 하니 500명의 병사들에게 두 사람의 앞, 뒤를 지키게 하고 길을 서둘렀다.

유비가 손부인을 데리고 도망쳤다는 것을 저택의 관리인이 알게 된 것은 그날 밤 늦은 시각이었다. 이때, 손권은 연회에서 술을 지나치게 많이 마시고 술에 취해 깊이 잠들어 있었다. 그 때문에 보고가 늦어지고, 손권이 그 사실을 안 것은 다음 날 새벽 무렵이었다.

'이놈, 유비! 내 동생을 데리고 길도 도망쳤구나!'

손권은 격노하고, 탁자 위에 있던 벼루를 집어 방바닥에 내던져 산산조각을 냈다. 진무(陳武)와 반장(潘璋) 두 대장을 불러 병사 500명을 주고 서둘러 쫓아가 유비를 붙잡아 오라고 엄명했다.

진무와 반장은 병사들을 이끌고 출발했다. 잠시 후 정보(程普)가 들어와,

"진무와 반장을 추격대로 보내셨습니다만 그 두 사람으로는 한계

가 있을 것입니다."

하고 염려된다는 듯이 지적했다.

"왜 그러느냐? 그들이 나의 명령에 거역한단 말이냐?"

"그렇지 않습니다. 누이동생 분은 우리 강동을 버리고 자진해서 유비를 따라 간 것이라고 생각합니다. 추격대가 따라 붙으면 화가 나서 쫓아 버릴 것입니다. 누이동생 분은 웬만한 사내도 당해 내지 못할 정도로 괄괄한 천성이시라 우리 대장들 모두 두려워하고 있습니다. 진무와 반장을 가지고는 도저히 막을 수 없을 것입니다."

"그렇게 되면 누이동생이라도 용서하지 않겠다!"

점점 더 화가 치민 손권은 장흠(蔣欽)과 주태(周泰)*를 불러 허리에 차고 있던 패검까지 풀어 두 사람에게 건네주며 명했다.

"유비의 뒤를 쫓아가 순순히 돌아오지 않겠다면 이 패검으로 두 사람의 목을 베어 오너라. 만일 내 명령을 위반할 때에는 그대들도 같은 죄로 다스릴 것이다!"

장흠과 주태는 곧 1천 기를 이끌고 출발했다.

그 무렵, 유비 일행은 낮이나 밤을 가리지 않고 거의 쉬지않고 계속 달려서 강동의 경계에 다다르고 있었다. 하지만 그 순간에 뒤쪽에서 흙먼지가 피어오르는 것이 보였다.

"아무래도 추격대가 쫓아온 것 같습니다."

조운은 일행의 걸음을 더욱 재촉했다.

그런데 얼마를 가지 못해 일단의 병력이 앞길을 가로막았다. 유비가 탈출하는 경우를 생각하여, 주유는 몇 달 전부터 서성과 정봉에게 3천 병사들을 주어 경계 부근을 지키게 하고 있었던 것이다.

"앞에는 매복, 뒤에는 추격대가 온다. 어떻게 하면 좋을까?"

하고 유비는 조운을 돌아다보았다.

"안심하십시오. 공명 군사한테 받아온 계책이 있습니다. 반드시 이 위기를 헤쳐 나갈 방책이 적혀 있을 것입니다."

조운은 마지막 남은 비단주머니를 유비에게 내밀었다.

유비는 주머니를 열고 그 안에서 종이쪽지를 꺼냈다. 재빨리 읽고 나더니 한 번 고개를 끄덕이고 손부인이 탄 수레로 말을 몰고 갔다.

"그대에게 얘기해 두고 싶은 것이 있소."

"무엇입니까?"

"실은 그대를 나의 아내로 삼게 된 것은 그대를 미끼로 해서 나를 강동 땅으로 유인하여 포로로 잡고, 형주를 빼앗으려고 한 주유의 계략이었소. 다행히 그 계략은 실패해서 그대와 나는 이렇듯 부부가 될 수가 있었지만 지금 또 그대 오빠의 추격대가 육박해 오고 앞에는 주유의 부하들이 갈 길을 가로막고 있소. 이 위기를 헤쳐 나

주태(周泰)
구강 하채 사람으로 자는 유평(幼平). 관직은 한중태수, 능양후에 이르렀다. 손책을 따라 여러 번 공을 세웠고 손권은 그를 좋아하여 자기의 좌우에서 집무하게 했다. 후에 조조와의 합비싸움에서 공이 가장 컸고 유비와의 싸움에서도 활약을 펼쳤다.

갈 수 있는 것은 그대밖에 없소. 그대가 승낙해 주지 않는다면, 그대와의 추억을 안고 나는 이 자리에서 깨끗이 자살하겠소."

유비는 눈물을 흘리며 손부인에게 호소했다.

이야기를 듣고 나자, 손부인은 화가 머리끝까지 났다.

"동생을 정략적으로 쓰는 오빠 따위는 더 이상 오빠라고 생각하지 않습니다. 그리고 주유 따위가 뭣이기에 내 앞길을 막는단 말입니까. 이 문제는 저에게 맡겨 주세요."

손부인은 종자에게 명해 수레를 서성과 정봉 앞으로 가게 했다. 발을 올리고 두 사람을 노려보며 심하게 꾸짖었다.

"무슨 짓을 하는 겁니까? 모반이라도 일으킬 생각인가요!"

"천만의 말씀이십니다. 저희들은 다만 주 도독님의 명에 의해서 유비를 붙잡으려고 여기서 기다리고 있는 것뿐입니다."

"닥치시오! 유현덕님은 나의 남편인데 그 분을 붙잡는다니, 그게 무슨 말이오! 혹시 그대들은 재물을 노리고 있는 건가요?"

"무, 무슨 말씀을 하시는 겁니까?"

"주유가 도대체 무엇인데요? 나는 그대들 주공의 누이동생이고 주유는 오빠의 신하가 아닌가요. 주유의 명령보다 우리 어머님의 말씀 한마디에 더 신경을 써야 할 겁니다. 나는 어머님의 허락을 얻고 떠난 것입니다. 자아, 길을 비키시오!"

서성과 정봉은 할 수 없이 병사들에게 길을 열게 하고 일행을 통과시켰다.

유비 일행이 그곳에서부터 5, 6리 정도 더 전진했을 때, 뒤에서 '와아' 하고 함성소리가 들려 왔다. 진무와 반장이 서성과 정봉과 합류하여 병력을 하나로 합쳐 쫓아온 것이다. 손부인은 유비를 먼저 가게 하고는, 수레를 멈추고 조운과 함께 추격대를 기다렸다.

네 명의 대장은 손부인의 모습을 보자 말에서 내렸다.

"이번에는 진무에 반장까지도 함께 왔군요! 무슨 일이죠?"

"주공님의 분부십니다. 제발 유비님과 함께 돌아와 주십시오."

"나는 어머님의 허락을 얻어 남편과 함께 형주로 돌아가는 길이예요. 이는 집안일이니 그대들이 참견할 일이 아니란 말예요!"

손부인은 눈썹을 치켜 올리고, 네 명의 대장을 번갈아 노려보았다. 그 옆에서 조운이 당장이라도 창칼을 휘두르며 덤벼들 것 같은 기세로 눈을 부라리고 있었다.

"그런데도 이처럼 병사를 이끌고 오다니 우리 어머님에게 허락을 받고 온 건가요? 그리고 나를 붙잡아 죽이기라도 할 작정인가요!"

손부인은 화가 나서 못 참겠다는 듯이 마구 쏘아붙였다.

네 명의 대장은 서로 얼굴을 쳐다보았다.

오부인의 허락을 받았다고 한다면 우격다짐으로 끌고 돌아갈 수 없다. 게다가 오부인이 허락한 손권 남매의 일에 신하로서 참견을 잘못하다가는 자칫 대역죄에 해당한다. 그리고 장본인인 유비의 모습도 보이지 않는다.

결국 네 명의 대장은 수레를 그냥 보내 줄 수밖에 없었다. 조운과 병사들에게 둘러싸인 채 손부인의 수레는 삽시간에 멀어져 갔다.

"정말이지 저분한테는 당할 수가 없다니까."

"오부인께서 허락하셨다면 우리 힘으로는 어쩔 수 없네."

"누이 분이 화를 내시면 주공님도 애를 먹으신다고 하더군."

"주공님에게도, 주 도독님에게도 있는 그대로를 말씀드릴 수밖에 없겠지."

네 명의 대장들이 그런 얘기들을 하고 각자 돌아가려고 하는데 멀리서 흙먼지가 피어오르며 얼마 안 되서 장흠과 주태가 병력을 이끌고 바람을 일으키면서 달려왔다.

"여러분들, 유비는 어떻게 했소?"

장흠이 소리쳤다.

"조금 전에 이곳을 지나갔네."

"어째서 붙잡지 않았는가?"

"아니, 그것이 그만……."

서성과 네 명의 대장은 제각각 손부인에게 당한 일을 얘기했다.

"주공님이 우려한 것이 바로 그것일세. 누이 분이라도 용서하지 말고, 두 사람의 목을 베어 오라고, 이 패검을 내려 주셨네. 명령에 위반하면 우리들도 같은 죄가 된단 말일세."

장흠의 말에, 서성 등 네 사람은 손권의 각오를 알았다.

"자네들은 즉각 주 도독님에게 이 일을 알리고 배로 뒤쫓게. 우리들은 가도를 따라서 추격하겠네. 먼저 따라 붙는 쪽이 설명 같은 것을 할 필요도 없이 그들의 목을 베어 버리세."

장흠은 서성과 주태에게 지시를 내리고는 진무 등을 재촉하여 가도를 따라 추격하게 했다.

그 무렵, 유비 일행은 유랑포라는 곳을 지나고 있었다. 전방은 눈이 미치는 한, 푸른 물결이 넘실대는 장강이었다. 강기슭에서는 단 한 척의 배도 보이지 않았다.

"배가 있어야 한다. 어서 배를 찾아라!"

필사적으로 배를 찾고 있으려니까, 후방에서 흙먼지가 피어오르고, '와아' 하는 함성소리가 다시 들려 왔다. 벌써 추격대가 가까이 다가와 들이닥친 것이다.

"길을 너무 서둘러 와서 사람과 말이 모두 지쳐 있다. 추격대가 오면 싸울 힘도 없을 것이다."

유비는 머리를 힘없이 푹 떨구었다.

그때, 조운이 소리쳤다.

"주공님, 배입니다. 이리로 오고 있습니다!"

퍼뜩 얼굴을 쳐들어 보니 10여 척 남짓한 배가 물결을 빠르게 가르며 기슭으로 접근해 왔다. 그리고 다음 순간, 옆으로 한 줄로 늘어서서 기슭에 대었다.

"이것이야말로 하늘의 도움입니다. 자아, 빨리 타십시오!"

조운의 재촉을 받고 유비는 손부인과 함께 배에 올랐다. 그러자 배 안에서 한 사람이 모습을 나타냈다.

"황숙님, 축하드립니다. 그리고 손부인에게도 하례드립니다."

그렇게 말하고 싱글벙글 웃고 있는 것은 다른 사람이 아닌 군사 공명이었다.

조운과 500명의 병사들이 모두 배에 올라타자, 선대는 일제히 닻을 올렸다. 장흠과 진무 등이 나루터에 도착했을 때에는 이미 기슭을 멀리 떠나 돛을 잔뜩 바람에 부풀린 채 상류로 미끄러지듯이 달리고 있었다.

갑자기 강 위에서 함성소리가 울려 퍼졌다. 보니까 무수한 병선이 뒤를 쫓아 왔다. 주유의 수군들이었다. 대장 깃발을 세운 지휘선에는 주유가 직접 탑승하고, 왼쪽에 황개, 오른쪽에 한당을 거느리고 순식간에 거리를 좁혀 갔다. 그러나 공명은 조금도 당황하지 않고 배를 북쪽 기슭에 갖다 대게 했다. 배를 버리고 육지로 올라가자, 유비와 손부인의 수레를 경호하면서 달아났다. 주유도 즉각 배를 기슭에 대고 병사를 상륙시켜 뒤를 쫓게 했다. 그러나 추격은 그곳까지였다. 갑자기 전방의 산기슭에서 일단의 병력이 달려나왔던 것이다.

"주유야, 기다리고 있었다!"

적토마에 올라탄 관우가 청룡언월도를 휘두르면서 주유에게 돌진해 갔다.

깜짝 놀란 주유는 황급히 말머리를 돌렸다. 그곳에 왼쪽에서 황충, 오른쪽에서 위연이 또한 병력을 이끌고 덤벼들었다. 강동의 병사들은 무기를 집어 들고 싸울 틈도 없이 칼에 맞아 '픽픽' 쓰러져 갔다. 주유는 말에 채찍질을 가해 강기슭까지 달려 돌아가 간신히 배 안으로 도망쳤다. 강기슭에서 놀림과 웃음소리가 이어졌다.

"참으로 훌륭한 주유님의 계략. 부인을 바치고 병사들은 작살이 났구나! 아하하하! 아하하하!"

공명이 병사들에게 미리 그렇게 하라고 시켰던 것이다.

"이놈, 다시 한번 육지로 올라가서 승부를 겨루어 주겠다. 배를 기슭에 붙여라!"

화가 머리끝까지 치민 주유는 얼굴이 시뻘겋게 되면서 고함을 쳤으나, 다음 순간 '악!' 하고 비명을 지르며 그 자리에 쓰러졌다. 옛날의 상처가 다시 찢어진 것이다.

"아아, 분하고 원통하다! 이대로는 주공님을 뵐 면목이 없다!"

이빨을 '부드득' '부드득' 갈면서 분해하는 주유를 달래고 간호를 하며, 대장들은 배를 되돌렸다. 그리고 장흠 등은 남서로 돌아가 자초지종을 손권에게 보고했다. 그러자 손권은 격노했다.

"거듭되는 유비와 공명의 무례함은 더 이상 참을 수가 없다. 이렇게 된 이상 내가 직접 출진하여 형주를 공략하겠다!"

"안 됩니다."

장소가 극구 만류했다.

"조조가 적벽의 원수를 갚으려고 호시탐탐 기회를 노리고 있습니다. 조조가 군사를 일으키지 않는 것은 우리 강동과 유비가 제휴를 하고 있기 때문입니다. 만일 장군님께서 화가 난다고 형주로 쳐들어가 유비와 싸운다면, 그 틈에 조조가 좋다구나 하고 쳐들어올 것입니다."

"그렇다면 어떻게 해야 좋단 말인가? 이대로 유비와 공명에게 당하면서 그냥 잠자코 있으라는 말인가?"

손권은 불만스러운 듯이 장소를 노려보았다.

"여기서는 일단 유비에게 은혜를 베풀어 주는 것입니다. 그러니까 유비를 형주목으로 조정에 추천해 주는 것입니다."

"말도 안 되는 소리 하지 마라. 그런 짓을 했다가는 형주는 점점 더 우리 손에 들어오지 않게 될 것이다."

"급하면 돌아가라는 말이 있잖습니까? 그렇게 해 놓으면 조조도 함부로 손을 대지 못할 것이고, 유비는 주공님께 은의를 느끼고 행동을 조심할 것입니다. 그런 연후에, 적당한 사람을 허도로 올려 보내 조조와 유비를 서로 다투게 하는 계책을 쓰는 것입니다. 유비는 조조에게만 전념하게 될 테니 그 틈에 형주를 취하는 것은 어렵지 않습니다."

손권은 잠시 동안 생각에 잠겼다. 분명히 지금 형주를 공격해 봤자 이긴다는 보장이 없었으며, 그 틈에 조조가 뒤통수를 칠 가능성이 충분히 있었다. 여기서는 장소가 말하는 대로 무리를 하지 말고 시간이 걸리더라도 계책을 쓰는 쪽이 나을 것이다.

"그럼 누구를 사자로 보낸다?"

"화흠(華歆)이 좋을 것입니다. 예장태수였을 때, 조조한테 총애를 받던 사람입니다."

"좋다, 화흠을 어서 불러라."

그렇게 명했을 때, 손권의 노여움은 상당히 가라앉아 있었다.

3

그 무렵, 조조는 허도를 떠나 업성에서 대대적인 공사를 마무리하고 있었다. 적벽의 패전은 커다란 타격을 주었지만 조조는 조금도 좌절하지 않았다. 오히려 업성의 장하 부근에 추진하고 있던 동작대를 완성했고 업성을 대대적으로 보수하면서 주위의 농지정리나 도로정비 등을 활발히 추진했다. 업성은 원래 원소의 본거지였던 곳으로 조조는 3년 전에 원씨 일족을 멸망시켰을 때 구리로 만든 참새를 땅속에서 캐냈다. 동제품인 참새를 손에 넣는 것은 재수가 좋은 일이라고 옛날부터 전해지고 있었다. 조조는 크게 기뻐하고 이것을 경축해서 동작대(銅雀台)라고 명명한 높은 누각을 짓기로 했던 것이다.

업성 일대를 재정비하고 동작대까지 완성한 일은 조조에게 있어 적벽의 패전에도 불구하고, 자신이 아직도 충분히 힘과 세력을 유지하고 있다는 것을 천하에 보여줄 절호의 기회였다. 조조는 성대한 축하 연회를 열었다.

동작대는 세 부분으로 이루어져 있었다. 즉, 중앙이 동작대이고, 왼쪽에 옥룡대, 오른쪽에 금봉대라고 명명된 누각이 우뚝 솟아 있으며 세 대의 높이는 모두 10장인데, 두 개의 다리가 공중에 걸려 있으며, 황금색과 녹색으로 빛나고 있었다.

그날, 조조는 보석을 박은 황금관을 머리에 쓰고, 녹색의 비단 옷을 입고 옥대(玉帶 = 보석을 박은 띠)를 매고, 주홍색 신발을 신고 대 위의 자리에 앉았다. 대 아래에는 문무백관이 정장을 하고 늘어섰다.

동작대의 완성을 축하하여 일동이 축배를 들자, 먼저 무관들이 멋진 활솜씨를 보였다. 말을 달리면서 목표물을 쏘아 맞히고 우레와 같은 갈채를 받았다.

뒤이어 문관들이 즉흥시를 지어 조조에게 바쳤다. 그 시들은 대부분 조조의 높은 덕을 칭송했다.

"어느 시나 모두 훌륭한 작품이지만 칭찬이 너무 과한 것 같구나."

조조는 하나하나의 시를 전부 읽은 뒤, 기분이 좋아서 말했다. 그리고 자신도 동작대의 시를 지으려고 붓을 집어 들었다.

그때 강동에서 화흠이 찾아왔다고 보고가 올라왔다.

"손권의 사자는 유비를 형주의 목으로 추천해 달라는 문서를 갖고 왔습니다. 손권은 누이동생을 유비의 부인으로 주고, 형주의 대부분 군들은 유비의 것이 된 것 같습니다."

"무엇이? 둘이 손을 잡았단 말이냐?"

조조는 얼굴색이 달라지면서 들고 있던 붓을 떨어뜨렸다.

"왜 그러십니까? 무엇을 그렇게 놀라시는 것입니까?"

정욱이 의아한 듯이 물었다.

"유비가 손권과 손을 잡고 형주를 얻은 것은 좁은 연못에 숨어 있던 용이 대해로 풀려난 것과 같다. 앞으로 세력을 얼마나 뻗게 될지 알 수가 없단 말이다."

"그렇다면 그 용을 다시 연못으로 쫓아 보내지 않으면 안 되겠군요."

정욱은 대수롭지 않은 것처럼 말했다.

"원래 손권은 유비를 싫어하고 있습니다. 누이동생을 유비에게 시집보낸 것도 조정에 유비를 추천한 것도 유비와 친선을 과시하여 승상님의 움직임을 견제할 의도일 것입니다. 그러니까 손권과 유비를 맞붙게 하여 서로 싸우게 하면 되는 것입니다."

"어떻게 말인가?"

"손권이 의지하고 있는 것은 바로 주유입니다. 그래서 승상님께서 조정에 주청해 주유를 남군(南郡) 태수로 삼는 것입니다. 남군은 현재 유비가 점령하고 있기 때문에 당연히 주유와 유비 사이에 분쟁이 일어날 것입니다. 우리는 상황을 봐 가며 대처하면 됩니다."

"음, 그게 좋겠군."

조조의 입가에 만족스런 웃음이 떠올랐다.

화흠*을 만난 조조는 조정을 통해 주유를 남군태수로 임명하고,

화흠(華歆) 157~231
헌제 때 예장군 태수였으나 우번의 권고로 강동에서 벼슬을 살다가 조조에게도 신임이 두터웠기 때문에 조조 진영에 사신으로 왔다가 눌러앉아 벼슬하였다. 젊어서부터 문장이 뛰어나고 청렴결백하여 널리 이름이 알려져 있었으나 복황후를 잡아내 죽일 때 머리채를 거머잡고 끌어내는 등 신하로서 못할 짓을 했기 때문에 많은 비난을 받았다.

즉각 황제의 칙사를 강동 땅으로 내려 보냈다. 그리고는 화흠에게 조정의 벼슬을 내려 허도에 있게 했다. 이렇게 해서 화흠은 조정대신으로 강동에 돌아가지 않았다.

이에 그치지 않고 조조는 천하의 인재를 구하는 구현령(求賢令)을 발표했다.

> 신분이 천하든 행실이 어떻든 과거의 행적과 상관없이 능력이 있는 인재라면 누구든 내게로 오라. 능력이 있다면 마땅히 높은 벼슬을 내리겠다.

파격적인 내용이었다. 전국에서 수많은 인재들이 업성으로 몰려들었다. 조조는 이들을 직접 면접하고 능력에 걸맞는 자리를 주었다. 이런 일이 있은지 얼마 뒤에, 노숙이 형주로 유비를 찾아왔다.

손부인과 함께 형주로 돌아온 유비는 그 뒤 조조의 구현령에 자극받아 군량을 비축하고 군사를 정비하여 장래에 대비하느라 바쁘게 움직이고 있었는데, 갑작스러운 노숙의 내방을 의아하게 여겼다.

그러나 공명은 노숙의 방문에 대해 짐작하는 바가 있었다.

"주유가 남군태수로 임명되었기 때문에 이것을 계기로 형주를 내놓으라고 왔을 것입니다. 이는 손권과 우리를 이간시키려고 하는 조조의 계략일 것입니다."

"어떻게 대답하면 좋겠소?"

"노숙이 그 화제를 꺼내면 황숙님께서는 큰소리로 울어 주십시오. 그 뒤는 제가 알아서 처리하겠습니다."

"알았소. 울면 된다는 얘기로군."

유비는 쓴웃음을 지으면서 고개를 끄덕였다.

공명의 예측대로 노숙은 만나자마자 형주 문제부터 끄집어냈다.

"형주는 황숙님께서 빌려 가지고 계셨으나 우리 주공의 누이분이 황숙님의 어부인이 되어서 양가가 친척이 되었으니 이제 그만 돌려 주십사 하고 우리 주공 손권님이 말씀하고 계십니다. 어떻게 하시겠습니까?"

노숙의 말이 채 끝나기도 전이었다. 유비는 양손으로 얼굴을 가리더니 울기 시작했다.

"황숙님, 왜 그러십니까?"

놀란 노숙이 물었으나, 유비는 그저 울기만 할 뿐이었다. 노숙은 어찌할 바를 몰라 난감한 표정을 짓고 있으려니까 병풍 뒤에서 공명이 나왔다.

"노숙님, 우리 황숙님께서 왜 울고 계시는지 그 이유를 알고 계십니까?"

"아니, 모르오."

"우리 유황숙님께서 파촉 땅을 취하면 형주를 손장군님에게 돌려 주겠다고 약속하셨습니다. 그러나 파촉 땅 유장(劉璋)은 우리 황숙님과 마찬가지로 한실의 피를 물려받고, 족보상으로는 동생뻘이 되십니다. 만일 그 땅을 우격다짐으로 빼앗는다면, 천하의 사람들로부터 비난을 받을 것입니다. 그래서 좋은 기회를 찾고 있는 중입니다. 그런데 지금 형주부터 손장군님에게 돌려주고 나면 어디에도 갈 곳이 없어지고, 돌려주지 않으면 아내의 오빠인 손장군님에게 약속을 지키지 못하는 결례를 범하게 되니 이렇게도 저렇게도 할 수가 없어 비탄에 잠겨 울고 계시는 것입니다."

공명의 말을 듣던 유비는 새삼 자신의 처지가 그렇다고 느껴지자 어느새 감정이 격해져 신세한탄 하듯이 진짜로 울기 시작했다.

"알겠습니다, 황숙님. 제가 공명 선생과 어떻게든 방도를 찾아보겠으니 그렇게 너무 슬퍼하지 마십시오."

사람 좋은 노숙은 유비를 동정하게 되어 한발 뒤로 물러섰다.

"노숙님, 형주를 조금만 더 빌려 주십사하고 손장군님께 잘 말씀드려 주시겠습니까?"

재빨리 공명이 부탁했다.

"누이동생님을 시집보냈을 정도니까 손장군님도 들어주실 것이오."

"알겠습니다."

노숙은 공명의 부탁을 받아들이고 돌아갔다.

며칠 뒤, 노숙이 다시 형주로 달려왔다.

"돌아가서 보고를 드렸더니, 우리 주공께서는 황숙님의 인정 많으신 마음에 감동하셔서 그렇다면 황숙님 대신에 파촉을 빼앗아 드리겠다고 하셨습니다."

노숙은 전혀 생각지도 못한 일을 제의해 왔다.

"파촉을 취한 다음에 이것을 누이동생의 지참금 대신에 황숙님께 드리고 형주와 교환하시고 싶다는 것입니다. 다만 파촉을 공격하려면 형주를 통과하지 않으면 안 되는데 그것만 허락해 주신다면 즉시 군사를 일으키실 생각으로 계십니다."

"참으로 고마운 일입니다. 파촉으로 향하는 병력이 지나갈 때는 기꺼이 마중을 나가겠습니다."

공명이 유비를 대신하여 흔쾌히 대답했다.

"그것은 또 무슨 일이오?"

노숙이 돌아간 뒤, 유비가 공명에게 물었다.

"파촉 땅을 빼앗아 주겠다고 하면서 군사를 보내 우리의 허점을 노려 형주를 빼앗을 생각입니다. 이는 주유의 계략이 틀림없습니다."

하고 공명은 대답하고 나서 크게 웃었다.

"노숙은 돌아가는 도중에 주유를 찾아가 의견을 듣고, 계략을 전수받아 다시 돌아온 것입니다. 손권이 있는 곳까지 왕복했다고 보기에 시간이 지나치게 짧으니까요."

"음, 계략이라고 알고 있으면서 어째서 승낙을 한 것이오?"

"걱정하실 필요 없습니다. 주유는 스스로 자기가 파놓은 함정에 빠진 것이나 같으니까요."

공명은 그렇게 말하고는 조운을 불러 계책을 일러 주었다.

한편, 노숙은 주유에게 가서 유비도 공명도 기꺼이 파촉 정벌군이 형주를 통과시켜 주겠다고 한 약속을 전했다. 공명의 추측대로 파촉 땅을 빼앗아 준다는 것은 주유의 계략이었다.

"공명 녀석, 이번에는 꼼짝 없이 걸려들었구나."

신바람이 난 주유는 수륙 합쳐서 5만 병사들을 이끌고 형주로 향했다. 주유의 병력은 하구를 경유하여 공안에 도착했다. 그런데 주위에는 마중 나온 배를 찾아볼 수가 없었고 사람들도 없었다. 다시 뱃길을 재촉하여 형주까지 10리쯤 되는 곳에 이르렀다. 역시 아무도 없었다.

'이상하다. 아무도 마중을 나오지 않다니 어찌 된 일일까?'

대장들과 얼굴을 마주보며 주유가 고개를 갸웃거리며 있는데, 척후병이 돌아와서 보고했다.

"형주성에는 흰색 기가 두 개 세워져 있을 뿐, 인적이라고는 전혀 찾아볼 수가 없습니다."

의심이 생긴 주유는 배를 기슭에 대고 감녕, 서성, 정봉 등을 거느리고 3천 병사들을 이끌고 형주로 향했다. 성 아래까지 단숨에 달려갔지만 성문을 굳게 닫혀 있고 인적은 전혀 없었다. 주유는 말을 멈추고 병사들에게 성안을 향해 소리치게 했다.

"강동의 주 도독이 도착하셨다. 문을 열어라!"

그러자 흰색 기가 사라지고, 그 대신에 불타오르는 듯한 붉은 기가 그 자리에 세워졌다. 그와 동시에 성벽 위에 대장 한 사람이 침착

하고 여유 있게 모습을 나타냈다. 조운이었다.

"주 도독께서 무슨 볼 일인가!"

"모르고 있느냐? 나는 그대들의 주군을 위해 파촉 땅을 빼앗아 주러 왔다. 빨리 문을 열고 우리들을 통과시켜라!"

"하하하하! 우리 군사께서는 귀하의 계략을 벌써부터 꿰뚫어 보시고 나를 이곳에 머물게 한 것이다. 혼쭐이 나기 전에 썩 돌아가라."

조운의 말이 채 끝나기도 전에 창과 활을 손에 든 병사들이 성벽 위에 무수히 나타났다. 소스라치게 놀란 주유가 말머리를 돌리려고 할때, 전령이 숨가쁘게 말을 달려왔다.

"척후병의 연락에 의하면 관우가 동쪽에서, 장비가 서쪽에서, 그리고 황충이 남쪽에서, 위연이 북쪽에서 지금 이곳을 향해 밀려오고 있다고 합니다. 수를 헤아릴 수가 없고, 함성소리는 100리 사방에 울려 퍼지는데, '주유를 잡아라!' 소리치고 있다고 합니다."

"이놈, 공명 이놈……."

주유가 한마디 부르짖는가 싶더니 그대로 말에서 굴러 떨어졌다. 격노했기 때문에 옛 상처가 다시 찢어진 것이다. 대장들은 주유를 부축하여 일으켜 기슭까지 되돌아가 배로 옮겼다.

"이대로는 돌아갈 수 없다."

주유가 이를 부드득 갈며 분해하는데 공명의 사자가 편지를 전해 왔다. 밀봉을 뜯어보니 다음과 같은 내용이 적혀 있었다.

주 도독께서는 파촉 땅을 빼앗으려는 생각인 것 같은데, 그만두는 것이 좋을 것입니다. 유장은 어리석지만 파촉의 군사는 강하고, 요새가 견고해 공략하기가 쉽지 않을 것입니다. 더구나 조조가 적벽에서 도망친 이후 힘을 기르고 원한을 잊지 않고 있다는 것을 잊고 계십니까? 주 도독께서 파촉으로 쳐들어가면 기다리고 있었다는 듯이 조조가 강동으로 쳐들어와 대살륙전을 벌일 게 틀림없습니다. 차마 모르는 체할 수도 없고 해서 특별히 가르쳐 드리는 것입니다. 우리도 조조가 허튼 생각을 하지 못하도록 방비를 게을리 하지 않고 있습니다. 이 점을 헤아려 주셨으면 합니다.

다 읽고 나더니 주유는 길고 커다란 한숨을 내쉬었다. 그리고는 붓과 종이를 가져 오게 하여 손권에게 보내는 편지를 썼다.

편지를 쓰고 나더니 붓을 내던지고,

"아아, 원통하고 분하다! 하늘이시여! 이 주유를 이 세상에 태어나게 하면서, 어찌 같은 때에 공명도 태어나게 했단 말입니까!"

공중을 노려보고 외치더니 가슴을 쥐어뜯으며 그대로 숨이 끊어졌다. 건안 15년(210년) 12월 3일, 주유의 나이 36세였다.

주유의 죽음을 알고 손권은 이제 누굴 믿고 사느냐고 탄식하면서 하염없이 울었다.

한편, 공명은 주유가 죽었다는 보고를 받았다.

"일세의 명장이 지나치게 욕심을 부리다가 아깝게 죽었다. 곧 내가 강동으로 조문을 가야겠다."

그러자 주위에서 모두들 깜짝 놀라 말렸다.

"안 됩니다. 지금 강동에서는 공명 군사에 대한 원한이 깊습니다."

유비도 반대하고 나섰다.

"분명 그들은 군사를 감금하고 말 것이니 가서는 안 되오."

공명은 빙긋이 웃었다.

"염려하지 마십시오. 제게도 생각이 있습니다. 이번 기회에 강동의 오해를 풀어주고 손권 진영과 우리의 친선을 더욱 돈독하게 해놓고 돌아오겠습니다."

공명이 자신만만하게 말하기에 모두들 입을 다물었다. 공명은 조운과 몇 명의 종자만을 거느리고 강동을 향해 떠났다.

과연 주유의 조문을 핑계대고 적지라고 할 수 있는 강동으로 향하는 공명의 머릿속에 어떤 복안이 담겨 있는 것일까?

〈제4권으로 계속〉

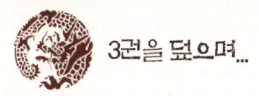
3권을 덮으며...

　중국에는 큰 강이 두 개 있습니다. 두 말할 필요도 없이 북쪽의 황하(黃河)와 남쪽의 장강(長江)입니다. 황하는 길이가 5,464km 가량의 중국 제 2의 큰강으로, 그 유역은 중국 고대 문명의 발상지로 널리 알려져 있습니다. 장강은 중국 제 1의 큰강이고 길이가 약 6,300km입니다. 그 유역은 옛날부터 교통과 산업과 문화의 중심지로 번영해 왔습니다. 오늘날에도 하류의 상해를 비롯해 상류에 세워진 삼협댐으로 세계의 이목을 집중시키고 있지요.

　이 황하와 장강이 삼국지의 주된 무대입니다.

　전반은 황하 유역이 무대로 되었습니다. 그도 그럴 것이 조조를 위시한 여러 영웅들이 중원을 지배하려고 서로가 싸웠기 때문입니다.

　중원(中原)은 황하 중류의 남북 지역을 가리킵니다. 이 지역에서 중국 문명이 일어나 발전하고 문화가 번성한 것입니다. 즉, 중원을 지배할 수 있으면 중국 대륙을 장악한 셈이 되는 것입니다.

　그런데 조조는 군웅을 멸망시키고 중원을 거의 지배하게 되었습니다만 아직 완전히 대륙을 통일한 것은 아닙니다. 강동의 손권과 형주의 유비가 남아 있었기 때문이지요.

　그래서 조조는 손권과 유비를 굴복시키려고 대군을 일으켜 남하합니다. 손권 진영은 장강 유역에서 발전한 세력이니까 장강이 이야기의 무대로 등장하게 됩니다. 그리고 조조군과 손권·유비의 연합군이 장강의 남안인 적벽에서 정면으로 부딪쳤습니다.

　이것이 바로 적벽대전입니다.

　적벽대전은 역사상으로나 이야기상으로나 큰 의미를 갖고 있습니다.

　즉, 역사상으로는 이 싸움에서 조조가 패함으로써 조조에 의한 통일이 크게 후퇴하게 되고 위나라, 오나라, 촉나라에 의한 「3국 시대」의 막이 열렸던 것입니다.

또한 이야기상으로는, 전반과 후반을 가르는 클라이맥스가 되었던 것입니다.

적벽대전이라고 하지만 이야기상으로 싸움 자체보다는 거기에 이르는 과정이 훨씬 더 재미있게 그려져 있습니다. 즉, 지금까지의 힘과 힘의 충돌로부터 지모와 지모의 싸움으로 또 거기에서 '속이고 속아 넘어가는' 관계가 생겨나고, 긴장을 내포해서 아슬아슬하고 가슴이 두근거리는 스토리가 펼쳐지는 것입니다.

예를 들면 강동의 노장 황개의 고육지계(苦肉之計)는 어떻습니까? 고육지계란, '적을 속이기 위해서 자신의 몸을 괴롭히면서 행하는 계략'이라는 의미인데, 이 계책은 실제로 삼국지의 이 장면이 출전으로 되어 있습니다. 이렇게 해서 조조를 속여 투항을 믿게 하기 위해서, 자신의 몸을 50대나 몽둥이로 때리게 하는 황개의 의기와 아픔이 읽는 사람들에게 그대로 전해져 오는 것 같습니다. 때리게 하는 주유도 필사적이지만, 맞는 황개도 필사의 각오를 하고 있었으니까 조조를 보기 좋게 속여 넘길 수가 있었던 것입니다. 이 이야기는 중국의 경극에서 아주 인기 있는 소재가 되어 있지요.

또한 방통의 연환계(連環計)도 훌륭합니다. 주로 말을 교통수단으로 삼고 있는 북방 출신의 병사들이 많았던 조조군과 배를 이용해서 장강을 자신의 뜰 안처럼 왕래하고 있던 남방 강동군의 허실을 보기 좋게 보여 주는 계략입니다. 더구나 공명과 어깨를 나란히 하는 천재 방통이 말하는 것이니까 조조도 간단히 믿었을 것입니다.

그 밖에 공명과 손권 진영의 참모들의 설전, 주유를 조조와의 결전에 내모는 공명의 책략, 10만 개의 화살을 하룻밤 사이에 모아오는 공명의 기지, 조조의 허점의 허점을 찌르는 주유의 지혜, 바람을 기원하는 공명의 법술, 패하고 도망치는 조조를 살려 보내는 관우의 인정 등 볼만한 장면이 무수히 많습니다.

이 적벽대전의 주역은 이야기상으로 공명입니다만 항상 선두에 서서 행동한다고 하는 의미에서의 주역은 아닙니다. 실제로 계략을 세우고 실행한 것은 주유와 황개 등입니다.

　역사의 기록에 따르면, 실제의 주유는 이야기 속의 주유보다 훨씬 더 많은 능력이 있고 스케일이 크며 사내대장부다운 인물이었습니다. 만약 주유가 젊어서 죽지 않았더라면 역사가 달려졌을 것이라고 말하는 비평가들이 많지요.

　적벽의 옛 싸움터는 현재의 호북성 포기시의 서북쪽에 있습니다. 장강에 임한 절벽이 이어지는 곳으로 본래는 석두관이라고 불렸으나 화공으로 불타오를 때 타오른 붉은 불길이 절벽에 반사되었기에 적벽(赤壁)이라는 이름이 붙여졌다고 합니다.

　현재는 관광코스로 되어 있어서, 선착장에 오르면, 조조의 수채가 있었던 대안의 오림(烏林)이 멀리 희미하게 보입니다. 선착장에서 조금 들어간 곳에 돔 모양의 진열관이 있는데, 적벽대전 장면이 등신대의 인형에 의해 재현되어 있습니다.

　절벽 위에는 공명이 바람을 기원했다고 하는 배풍대와, 황개가 멀리 적진을 바라보았다고 하는 망강정(望江亭) 등의 건물이 여기저기에 세워져 있습니다. 물론 당시의 것은 아니고 모두 나중에 세운 것입니다.

　절벽 위의 광장에는 갑옷과 투구로 무장한 주유의 커다란 석상이 서 있습니다. 그 옆의 계단을 내려가면 강기슭으로 나갈 수가 있으며, 그 오른쪽 암벽에는 커다랗게 「적벽」이라는 글자가 써 있는데 장강의 물이 그 글자 자락을 씻어 내고 있습니다.

　그리고 적벽대전에 앞서 당양의 장판파에서 장비와 조운의 활약도 빼놓을 수 없습니다. 장판교 위에서 눈을 부릅뜨고 조조군을 쫓아 보낸 장비의 활약은 자못 호쾌합니다. 또한 조조의 10여 만 대군 속에서 아두를 품에 안고 종횡무진으로 뛰어 다닌 조운의 활약도 마음속에 남습니다.

　현재 당양시의 장판파 근처에는 말 위에서 창을 들고 있는 조운의 웅장한 동상이 세워져 있습니다.

그런데 적벽대전에서 대승하여 조조를 물리친 손권은 커다란 자신감을 갖게 되었고, 유비는 형주의 대부분을 손에 넣고 그곳을 발판으로 삼아 파촉 땅을 노립니다. 그리고 이제부터 연환계를 행한 방통이 유비를 도와 파촉 공략에 나섭니다. 물론 적벽에서 대패했다고는 하지만, 조조가 그대로 구경만 하고 있을 리는 없습니다. 명확히 조조, 손권, 유비의 3파로 지략과 용맹의 대결이 이제부터 계속됩니다.

이제 새로운 상황 속에서 예전의 영웅들이 또 다른 입장과 목표를 갖고 활약하는 삼국지는 점점 더 점입가경, 본격적인 대결과 흥미만점의 이야기로 전개됩니다.

여기에 덧붙여 노숙이란 인물의 이야기를 좀 더 해야 할 것 같습니다. 이야기상으로 노숙은 마음씨 좋고 능력이 좀 모자란 사람으로 나옵니다만 역사적 사실로 볼 때 노숙은 상당히 기개가 있고 능력을 겸비한 의협의 인물이었습니다. 특히, 전체를 보는 안목이 높았습니다. 다만 그가 친유비파로서 유비의 입장을 배려하고 유비 진영의 활약상을 돋보이게 하다 보니 소설 속에서 상대적으로 소홀히 다루어진 것이지요.

전략 삼국지 3
불타오르는 적벽

원 작 • 나관중	평 역 • 나채훈, 미타무라 노부유키
그 림 • 와카나 히토시	
펴낸곳 • (주)삼양미디어	펴낸이 • 신재석

등 록 • 제 10-2285
주 소 • 121-840 서울시 마포구 서교동 394-67
전 화 • 02)335-3030   팩 스 • 02)335-2070
홈페이지 • www.samyangm.com
이 메 일 • book@samyangm.com

1판 1쇄 발행 2005년 10월 10일
ISBN • 89-5897-012-X
         89-5897-009-X(전5권)

책 값은 뒤표지에 있습니다.
잘못 만들어진 책은 구입하신 서점에서 바꾸어 드립니다.